LA MORDIDA
DE
LOS PERROS

MARIANO MORILLO B. PhD.

MAPLE LEAF
PUBLISHING INC.

Print information available on the last page.
Rev. date:
To order additional copies of this book, contact:
Maple Leaf Publishing Inc.
3rd Floor 4915 54 Street Red Deer, Alberta T4N 2G7, Canada
1-(403)-356-0255

"Denunciar es liberar, obviamente, soy escritor
y todo lo que digas o hagas frente a mí,
Podría ser usado en alguno de mis escritos".

CONTENIDO

DEDICATORIA

Alos inquebrantables luchadores, que no han flaqueados en difundir la verdad, para liberar a la sociedad.

A los que han entendidos que denunciar es liberar, y han hecho una utopía de su existencia, poniendo su accionar en la justicia, y la justicia, por encima de las prebendas.

"Como un soldado con su fusil, enarbolé mi pluma como mi espada, para escribir heroicidades en las batallas"

PREFACIO

La mordida de los Perros, es la novela donde las posesiones y los poseedores, danzan y se dan las manos, mientras que uno y otro, dependen de una fuerza superior que los induce a mostrar las posibilidades del ser para el auto-deleite del espíritu.

Una especie de desplazados sociales aparentemente, carente de un razonamiento lógico, es acogida frente a las instalaciones de Bulley, una corporación suplidora de alimentos que le permite ensayar el juego cotidiano de la sobrevivencia, donde aquellos trabajan por su cuenta creando sus propios empleos haciéndose micro-empresarios emprendedores del transporte, logrando salir de la miseria, y aunque han alcanzado una aparente madurez, retornan a la condición de su niñez, queriendo justificar el contenido de su irreflexivo accionar, envolviéndose en acciones de sobornos conspirativos, que conducen de odebresch al corona virus, de manera que las maldades y las bondades que tanto irritan a uno y deleitan a otros, los llevas a comportarse como una jauría que aterroriza con sus ladridos.

Todo esto se genera en función de un guion acordado para el ejercicio de la vigencia existencial en el planeta.

Por eso el poder de Dios, enseña que no hay más

grandeza que su aliento, porque sólo el espíritu define el valor de las cosas.

Sin el ensayo de la vida, y sus asignaciones, los poseedores no podrían mostrar las influencias de sus posesiones.

En la ciencia del espíritu, y hasta para alcanzar resultado en la industria de las religiones, ha sido necesario la elevación de los niveles de conciencia que se han venido definiendo en el ensayo existencial, porque las influencias de las posesiones ameritan de los niveles de conciencia, para la comprensión y la valoración, porque cada cual, muestra la selección o asignación en su nivel de conciencia, por eso, cuando las enfermedades pandémicas atacan a la humanidad, el hombre en su sobrevivencia, busca la forma de preservarse por encima de las posesiones, porque sin la interacción de ambas versiones de la materia, todo queda en el vacío, no obstante no podemos olvidar que "todo lo que se ve, fue hecho de lo que no se ve".

Como a Publio Terencio:
"Nada humano, me es ajeno"
y hoy les entrego estos fragmentos de
cotidianidad, ficción y realidad.

ALEGACIÓN

La mecánica del planeta tierra había generado planteamientos sin respuestas, y esta condición había inducido a un cuestionamiento de la sociedad global, el porqué de las acciones irracionales del ser humano, que lo inducia a actuar como máquina insensible.

Mariano Morillo B. PhD. Es el intérprete social de la historicidad cultural, que busca despertar la razón del ser en el accionar, para que encuentre la respuesta interior del cambio social en el contexto universal.

La humanidad en una curva de ascenso ha alcanzado el clímax de su arribo para encontrarse frente a un declive de una altura indescriptible donde el misterio de lo desconocido, le planteaba una serie de riesgos que la induciría a la reflexión, sobre el ser, o el no ser.

El conocimiento salva, al hombre le aterra lo desconocido, pero ahora el hombre se ha enmudecido y la máquina está absorbiendo su pensamiento y al no poder expresar su libre accionar, tendrá que distanciarse de la máquina para volver a ser él, y volver a pensar, porque siempre ha sido mejor "pensar antes de hablar, no hablar para después pensar".

Y la máquina guardaba todos los pensamientos, y el

hombre se había vuelto adicto a la máquina y hacía cosas, irreflexivas que generaban una radical condición social, que lo inducia a querer controlar, sin capacidad de su auto-control.

En esta novela, el autor nos conduce a interactuar en un mundo de ficción y realidad, donde aún sin ser ajeno a lo planteado, escaparemos a la tensión social de las aberraciones conceptuales.

Los acontecimientos generados por el autor nos dan a entender, que no todos los perros muerden como ladran, y tal condición nos lleva a despertar en una realidad de la comprensión, para la- auto salvación.

CAPITULO 1

El Debate

En el principio cuando los Dioses y sus descendencias gobernaban, todo era amor, pasión y distinción, sin que llegase a preocuparles el fenómeno de expansión que más adelante, vendría a preocupar a los mortales.

La soberanía del poder que aquellos ejercían, fortalecía y definía la justicia, la sabiduría brotaría de cada decisión, y "la armonía reinaría cada día, y la vida nacería como una melodía."

Los malos entendidos se solucionaban como acciones de experiencias de solidaridad y misericordia.

Todo era una fiesta, porque la razón se fundamentaba en el amor, porque el amor era la razón del ser, pero aconteció que la ignorancia quiso sobreponerse a la sabiduría, y en una lucha por la hegemonía, lo que parecía que seria, fue obstruido para ver si no era, pero en cualquier circunstancia, ya había sido concebido para ser, y como ya era, siguió siendo.

Todo se enmarcaba en el trayecto de un despertar, respecto a cada paso existencial, ya que la vida trazaría el camino que antes de nacer habíamos escogido, y que luego ignoraríamos en el trayecto hacia el destino, y por tal razón muchas veces, nos encontrábamos cohibidos, sorprendidos y sobresaltados por lo vivido.---- Explicaba con alto fundamento Gibón, al profesor Sáez, y a su alumnado, con quienes tenía un debate abierto. Gibón, era invitado del profesor, y fungía como su asistente en la cátedra de filosofía de la historia.

Gibón siempre fue un hombre con amor, pero las circunstancias del destino, le marcaron el camino y de pronto, la vida le presentó una canción que si no podía cantar, la tendría que escuchar.

El caso era que Gibón era un ser que amaba complacer a su prójimo aunque se perjudicara, y muchos, querían aprovecharse de él.

Las historias de radicalidad contra la humanidad, lo decepcionaban al grado que cuando le decían que la vida debía continuar por encima de lo que aconteciere, se veía asaltado por lagrimas torrenciales, sobre todo cuando le hablaban de lo que fue la "sistemática persecución Y expulsión de los judíos" de los reinos medievales, y de la frivolización a que esta "raza inocente" había sido sometida por los interpretes de la historicidad, y de los alegatos del Corán frente a tal condición:

"Si Allah no hubiera decretado su expulsión, los habría castigado en cada vida."

En medio de la cátedra de filosofía de la historia, siempre que el profesor Sáez, le hablaba de esta temática, él buscaba la forma de no abordar el enfoque, pero el profesor Sáez insistiendo le decía:

------ Gibón, < no debemos avergonzarnos de hablar, de lo que Dios no tuvo vergüenza de crear>, hablar de la persecución de los judíos, es como llover sobre mojado, es como estar atrapado en el círculo de la repetición, "aunque resulte un caso doloroso y delicado de tratar", sin pretender justificar a nadie, para que los Judíos   llegaran a donde están, tenían que afrontar ese Karma, sin la pretensión de un masoquista, se puede entender que la religión victimiza a los hombres aun sabiendo que el dolor es la vía de la elevación, porque de no ser así, Jesucristo no hubiese podido cumplir su misión," no se mueve una hebra de cabello sin la voluntad del padre", sabemos que la limitación del hombre genera emociones de rencor y dolor, e inclusive, muchos piensan que la persecución de los judíos se debió al karma contraído con la crucifixión de Jesucristo, sin embargo no debe olvidarse que el hombre escoge la vida antes de nacer, y que lo que antes los ojos de la humanidad parezca una horripilante aberración , antes los ojos de Dios, no es más que una experiencia de satisfacción, porque cada experiencia, te promueve a otro escalón .---- Explicó el profesor Sáez con notable maestría.

----- Es entendible profesor, acaso querrá usted decir que llover sobre mojado, es permanecer en el pasado, y que a su vez, permanecer en el pasado es algo así, como... ¿cristalizarse?--- Cuestionó Gibón.

---- Es correcto, Gibón, al pasado sólo debe recurrirse para una referencia de la historia, y como antesala del presente, para entender el significado evolutivo de las existencias generacionales. Afirmó el profesor Sáez---- Mientras los alumnos, llenaban las libretas con los apuntes que iban plasmando.

El aula estaba intransitable, esa tarde se habían juntados dos secciones del mismo contenido, para que ambas pudieran presenciar el debate expositivo de Gibón y el profesor Sáez.

----- Entienden ustedes lo que expresa el profesor?---- Preguntó Gibón al alumnado.

Mientras todos respondían a una voz:

----- Si, Doctor, Gibón, todo está definido y comprendido.

----- Muy bien---- Afirmó Gibón, y mirando al profesor Sáez, agregó:

----- A pesar de lo expuesto por platón:----" de que no se puede comparar a dos pueblos desgraciados, para luego decir que uno es más feliz que el otro", pienso que cada cual soporta según su resistencia, ya que el dolor y el sufrimiento en los renglones   de la humanidad, aun siendo una posible parodia moral, obedecen a una causa, porque no hay acción, sin justificación a mayor dolor, mayor elevación, y si no, vea el caso de Nelson Mandela, quien después de 27 años de encarcelamiento, fue elevado de la prisión a la presidencia, las cosas no le pasan a todo el mundo, a menos que no la traigan asignadas, o que no la hayan escogidos, pero para este planeta, cada ser trae una asignación, o una selección porque de no ser así, todos los hombres ejercerían el camino fácil, de hacerse ricos sin esfuerzos ,y claramente, eso no le otorgaría mérito , sin embargo hay una gran parte de seres que en el libre albedrio roban, saquean el erario público o pretenden engañar a los de más, ignorando que no hay causa sin efecto, ni acción sin justificación , y que se están engañando ellos mismos.---- afirmó Gibón.

Es correcto Gibón, cada cual recibe lo que entrega, aunque no lo parezca.----- Dijo el profesor Sáez.

-----Sí, todo está definido, aun con el libre albedrio, el mundo esta tan bien organizado, "que la hierba que es de un burro, no se la come otro burro" ---- Afirmó Gibón, con plena convicción.

El profesor Sáez, se le aproximó con satisfacción otorgándole algunas palmaditas sobre los hombros, miró a los alumnos que estaban atónitos siguiendo boca abierta la conversación y les dijo:

---- Se agotó el tiempo, escriban un artículo de opinión sobre esta temática y tráiganlo mañana, será calificado, tendrá un valor de cinco puntos.---- Dijo, al tiempo que agradecía a Gibón:

--- muchas gracias Gibón.---- Expresó.

----- Gracias a usted, profesor.---- Respondió Gibón, mientras abandonaba la estancia.

Los alumnos se levantaron en grupo y se encaminaron al pasillo bloqueándole el paso, mientras el profesor Sáez, organizaba sus notas para cambiar de aula, ellos se aproximaban a saludar a Gibón.

Unos meses después, el alumnado alcanzó su graduación, mientras Gibón, salía por el mundo a ensayar el dolor.

Durante su travesía, él interactuaría de acuerdo a su filosofía, para entender, que no siempre seria, lo que el hombre creía, porque la vida lo induciría a tolerar lo que le afectaría, sin embargo siguió adelante, porque creía que cada experiencia, fortalecería su conciencia para aplicar la justicia.

Y vio algo que lo impresionó , pero siguió mirando y descubrió que "mientras más se vive más se aprende", y siguió explorando a lo largo de su trayectoria, y algo extraordinario le pareció sorprendente, pero reflexionó en función de todo lo que aportó impresión a su espíritu, hasta que se llegara el momento de ver y entender, muchas cosas que parecían no tener razón de ser, pero se convenció de que cada hombre tiene un guion existencial, donde siempre pasará lo que tenga que pasar, y que la mejor manera de vivir en paz, es no atrayendo la preocupación por lo que se ha de atravesar, porque nunca debe llorarse la muerte de un ser que aún no está agonizando, y ni siquiera después de su partida, porque en esta vida, cada misión que se escoge o se le asigna al hombre, de alguna manera tiene que cumplirse, y nunca es más de lo que tiene que ser.

Pero él nunca se olvidaba del profesor Sáez, y las pocas

veces que regresaba a la República se juntaba con él, y le recordaba esos años cuando trabajaban en el departamento de audiovisual, de la universidad estatal, cuando el profesor Sáez, le hizo un encargo donde le dijo:

----- Gibón, mañana necesito habilitado el equipo de audio y los proyectores de diapositivas, que el decano de Humanidades los necesita a primera hora en el salón de conferencia.

----- Por supuesto, profesor.

----- No, no, no, no, por mi puesto no, será mejor que lo haga por el suyo!---- Expresó el profesor Sáez, y luego que Gibón decodificó el mensaje se percató que no era más que una broma que el profesor le estaba haciendo en función de la expresión" por supuesto", y ambos rieron a carcajadas, y Gibón por tal condición, siempre lo recordaba.

Esa fue la última disertación de Gibón, frente al profesor Sáez, que de hecho era un sacerdote de la orden de los Jesuitas.

Unos meses después por motivaciones personales, sé había embarcado Gibón a una indescriptible aventura más allá de su habitad, ignorando lo que acontecería, llegó a un lugar donde parecía que su vida se cristalizaría, porque las circunstancias del destino, le habían obstruido el camino, y aunque intentó regresar, la vida lo habría de golpear, años después se enteró del descenso del profesor Sáez , y esto lo apenó tanto que pronunció ante su decepción: "la vida es amalgama y caramelo, es vivirla en esperanza y desconsuelo" .

CAPITULO 2

Daba la impresión que los hombres habían perdido su condición de ser, y se iban convirtiendo en una masa de aullidos ensordecedores que se disputaba el escenario de la sobrevivencia, pero de algún modo tendría que ser, porque de hecho la vida era como una monotonía y después que se estaba en ella de alguna manera tendría que ejercerse, Gibón sabía que en el planeta era necesario tolerar, sobre todo cuando se pasaba por las tentaciones que ofertaba el libre albedrio, que nunca dejaba un momento para que se respirara libremente, sin que la mente estuviera ocupada por alguna preocupación y a esas tentaciones hacia el bien o el mal, o hacia la luz o la oscuridad, donde se ubicaba la lucha de lo contrario, en el planeta tierra, estaría representada por dos entidades que lideraban las condiciones contextuales, a ellos las religiones solían llamarle Dios, que era la luz que representaba el bien, y "el diablo" que era la costra, la drástica oscuridad, que representaba el mal, aunque antes, eso que se nombraba oscuridad, alguna vez fuera luz, para que hiciera conciencia de su transformación.

Cada práctica, dejaba una experiencia que habría de reforzar la conciencia, cada experiencia aportaba el entendimiento que nos conduciría a la sabiduría, por eso de que "mi pueblo muere por falta de conocimiento", es decir, el conocimiento salva, y la sabiduría libera.

Desde la óptica de las religiones, Dios, y el diablo, eran dos entidades, que se presentaban en constantes beligerancias, donde uno quería imponer su condición sobre el otro, y estas tendencias, agotaban todo el tiempo de los humanos, que sin tener otras cosas que hacer, en el marco de la sobrevivencia, buscaban respuestas a todo lo que se generaba a su derredor, y que Dios librara que alrededor de su contexto se moviera algo diferente a lo que ellos estaban acostumbrados a ver o a tratar, porque de alguna manera, no descansaban hasta verlo sucumbir.

Gibón evolucionaba como todos en el planeta, con la diferencia que él era una mente abierta, en el aspecto de pensar diferente, y veía las cosas de otra manera, lo que lo hacía calificar para ser fatalizado.

A Gibón le decían el pastor del señor, porque en todo lo que hacía el buscaba la forma de aplicar la justicia, sin embargo algunos pastores de la época habían progresado aceleradamente, algunos de ellos eran calificados como "falsos profetas" y aunque Gibón buscaba hacer las cosas bien, no escapaba al hostigamiento de aquellos que se vendían como buenos, y eran malos.

Todo obedecía a que la dignidad de la humanidad, se había deteriorado cuando los hombres sobrepusieron su ambición por encima de su condición, y como viles villanos fueron ofreciendo dadivas tal cual a infames pordioseros, que sin valorar la condición futura de la generación representada, sembraron el mal ejemplo como semilla infectada, para que la deshonestidad reinara, para que la corruptela como Diosa libertina, accediera a la compra de la conciencia global, para que cada una de sus mordidas infectaran a la sociedades, para que ni religiosos ni libertinos, tuvieran la capacidad de mirarse a los ojos, sin que sintieran el temblor que provocaba la vergüenza ajena, que en la globalización se había vuelto el remordimiento de todos y el sufrimiento de aquellos que aun sin participar no podían dejar de experimentar el remordimiento, porque no estaban libres de culpas al haber designado líderes de flagelosa condición, que enseñaban a sus representados, el ejemplo de la aberración de sociedades corrompidas, donde el caos se intensificaba, en algunos lugares, muchos electores vendían sus votos por siete centavos de dólar, algunos de los llamados y de los pocos elegidos, habían errados el camino, y muchas administraciones públicas recurrían a los usos de recursos e información, con la intensión de obtener provechos económicos u otros beneficios, que iban desde pasar informaciones a testaferros que ejecutaban fraudes contra tercero, a cambio de obtener regalos, ascensos o favores sexuales, pero los lambiscones naturales, aquellos a quienes moteaban "tumba polvos", al traer ceguera en el alma, que le impedía discernir con adecuación, empeoraban la condición.

Muchos abogados llamados a defender la causa de los "inocentes", por dinero se vendían, agudizando el dolor de sus defendidos, porque en el planeta se había perdido la noción de honestidad, y todos o la mayoría, prefería vivir en el descaro y la opresión, dándose al mejor postor, tales indignos leguleyos, habían perdidos el juicio, y empezaron a disfrazar los casos criminales con los accidentes, con el propósito de engañar a sus representados, si estos no se enteraban a tiempo de las conspiraciones, sobre tales rieles andaba el mundo en su agitado curso.

Algunos bufetes de prestigios, dilataban los procesos para ganar tiempo, buscando encubrir o justificar corrupción de otros bufetes como el de Nona Shick

, que había intentado, disfrazar un accidente, con un reclamo civil, para justificar el desvío de los beneficios compensatorios de una víctima, y se creía que muchos, de ellos habían estado envueltos en una táctica conspirativa para encaminar un fraude contra su representado! Cuanto descaro social! La ética se había convertido en una simple palabra, y como tales abogados estaban relacionados con jueces que no siempre se respetaban ellos mismos, y carecían de pudor para respetar las leyes, pues se atrevían a vender la justicia de un veredicto, por la complacencia de una villanía.

CAPITULO 3

Las Mordidas

Todo ese arquetipo, descansaba en vergonzosa mordidas, (entiéndase sobornos) que inducían a que se le perdiera el respeto a los sectores minoritarios, creyendo que podían hacer lo que quisieran con aquellos que carecieran de recursos económicos para pagar, por lo que muchos se llenaban la boca con decir:

"Por la plata baila el mono".

Odebrecht fue un ejemplo de grandes y graves mordidas internacionales, para que desde los más pequeño, hasta los más grandes de los miembros de las sociedades enfermizas, jamás pudieran levantarse de las desvergonzadas acciones de corrupción, donde la carencia de ética marcaría la condición de la investigación encabezada por el departamento de justicia de los Estados Unidos, juntos a 10 países de América Latina, donde se comprobó el grado de corrupción a la que expuso la constructora Brasileña "Odebrecht" al planeta.

El millonario Norberto Odebrecht, a través de su constructora había puesto de rodillas a aquellos países que tentados por la ambición habían permitidos ser deshabilitados de sus principios de ética, al aceptar descaradamente los sobornos ofertados a sus gobernantes, que iban desde los presidentes, hasta los simples funcionarios de los gobiernos Latinoamericanos, al grado de haber inducido al suicidio a Alan García, expresidente del Perú, arrepentido por el dolor de la consciencia y la turbulencia de la dignidad, de la generalidad, aunque algunos peruanos pensaran que lo del suicidio fue una táctica más de encubrimiento, para calmar los reclamos de la opinión pública, mientras él se mantenía disfrutando los beneficios en algún lugar del planeta, bajo otra identidad.

Odebrech desveló la fragilidad antes la tentación de la ambición.

Aunque Odebrecht había sido establecido en Salvador, estado de la bahía Brasil, eso no evitó que sus mordidas o sobornos, tocaran a los perros mayores en los distintos países latinoamericanos, donde la corrupción o abuso de poder, era obvia y definida como medio para sacar provecho personales, que iba desde enriquecimiento ilícito, hasta acto de distorsión de las políticas y funciones centrales de los estados, permitiendo a los líderes beneficiarse a expensas del bien común, rasgando el velo de la corrupción solicitando dinero para hacer o dejar de hacer algo que por la naturaleza de sus funciones estaban obligados a realizar, o que por carecer de ética, y no tener definido el concepto del deber, venían apropiándose de los recursos de los estados, en acción de prevaricación en peculado.

Pues como les decía, el mundo atravesaba por una distorsión social, a tal grado que en algunos países latinoamericanos los electores vendían sus votos por 7 centavos de dólares, y la mayoría de los elegidos, carecían de capacidad y escrúpulos para el ejercicio de sus funciones, sin incurrir en corruptelas, que la mayoría de las veces consistía en un sobre de soborno al peculado, a muchos sólo le interesaba figurar en el paquete " no para servir al pueblo, si no, para servirse del pueblo".

Muchos de los electos llegaban financiados por corporaciones, bajo el

Compromiso del tutelaje.

El caos se intensificaba, la sociedades temblaban, muchas administraciones públicas recurrían a usar recursos o información, con la intensión de obtener provechos económicos, u otros beneficios, muchas veces, algunas organizaciones solían infiltrarse en la administración pública para según conviniera a sus intereses, usar informaciones personales de los clientes del estado, para hacer fraudes que perjudicaran a sus perseguidos, o usaban bufete de abogados sin escrúpulos para intentar robar recursos asignados a víctimas por concepto de indemnización, sin que los que estaban llamados a ser favorecidos llegaran a enterarse.

Todos estos dudosos servicios obedecían a sobornos y mordidas, o a cambio de ser ascendido, en una determinada posición; además de que algunas instituciones públicas o privadas, cuyas pólizas permitían que el machismo y la discriminación prevaleciera en sus políticas corporativas, solían usar a la mujer como mecanismo de soborno, la infiltraban para que con sus encantos sacaran información de interés corporativo, y en otras ocasiones, muchas de esas mujeres pertenecientes a ciertas empresas, sólo ascendían a posiciones ponderan tés, si otorgaban favores sexuales a los gerentes y o, administradores.

En todos esos fraudes contra tercero se destacaban los "tumba polvo", "siempre prestos a meter la cuchara, pero muy poco inclinados a ayudar a cocinar la sopa".

Algunos abogados de los principales bufetes tanto de nueva york como de América Latina, habían perdido el juicio, y disfrazaban casos criminales con accidentes de carro con el propósito de engañar a sus representados, si estos no se daban cuenta a tiempo de las conspiraciones, y así estaba el mundo en su agitado curso, la humanidad avanzaba rumbo a la cristalización, y al declive.

Los humanos Vivian sin saber por qué vivían, la era cibernética había sustituido el esfuerzo del pensamiento sano, y detrás de cada servicio, muchos esperaban la mordida. Robos de identidades y fraudes Cibernéticos, se generaban como si fueran los dictámenes de las nuevas sociedades.

La generación de servidores públicos ya no emularían a Rabindranath Tagore cuando decía: "Dormía y soné que gozar era la vida, desperté y comprendí, que la vida era un servicio, me lancé a la acción, y he llegado a la conclusión que servir es la felicidad"

Ya nadie hacía nada por hacerlo, todos esperaban algo, la humanidad se había deshumanizado.

CAPITULO 4

Tody Y Strace

Una parejita tierna y bonita, con sus rostros angelicales bien pudieron confundir al más sagaz de los mortales, Tody, aparentemente la más consciente e inocente, era algo así, como una reliquia griega.

En cambio Estrace, que parecía que "no rompía un plato" rompía la vajilla entera", porque era la más radical y calculadora.

Antes que Gibón descubriera la tratada ellas buscaron la manera de hacer creer a los de más que él y ellas se conocían desde antes, y andaban con Gibón con todo el esplendor del honor, supuestamente asumieron probarlo por disposición de secta oculta y la organización del mal. Por lo menos le hacían creer a Gibón que Estrace tenía el dinero que le correspondía y fingían y mentían, hacían pruebas a Gibón que luego de ejecutarla les eran tan inquietantes que trastornaban sus consciencias, y al carecer de paz, al mirar a Gibón, por arrepentimiento pronunciaban:

------ "Lo siento".

Y Gibón, las mirabas y sin decir nada continuaba estudiándola.

Pero el interés de aquellas mujeres, se cifraba en que ellas como otros querían hacerle creer a la opinión publica que Gibón trabajaba para ellas en una compañía de Gatos que pretendieron organizar, bueno de hecho no pretendieron, Tody tenía una fundación que ofertaba alojamiento y comida para los gatos, y como Gibón ofrecía servicios de delibere en Bulley, ellas creyeron propicio llamarlo a él siempre que querían ir a cazar gatos desamparados para alojarlos, para de esa forma justificar el dinero que se le otorgaba de la compensación de Gibón, por ser las afortunadas en "lograr" que Gibón, entre tantas ofertas, "aceptara" la de ellas, que traía el típico y oloroso maquillaje de sus felinos.

Estrace en su delirio de empresaria siempre lo estaba invitando a cenar o a comer, para que los emisarios de secta oculta, y la organización del mal, los vieran juntos, pero nunca le dijo a Gibón de que estaban tratando de utilizarlo con el propósito de Justificar recursos que ella había empezado a reclamar a nombre de él, haciendo creer que Gibón estaba al tanto de todo.

Bueno si, un día en un arrebato de algarabía Estrace lo llamó y le informó:

------ "Te vamos a dar mucho dinero"

Cuando la organización del mal le pedía algunas acciones, ella se ponía como si estuviera en descontrol emocional, como si tuviera algo que ver con Gibón para ver si él se enojaba, o perdía el control, un día Estrace se puso a dar gritos para ver la reacción de Gibón, pero al ver que él seguía sereno y no le prestaba mucho caso, volvía a comportarse normalmente, y Gibón le decía:

---- ¿Qué pasó, sería que estudiaste Arte Dramático para fingir tal descontrol, de forma que si alguien te vieras piense que te están haciendo algo, o que te encuentras en un alto dilema emocional? ----Cuestionaba Gibón.

Entonces ella sonreía y guardaba silencio, sin embargo un día le comentó mirándolo de frente:

-----Tienes que conseguirte un trabajo en un banco.---- Dijo Estrace como si delirara.

Gibón la miró en silencio, al tiempo que pensaba: <<¿Qué será lo que Estrace pretende, de jornalero quiere llevarme a banquero?>>, y ella insistiendo lo interrumpió agregando:

---- Tendré que irme contigo cuando salga el dinero.

Gibón la escuchó en silencio sin insistir en nada, y entendió que aquella atravesaba por una radical obsesión económica, pero sin dejar de pensar en la condición de una Dalila frente a un sansón, ellos tenían su montaje, Gibón le seguía su música, ellos creían que podían engañarlo y el a su vez, le hacía creer que sí, que la condición de ingenuidad que el mostraba, le facilitaría a ellos, alcanzar su propósito, el caso era que Estrace estaba tan convencida que Gibón no sabría nada de la trama que ellas tenían, que plenamente se creyó, que podrían tener el control, al grado que un día le dijo a Gibón que Tody era lesbiana, adelantándose por si Gibón trataba de envolverse con aquella que frenara, Gibón se lo preguntó a Tody, pero ella se lo negó, y dijo:-

---- Oh, Estrace está recurriendo a confundirte respecto a mí!---- Dijo, e hizo un silencio prolongado.

Luego algunas de sus amigas incluyendo a Tody, le dijeron a Gibón, que tuviera cuidado con Estrace porque ella tenía un certificado psiquiátrico.

Gibón no sabía si estaban en lo cierto, o si se lo decían con la intención de crearle más confusión.

De todos modos Estrace tenía sus intenciones, y no p araba de invitar a Gibón a comer, ella intentaba hacer creer que el fraude que estaban montando obedecía a acciones autorizadas por Gibón, pero una noche Gibón se fue temprano a la cama y el Dios de su ser le preguntó: ----- Qué pasó en el 91?

Desde ese momento y al despertar ya él sabía que estaban intentados hacerle un fraude, y comenzó a difundirlo en las redes sociales, en escritos bilingües Inglés y español, lo que llevó a ciertos sectores que estaban al tanto de lo acontecido, a reconsiderar lo que estaba pasando.

Entonces de ahí en adelante cambiaron la táctica, Estrace un día decía una cosa y otro día decía otra, invitaba a Gibón a que fuera a algún lado, pero era seguida por un moreno que la supervisaba, y la ponía a hacer cosas que tal vez, ella no lo planeaba.

Trataban de justificar el fraude montado contra Gibón, de forma que los que se habían envuelto en el desfalco silencioso parecieran hacer lo correcto antes los ojos del gobierno, dejando la impresión de que Gibón estaba al tanto de cada acción.

Muchas veces en su afán conspirativo, querían actuar como si realmente tuvieran delirio de locura, desde Estrace, Don Páscualo y hasta Robert Wolff, que a veces decía una cosa y después decía otra, Gibón no sabía si era que estaban ganando tiempo con la intención de maldad o de bondad.

La organización del mal, había lanzado a sus sirvientes a la reiteración de la conspiración.

Gibón preguntaba a Estrace, qué sabía ella del dinero, ella le respondía, que todavía no era tiempo de liberarlo, que le iban a dar una sorpresa, y después cuando él le tocaba el tema actuaba como si en verdad fuera una persona incoherente, cambiaba el tema, o decía que tenía que llamar a su madre, Gibón la miraba y seguía estudiándola, y ella en medio de sus delirios con todo el esplendor de descaro buscaba un motivo para justificarse frente a Gibón, y otro día le preguntó :

----- ¿Te gustaría poner una joyería conmigo?

Gibón, la miró y después de un leve silencio la dejó escuchar lo que ella quería oír, y le respondió:

---- Sí, por qué no?

Y ella feliz se mostraba tranquila y llena de esperanzas, y era que muchos de los rufianes que buscaban confundir a Gibón estaban haciendo planes con lo que estaba para él.

Luego, al no tener Gibón una dirección declarada que le conviniera a ellos, le ofertaron que le conseguirían un apartamento para que lo rentara próximo a donde Estrace y su amiga Mari, vivían, pero como Gibón no las complació en su intensión, usaron una dirección donde Gibón había vivido alguna vez, fingiendo que Gibón estaba al tanto de lo que estaba pasando, pero Gibón ignoraba todo al respecto, y no entendía el por qué? Aquellos no le daban información de nada, principalmente cuando la malicia era tan grande que sobornaron e involucraron a los abogados buscando que estos disfrazaran una compensación que databa desde 1991, y que aún estaba pendiente, habían pasado 29 años, y aquellos intentaron disfrazar el monto acumulado desde entonces, con el reclamo de un accidente de carros ocurrido en el 2016.

Creían aquellos que podían confundir a Gibón, pero al ser descubiertos trataban de ganar tiempo y fingían como que todo obedecía a una prueba, siempre tratando de ocultar la malvada intención, para confundir a Gibón.

Hubo una ocasión en que recurrieron a Lunch, la hermana de Gibón, para que aquella le pidiera que se olvidara de ese reclamo, y Gibón le respondió:

------ No te dejes usar de esos demonios, cómo pretenden ellos que tú me persuada que me olvide de algo que me causó tanto sufrimiento y de lo que por ley soy el auténtico beneficiario, no estoy molesto por el dinero, estoy molesto por el abuso, si a mí que soy una persona que entiendo cuáles son mis derechos me han ultrajado de la manera que lo han hecho ¿Qué será de aquellos que no saben en qué pie están parados?

Estos actos de abusos y discriminación deben detenerse en cualquier lugar del mundo, despierten, no se dejen usar por una mafia que toda la vida a oprimido a los de abajo, y ahora quieren mostrarse como salvadores, cuando en verdad no son más que un grupo de hipócritas carente de un discernimiento coherente.---- Expresó Gibón.

CAPITULO 5

El Motivo.

La compensación que trataban de solapar se había generado por una confusión que se había tenido con Gibón unos meses después de él, haber llegado a nueva york, es decir, 29 años antes, lo habían confundido con un narco traficante, y aun Gibón teniendo sus documentos en orden, le dieron una sentencia forzada y racista, de una año para tres a nombre de la persona con quien lo habían confundido, en el principio le ofrecieron una probatoria que Gibón no aceptó, porque él nunca se había visto envuelto en problemas delincuenciales de ninguna naturaleza y entendía que era inocente de lo que le imputaban ya que aquel nunca había vendido o consumido drogas, e inclusive, también habían intentado agregarle " felonys" del auténtico infractor, sin que Gibón aceptara, ya que por su inocencia nunca aceptó   culpa alguna, viéndose precisados a abortarlo a los nueve meses, como alguien a quien le tocaba el nacimiento, a pesar de que Gibón otorgó su identidad, lo mandaron a la cárcel tras una sentencia ilegal, y lo tenían con el nombre de otro, aunque sabían por las huellas que el otro no era él, y no bastando todo lo que le habían hecho al grado de destruirle la vida, a la hora de hacerle justicia, habían vuelto a conspirar para hacerle creer que hubo un fraude contra él, porque él había abordado un acuerdo de aceptar una posición laboral, que nunca le otorgaron, después de 29 años era mucho el dinero a pagarle, en el 2010, el departamento de justicia había revisado el caso y los conspiradores entre los que se encontraba la iglesia de cienciología, hicieron un reclamo sin decirle nada a Gibón, que era el auténtico beneficiario, le introdujeron papeles para participar en un supuesto seminario, haciendo creer que Gibón estaba al tanto de todo, recibiendo ellos el dinero sin informarle a él que lo tenían. Es decir, habían dejado pasar el tiempo sin entregarle a Gibón lo que le correspondía, guardaron silencio porque encontraron que el dinero era mucho para pagárselo, y fingieron que Gibón trabajaba para ellos, para justificar la retención del dinero, entonces en el 2016, enviaron a provocar un accidente de tránsito para camuflajear el monto de la compensación, para ellos quedarse con la mayor parte, y todavía habían sectores que no entendían, cómo en Estados Unidos el país de la "justicia social, y la democracia popular", podrían generarse actos de tal naturaleza, sobre todo después que el Departamento de Justicia, había revisado ese caso.

Los conspiradores llevaban sus malas intenciones de confundir a Gibón, si aquel no lo descubría, aquellos lo saquearían, pero si aquel se percataba de sus tretas, fingirían que todo lo que le hacían, obedecían a simple pruebas para verificar la condición de tolerancia que Gibón podría mostrar, y para tal fin, acudieron e involucraron a los más desalmados y bajos sectores de la sociedad: enfermos mentales, drogadictos, prostitutas, e inconscientes, haciéndoles creer a aquellos que por requerir sus servicios, ellos eran de su interés, con grata y alta importancia, al tiempo que le otorgaban ciertas prebendas esporádicas, mientras que aquellos ignoraban, que habían decidido usarlos para luego desecharlos.

Nueva york, perdía el control, las mafias plantaban deshonor, humillar a los hombres de valor era la misión de su redención, y cuando se dirigían a aquellos a quienes ellos creían sus subalternos, lo hacían con la intención de hacerlos sentir mal, al grado de provocar una reacción de rebelión donde brotara la justicia hecha a manos, generando violencia, para así justificar sus crímenes y arbitrariedades.

Y Gibón, frecuentemente pensaba de aquellos que eran malvados que se encubrían como santos en las religiones, degenerados, perversos e inmisericordes que buscaban trastornar el camino de los hombres de bien, para sepultarlo en tumbas abismales que se mostraban como fosas comunes donde se dificultaran las grandes virtudes.

No obstante, se hacía entendible que al ser el país tan "Democrático", no faltarían algunos que en posturas de locos se jugaran el cinturón prejuzgando a sectores de las minorías, a ver si sus cálculos de acción se acomodaban a sus planes de obscuridad y malicia, por eso pretendieron usar a Gibón, como víctima en el juego de sus propósitos, ignorando que aquel, no se lo iba a permitir, y eran muchos los involucrados al grado que

Cienciología reclamó, y el dinero no entregó ¿Dónde fue que lo guardó, que a Gibón no se lo dio?

Eran pruebas tan reales, que nadie dudaría que los involucrados, estuvieran obedeciendo a peticiones de una mafia diferida.

Y algunos decían que eran probadores, pero otros pensaban que ellos eran ladrones.

Ellos no entendían que no podían robarle a Gibón, el pastor del señor, porque la asignación de Gibón era generada por el señor, y aquel no era más que un simple administrador, por lo que intentar robar a Gibón, era intentar robarle al señor, por lo que Dios, no lo permitiría.

Eran pruebas con más carga de malicias e intimidación que un propósito de formación y salvación, estaban conspirando y eran muchos los envueltos, la ambición, la envidia la maldad habían degenerados a los patriarcas, aquellos que por dinero mataban aunque no fuera de ellos, ellos creían que las minorías no tenían derechos aunque pagaran impuestos, porque aquellos, pensaban, que las clases minoritarias, eran sus nuevos esclavos.

Y, tan cruda realidad inducia a Gibón a pensar <Para luego expresar: "Ni el hambre, ni la cárcel nos han doblado, ni la persecuciones de sus gendarmes, han golpeado nuestros espíritus" >

Era la hora del despertar, que los dormidos hicieran consciencia, que no permitieran que nadie los usara contra su propia gente, para que se detuvieran los abusos, el racismo, la discriminación, y la brutalidad policial, porque para ese entonces, ellos, eran "la fuerza del orden, que provocaba desorden", convirtiéndose en la única fuerza pagada por los pobres, para que en cualquier lado, accionaran al servicio del mandato de los ricos.

Sin embargo, no dejaban de existir excepciones, y podríamos decir, que el capitán Peter Gamboa, y el oficial Rodríguez, del precinto 50, accionaban en torno a la justicia, buscando que todos recibieran, lo que merecieran, mostrando la cortesía y el profesionalismo que ameritaba la institución, no obstante, algunos oficiales de los que enviaban de servicio a la puerta de Bulley, tenían curiosidad por saber quién era realmente Gibón, y en más de una ocasión cuando Gibón iba al baño entraba y salía por la puerta del frente y algunos lo hacían dar la vuelta para que saliera por la puerta que se usaba para salir con la compra, aunque Gibón no llevara nada en las manos, pero lo hacían como un simple acto de provocación, probando a ver si aquel se rebelaba o se negaba, pero como Gibón sabía de sus pretensiones, él le obedecía y cuando regresaba para subir las escaleras frente a la puerta que le habían negado la salida, Gibón descubría que aquellos habían incurrido con él, en acciones discriminativas, pues estaban dejando salir a otros miembros del club, por la puerta por donde no le habían permitido salir, a él, y aquel no callaba e iba y le decía al oficial:

------ Gracias por ejercicio, no me dejaste salir a mí por el frente, y veo que estás dejando salir a otros.

Y el oficial, sabiendo que lo que había hecho no estaba bien, lo tomaba como una broma y sonreía.

Por muchos años, nueva york luchó por ser una ciudad modelo, ejemplo para las demás ciudades Cosmopolitan, pero dentro de su población digna y trabajadora, que como contribuyentes lo habían dado todo, había surgido un renglón que " desbarataba con los pies, todo lo que los hombres y mujeres de buena voluntad, hacían con las manos", los partidarios de la discriminación, eran irreflexivos, y muchos de los que se creían misericordiosos, frecuentementeseinclinabanamentirparalamanipulación, y la condenación, esos eran los abanderados del caos para la opresión, muchos de ellos creían que sabían más que los demás, y que podían confundir y usar, a los ejecutores del cambio, simplemente ellos querían mudar la acción de transformación a otro renglón donde ellos pudieran disfrazar la opresión, como redención, con el apoyo de la población, como diciéndoles: < "ven, ponte esta soga al cuello a ver cómo te quedas">.

Sin importar las influencias contextuales, los malvados perecerían, nadie estaba exento de la justicia divina, cada cual recibiría los frutos del árbol que plantó.

Era hora de despertar, la conciencia florecería para que la paz, otorgara libertad.

CAPITULO 6

La Gata

Una inclemente motivación de su condición, radical perseguidora de Gibón, falsa profeta que ofrecía liberación y en su accionar imponía opresión, porque la esencia de su intención, era arrastrarlo a la perdición.

La gata había hecho de Estrace una especie de mil uso, ella la involucraba en muchas cosas, que conducían a golpear a Gibón, de manera que por diligencia de ella, cada día Gibón se agregaba un nuevo enemigo que llegaban directamente, a provocarlo, a burlarse o a conducirlo a un terreno donde él perdiera su ecuanimidad.

Pues como ya les había dicho, secta oculta y la organización del mal, buscaban enfermarlo, derrotarlo enloquecerlo para inducirlo al crimen, encarcelarlo para después deshabilitarlo.

También pensaba Gibón, que la ciudad pudo estar involucrada en la conspiración , dándole luz verde a los hostigadores, para que crearan casos paralelos para desviar el verdadero origen de la compensación, y lo cierto es que el grupo autorizado para dar seguimiento a tal propósito, también tenía integrantes con mentes criminales, una prueba a un ser humano al que se le ha violado sus derechos, ocultando la verdad, no estaba llamada a incluir sabotaje, como romperle dos tornillos de un lado de una goma, y tres en el otro lado para que la goma se soltara a ver si la victima perecía, para no pagarle, a toda esa bajeza recurrieron secta oculta y la organización del mal, algo así como un crimen de "lesa humanidad".

Ignoraban aquellos, que Dios, estaba con Gibón, y por lo mismo todo lo que ellos planearan contra Gibón le saldría mal, de forma tal, que todo intento en su contra resultaría a favor de él.

De manera que aquellos no eran más que dueños y conductores de ignorancia y no querían admitir que cada día, el espíritu de Dios se movía, y Gibón se fortalecía.

Estrace, seguía siendo utilizada por la Gata, la organización del mal, y secta oculta, para que le hiciera creer a Gibón que ella tenía el dinero.

Ella por disposición de la Gata, había constituido un grupo de xenofóbicos, integrados por feligreses de la diáspora dominicana nacida y crecida en nueva york que se deslumbraban cuando la veían, y le seguían las instrucciones al pie de la letra, para afectar los intereses de Gibón, en todos los sentidos.

Sin intención de reiterarlo, a Gibón no le gustaban los abusos, y por lo tanto esperaba justicia, a tal grado que ya él, lo que deseaba era que cometieran un error más allá de lo que habían cometido y que apareciera un abogado a su favor a quienes ellos no alcanzaran a sobornar, que cogiera el caso y lo llevara frente a un juez, a ver cuáles de ellos caerían por corruptos y maliciosos.

Gibón había presionado a Robert Wolff a fin de que le recomendara a un abogado criminalista que tirara por el suelo la malicia de los conspiradores que intentaban retener y desviar la compensación, pero daba la impresión que también Robert Wolff, estaba alineado con ellos.

Por eso un día, Gibón lo llamó y le dejó un mensaje donde le decía:

---- "No sé por qué tu prolongas este caso por más tiempo, acaso te vendiste o eres uno de los conspiradores y no me has dicho nada, dime la cosas como son que para eso eres mi abogado".---- puntualizó Gibón.

Media hora después de dejarle el mensaje, Robert Wolff lo llamó dejándole saber que la corte por motivo de la pandemia había estado cerrada, que estaba esperando a ver si un juez le incrementaba la oferta, entonces Gibón le dijo que estaba bien, como una forma de seguirle la corriente, él sabía que aquel estaba ganando tiempo con el propósito que fuera, por lo que se había consagrado a mentirle.

Así, cuando la ética se perdió en el planeta, tocó todos los renglones, de manera que hasta algunos de los médicos quedaran sepultados, de forma que cuando la organización del mal quería sacar de circulación a alguien, recurría a enviar a seguir a sus víctimas por donde quiera que se movieran, por lo que era fácil dar con el paradero de personas clave que hicieran lo que ellos deseaban, y en el caso de Gibón, sus médicos serian de gran ayuda para lo que la organización buscaba, tentando a algunos de ellos, a manipular el archivo médico de Gibón,para que prescribieran a aquel, medicamentos con efectos secundarios, para que Gibón se sintiera enfermo, y accediera a deshabilitarse , facilitando de tal forma el propósito de aquellos.

Gibón no era violento, pero hubo momento en que no le faltó el deseo de saber quiénes eran y donde estaban los cabecillas del tal aberración, para hacerse justicia por su cuenta, porque a villanos de tal naturaleza, entendía el, no se le podría permitir que siguieran dañando a personas inocentes, y pensaba que la injusticia y la violencia, andaban tomadas de las manos, porque muchas veces, la injusticia inducia a la violencia.

Veamos muy por encima el por qué la violencia no cesaba y como era de especial nueva york, para que aparecieran personas tan irreflexivas que bien podrían generar condiciones inesperadas en la existencia, así fue como en la semana mayor o como le decían la semana santa, acontecieron imprevistos que dejaron boquiabierta a muchos en la ciudad, porque habían optados por reunirse en masas desobedeciendo el mandato del distanciamiento social, y aunque una gran cantidad de personas habían sido vacunadas, la violencia seguía ganando víctimas, y en diferentes sectores de la ciudad, no dejaron de generarse tiroteos que afectaron a muchos inocentes, al tiempo que la jauría continuaba activada, sin dejar de ensayar su montaje de malicia, que consistía en que la jauría se ponía de acuerdo para tratar de que algunos se fueran hasta dos veces sin hacer turno, todo con la intención de dilatar a Gibón en la lista de espera.

Aquellos no se cansaban de probar a Gibón a petición de secta oculta y la organización del mal.

El tres de abril era sábado, día en que Gibón se quedaba a cerrar, y aprovecharon tal ocasión para intentar dificultarle la existencia a aquel.

Se habían ido todos, y quedaban Petro, Goby y Gibón, montó Petro un pasajero, Goby se fue vacío porque se aproximaba la hora de cerrar, y Gibón que creía que Petro no volvería, no lo borró de la lista, y pensó bajar al baño en lo que salía el pasajero.

Mientras aquel estaba en el baño, petro llegó y no se anotó, intentando volver a montar antes que Gibón, alegando que él no se había ido, sabiendo Gibón que el acababa de llegar, para tal fin buscando confundir a gibón, comenzó a provocarlo y en la provocación sacó a colación una serie de ofensas diciéndole a gibón que él era loco, que vivía vendiendo pasquines a dos dólares, que sufría de delirio de persecución , que si salía un cliente no iba a dejar que él se lo llevara.

Gibón le preguntó que iba a ser si salía un pasajero y él se lo llevaba?

---- Me vas a Golpear? ---- Cuestionó.

---- Yo he partido a muchos mas peligroso que tú.---- Respondió Petro.

Al no cesar de hablar lo que Gibon consideraba " bajeza y fanfarronerías, interrumpiéndolo le dijo:

----- El enfrascarme en una discusión como esta, simplemente me rebaja, pero no te equivoques, que yo conozco técnicas que me permiten derribar a carga burros como tú. Desde este momento, lo correcto y saludable seria que no vuelvas a dirigirme la palabra, se ves claramente que no eres amigo de nadie y solo te interesa el dinero, tu eres un calié o espía de secta oculta que crees que me vas a conducir a tu terreno, eres tan malicioso que no puedes fingir la envidia, por lo mismo, nosotros no tenemos nada de qué habla, así que confórmate con que te toleres, y no respondas como mereces que lo haga.

---- Oh, si tú me pones la mano encima aquí hay cámara.---- Dijo buscando con la vista las cámaras en el techo.

----- No tenemos nada de qué hablar, desde este momento te retiro mi amistad, tú quieres dártela de confianzudo e igualado, y cada cual es el que es, y como es, yo no le deseo mal a nadie, pero ninguno de los que se han puesto conmigo le ha ido muy bien.

Petro guardó silencio, no había salido nadie, y unos minutos después subió Nicole a decir, que no quedaba nadie en la tienda y que ya iban a cerrar.

Cada cual caminó hacia la calle y abordó su vehículo sin decir nada ni despedirse, iban en diferentes direcciones, la noche estaba helada, desde los callejones de los rascacielos, se escuchaba el maullar de los gatos, libremente deambulando, alejado de las jaulas de Estrace.

Así era la jauría con motivo y sorpresas cada día, y como Gibón se mantenía aislado, frecuentemente buscaban un motivo para lanzarlo a l medio.

Los titanes callejeros sabían que nueva york era la cátedra real que los enseñaba a guerrear, donde quien parecía ser amigo te vendía o te traicionaba, donde quien pretendía ayudar, lo hacía para explotar, ni familia ni amistad te hablaban con la verdad, todos amaban el dinero, causa de desigualdad.

Por unas pocas monedas, te podían crucificar.

El dinero era el amor, que las inducias a tolerar, cementerio de carroñas, que el mundo quería habitar.

En ese entonces Gibón, había sido tan discriminado, perseguido y vilipendiado, que algunos pretendieron alterarle la vida que había escogido antes de nacer, y lo amenazaban con pasarle a sus hijos lo que por ley estaban llamado a entregarle a él, no paraban de burlarse y manipular, aquellos victimarios persistían en violar la ley en su contra, como si cada ser aunque fueran familia no traían vidas diferentes.

Ya les había contado sobre tales arbitrariedades, pero sí, aquellos pretendieron enfermarlo para deshabilitarlo por la fuerza, eran tanta las maldades que existían en esos corazones, que temían que Gibón con poder le otorgara un trago de su propia medicina, por lo que aquel solía decir, que los malvados eran cobardes porque les gustaba hacerle a otros, lo que no querían que le hicieran a ellos.

Sin embargo, Gibón era distinto a todos, y en la tierra en ese entonces, se decía que el "ladrón juzgaba por sus condiciones", y que el que a "hierro matara, pudiera ser, que a hierro muriera".

El creía que los hombres de la eternidad nunca debían

darse por vencido, y seguía esperando que llegara lo que estaba supuesto a llegar, por eso nunca dudó que el triunfo andaba tras de él, y que en cualquier momento llegaría.

Aunque en ese entonces se atravesaba como ya le había dicho, por la era apocalíptica, donde la humanidad esperaba dos eventos estremecedores: la segunda venida de Jesucristo, y un desastre global que hiciera al hombre volver su cara a Dios, porque en realidad se estaba viviendo una lucha de radicalidad de todos contra todos, porque se cumplía la profecía de que "se le quitaría al que menos tenia para darle al que más tenía", el dinero no alcanzaba a las familias minoritarias, porque el costo de la vida, cada día se elevaba, y había que pagar al precio que fijara el distribuidor del mercado a menos que no quisieran padecer hambre.

Como el hombre esperaba esos eventos ejemplares, siempre que se anunciaba una tormenta, la gente de la ciudad de nueva york, creía que el mundo se acabaría, y salía de compras y lugares como Bulley se tornaban intransitables y los miembros del club salían con grandes compras, y muchos de los de la jauría se aprovechaba para pedir por el transporte una alta suma de dinero, el que menos cobraba era Gibón que solía hacer viajes largos por menos dinero y algunas veces, cuando la jauría tenia cien, él solía tener ciento cincuenta, y aquellos en su ignorancia se burlaban, mientras Gibón seguía satisfecho dándole gracia al señor y le decía a la Jauría:

----- Ustedes creen que ganan más que yo, pero yo gano más, porque mientras ustedes esperan yo me muevo, al tiempo que estoy contribuyendo a equilibrar el presupuesto de los necesitados, el dinero me rinde más, porque mis necesidades son menores.----- Decía, y la jauría se tornaba irritada, casi dispuesta a ladrar.

En ese momento reapareció Mario la salsa, uno de la jauría que se había retirado para implementar una fritura nocturna, la que trabajó por más de dos años, pero luego decidió aproximarse a la jauría, algunos de los que no lo conocían quisieron hacer oposición, pero Rene cariño que estaba al tanto de la reaparición le especificó que Mario la salsa se había ausentado pero que el pertenecía al grupo y que nadie estaba llamado a impedir que él trabajara.

Entonces pasado unos días, Mario la salsa con su paciencia y su firmeza los hizo callar, y la jauría dejó de ladrar, y Mario la salsa comenzó a danzar, y muchos reían hasta el paladar.

CAPITULO 7

La Jauría

Consagrada animalada la jauría, perseguían un motivo cada día, para justificar su coraje de ladrar, si en su arbitrariedad te dejaba morder, te generaban rabia, pues, eran perros que no siempre alimentaban el alma, su objetivo giraba en producir para vivir, por llevar un pasajero se inclinaban quitándose el sombrero, muchos eran barberos y albañiles, pero Bulley, fue cambiando su estilo de comer, y a la sobrevivencia, todos le rendían cuentas.

A pesar de ser tan recelosa, aquella no siempre discriminaba, por lo que algunos desinhibidos y sin ataduras se asomaban, Romualdo, chica varonil, amigo consagrado de Burdock, enamorado y conflictivo, había sido admitido.

En el principio fue tolerado pero después, en una ocasión en que entró en guerra con Wing el administrador, y amenazó con demandarlo por discriminación de género, todos le cayeron encima y a fuerzas, tuvo que abandonar el escenario.

Y es que aquel como santero, amenazaba a muchos con

esclavizarlos con enviación de hechicerías, y si él se cogía
con alguien, si no lo besaban le corrían,

Un día andaba Gibón con su hija Queen, Romualdo
vio que aquel montó un pasajero llevándola a ella en el
asiento de adelante , y por eso, intentó llamarle la policía,
luego al otro día el andaba con unos pantalones blanco y
parece que se había rascado fuerte causándose laceraciones
y había sangrado ensuciándose el pantalón por la parte
de atrás ,y Burdock que no era amigo ni de la madre que
lo había parido, se puso a agitar y se le acercó a Gibón, a
murmurar sobre el sucio del pantalón que traía aquel, y
Gibón cometió el error de comentar frente a Burdock,
que Romualdo parecía una mujer con la menstruación,
y Burdock, de una manera maliciosa se lo comentó a
Romualdo, motivando que aquel insultara a Gibón de una
manera desconsiderada, de todos modos, Gibón no le hizo
caso y se fue a llevar un pasajero y cuando regresó, ya la
jauría combinada con Mark, el asistente de Wing, que en
ese entonces aun no admitía en el reino de su cielo a toda
la jauría, aprovechando para probar a Gibón, indujeron
a que Romualdo se prestara a hacerle un drama, y aquel
como una mujer resentida, le saltó   encima diciéndole:

----- La próxima vez que tú te pongas a hablar de mí,
veras lo que te voy a hacer.

Gibón sorprendido le bloqueó el golpe y le agarró el
puño y retrocediendo le respondió:

---- Ten cuidado, no vayas a caerte y a darte un golpe.

----- El que te voy a dar soy yo.-----Dijo Romualdo.

Te voy a soltar, ten cuidado si te caes. ---- le advirtió
Gibón.

Entonces lo soltó, y aquel perdió el equilibrio y se cayó,
y Burdock lo estaba agitando para que Romualdo llamara a
la policía, y le pusiera una querella a Gibón, por "violencia
doméstica y discriminación de género".

Sin embargo, Romualdo en esa ocasión no se atrevió,

y le especificó, que Gibón no lo tumbó , que fue el que se
cayó,. Y que incluso Gibón le advirtió que tuviera cuidado
que él lo iba a soltar.

y su soberbia se expandió un tiempo después en que
su amigo Gladiolo falleció, tomó unas vacaciones para
cuba y allá se encontró con un guajiro de Santa Clara que
había padecido todas las hambres que había generado
el bloqueo estadounidense al régimen de Fidel Castro,
y aquel acostumbrado a cazar brujas, una noche fue a
Copacabana con un pantalón blanco de lo que usaban
los padrotes entiéndase (chulo), ajustado hasta donde
había carne, y Romualdo como perverso al fin, le vio la
cremallera, y en una fantasía pasajera, pensó que el bulto
más que cable tradicional, era una manguera de ahorcar,
pues quiso ser matado por aquel, y estaba tan inspirado,
que el padrote de Santa Clara, sin saber cómo diablos
seria, que lo haría, le fue susurrando besándole la copa de
los oídos, hasta que lo durmió, como estaba acostumbrado
a hacerlo con las "jineteras" (prostitutas) de la Habana, y le
sacó quinientos dólares, lo calentó y no le hizo nada, con
la promesa de que lo vería al otro día en la habitación del
hotel, donde Romualdo se hospedaba, porque esa noche
estaba algo cansado, y resultó que a la hora que acordaron
ni a ninguna otra hora, aquel se apareció, y Romualdo
no quería conformarse con haber sido tumbado de la
manera más vil, y en su coraje lo maldijo en el nombre
de la legión infernal, todo por haber sido planchado sin
ser ropa, todo eso le generó una noche de incomodidad,
y en su condición de santero, al otro día que fue sábado,
se encaminó a una botánica a retirar una estatua de San
Lázaro que había pagado por adelantado, y dejado en el
establecimiento, ya que no tenía espacio para guardarla
en la habitación del hotel, y al otro día domingo volaría
a puertos Estadounidenses, por lo que al llegar le dijo a
la administradora de la Botánica que le empacara el San

Lázaro de manera que pudiera llegar a suelos Americanos sin quebrarse.

Antes aquel alegato la administradora le explicó que él no le dijo que era para embarcarla y que por lo mismo tenía que pagar doscientos dólares más, para completar los cuatrocientos que se requería para el empaque al extranjero.

Romualdo se contrarió tanto que no pudiendo controlar su enojo le dio un puñetazo a la pared, que obviamente era de tablas, al tiempo que se le introdujo una astilla de madera entre los puños , mientras el impacto alcanzó la cabeza del San Lázaro, que la puso a volar por los aires, haciéndola añicos, la astilla en el puño generó que aquel se mallugara la mano con todo y dedos, por lo que tuvo que acudir a la sala de emergencia del hospital "Habana", donde lo engazaron hasta que llegara a Miami , pero al llegar , cambió para el avión con destino a Nueva york, y se presentó al presbiteriano, donde le indicaron que en la condición en que él se encontraba, tenía que irse a su casa y llamar desde allá una ambulancia para que lo llevaran a la emergencia, y como le indicaron lo hizo, pero como él era diabético, las magulladuras del puño y la muñeca se les pusieron negras, produciéndole una gangrena, durante el trayecto al hospital había sido sedado, y permaneció durmiendo largas horas, era un factor de vida o muerte, y como él había llegado durmiendo sin que lograra despertarse, había que tomar una decisión y hubo que operarlo de emergencia viéndose precisados a cortarle el brazo, al despertar intentó alegar pero le especificaron que lo ocurrido se había generado en el afán de salvarle la vida, entonces agradeció la decisión del hospital, y luego apareció en la jauría con el brazo cortado, Y Burdock le recordó que eso era pagándole a Jóchelo lo que anteriormente le había hecho.

Resultó que Jóchelo le había vendido unos productos

naturales que él, pagó con una tarjeta de crédito, y después llamó a servicio al cliente y le dijo que a él le habían robado la tarjeta y que Jóchelo le había hecho un cargo de 196 dólares, entonces la compañía para quien Jóchelo trabajaba llamó a Jóchelo y le dijo: "alguien lo está acusando de hacerle un cargo a su tarjeta sin su autorización, debido a que nosotros sabemos quién es usted, nosotros le asignamos los abogados de la compañía para que lo representen ante el buró de crédito y una comisión investigadora del FBI, Jóchelo tragó en seco, al escuchar tan amarga disertación que se tornó en decepción , entonces se presentó a una reunión donde lo interrogaron y le preguntaron si él había vendido algunos productos en el periodo en que Romualdo alegaba que su tarjeta había sido cargada.

Jóchelo le dijo que si, y a nombre de quien se había hecho el cargo, y le detalló los productos que se habían cobrados, ellos le plantearon que llamarían por tres vías a Romualdo, Jóchelo estuvo de acuerdo autorizando la acción e hicieron la llamada, a Romualdo le preguntaron que si él había llamado alegando que su tarjeta había sido robada, el negó que había sido robada, y alegó que Jóchelo le había hecho un cargo a su tarjeta por unos productos que él le había devuelto, en esa conversación ya la compañía, el FBI, y el buró de crédito se habían percatado que Romualdo mentía, y Jóchelo que estaba en una de las líneas escuchando la conversación lo desmintió diciendo que él no le había devuelto ninguno productos.

A partir de ese momento, las tarjetas de Romualdo fueron canceladas, tuvieron que pedirle una disculpa públicas a Jóchelo otorgándole un rembolso doble, el FBI, le preguntó si deseaba ponerle cargo a Romualdo por perjurio, daños y prejuicios, pero Jóchelo se negó y por eso no lo arrestaron.

Desde ese momento en que Romualdo perdió el brazo, los que no lo conocían empezaron a llamarlo el mocho y él iba agudizando su odio contra la gente, al grado que fraguaba cosas a fin de vengarse hasta del inocente, y muchos de los miembros del club, ya no querían irse con él porque pensaban que era un riesgo montarse con alguien que manejaba con un solo brazo, y como él era de la gente de Garget, acostumbrado a cobrar a sobreprecio, un día montó a un mejicano y le dijo que le cobraría 25 dólares por el viaje y cuando llegaron lo chantajeó y le dijo :

-----tú tienes que pagarme 35 dólares.

----- ¿Qué pasó, mi mocho, así no fue que hablamos, usted me dijo que eran veinticinco dólares.--- Alegó el mejicano.

Es mejor que me los pague, son 30 por el viaje y cinco de propina, y si no me lo paga te voy a llamar a inmigración.

Ante una amenaza de ese calibre, el mejicano se sintió intimidado y le pagó lo que el exigía, aunque luego fue y lo denunció con la jauría, que nunca callaba nada, por el contrario, exageraba, por lo que alguno solían decir: ----- "Dios me libre de los palos de mi madre y del ladrar de la Ajuria".

Así fue como Burdock que quería deshacerse de él, agitó a René Cariño para que lo pusiera en mala con el administrador, por lo que Wing le dijo que no lo quería ahí, Y Romualdo quiso demandarlo por discriminación de género, hasta que la jauría ladró para que se fuera.

"A Dios nadie lo engaña, es sabio y poderoso, él es la causa de este mundo hermoso, yo te entiendo a plenitud, toda la gracia divina sólo la concedes tú".--- Alababa Gibón.

Él entendía que si había justicia para encarcelar a los pobres, tenía que haber justicia para hacer que aquellos de cuellos blancos, no evadieran el castigo.

Pero la radicalización de secta oculta y la organización del mal, ya habían agotados todos los mecanismos y eventos que pudieran afectar a Gibón, primero habían sobornado a Celeste Castellano para que desapareciera con su hijo Marquet, y después buscaban la manera de sacarlo de su ecuanimidad, porque lo seguían, y andaban con emisarios a quienes relegaban para hacer el trabajo sucio.

Una tarde Gibón había ido a la ciento ochenta y Souther Boulevar a dejar a un pasajero, y a su regreso se detuvo a un lado del camino, y enviaron a uno de los que hacían el trabajo sucio y aquel abriendo la puerta del carro del lado del pasajero, había quedado frente a Gibon, pidiéndole como si hubiese estado frente al mostrador de una Bodega:

----- Dame un cincuenta.

Gibón se quedó mirándolo al tiempo que le decía:

----- ¿De qué tú me hablas? Soy de la policía, tú quieres caer preso?....

Cierra esa puerta y retiraste.----- Dijo.

El transeúnte, quedó sorprendido por la forma que Gibón le habló y dijo:----- Policía?....

Cerró la puerta sin decir nada y se alejó a pasos acelerados, secta oculta habían tenidos otro golpe fallido, tratando de trampear a Gibón.

"Impedir que se difunda la verdad;
Sería como intentar encubrir,
los rayos del sol con un dedo".

CAPITULO 8

Rivalidades

---- Ese Burdock me tienes hasta la coronilla, dijo witches en uno de esos arrebatos explosivos, mientras se quitaba la gorra, y la sacudía con violencia sobre su rodilla derecha....

Mira lo último que dice, que a él no le importa durar una semana usando un pantalón, que se lo cambia para que los pendencieros descansen la vista.

Gibón lo miraba sin decir nada, como si lo cuestionara, pero luego de un intervalo agregó:-

------ La ignorancia, es la ceguera del alma, hacen lo que hacen porque ignoran que a la hora de la justicia divina, nos veremos cara a cara, porque no podrán encubrirse, ni habrá un lugar donde se escondan, es mejor que cesen ya las burlas, los abusos, porque si aquellos que tienen poder persisten en abusar de él, podrían molestar a Dios, y hay que evitar que él se enoje, porque un enojo de Dios, conduciría a los malvados a arrastrarse como serpientes ---- Concluyó.

Era que los reptiles naturales, eran cínicos y sin pasión, se arrastraban en sus pechos sobre su caparazón, siempre estaban estudiando cómo hacer una traición, por andar sobre el estiércol, carecían de compasión, por su malicia y maldad frenaron su evolución, y aun no tenían reflexión, para la liberación.

El problema era que Burdock no maduraba, un día hacía creer que iba a cambiar, y mientras se le daba credibilidad, en esa pausa él tomaba energía para continuar en sus groserías, y se le oía externar grandes "improperios de verduleras", palabras tan obscenas que se ignoraba cómo le cabían en la boca sin atorarse al pronunciarlas.

----- Bueno, ¿qué se va a hacer? En realidad, "cotorra vieja no aprende a hablar", y a ese, solo lo arregla el sepulcro.---- Agregó Witches.

----- Parece ser que así es, Witches, por eso no hay otro para mí, más idóneo que Dios, porque Dios es la esencia de mi ser, yo soy Dios en mí, y Dios mora en ti, Dios es, el que es para yo ser el que soy, somos la interpelación del yo soy, en el ser, soy salud, sabiduría y juventud, y dijo Dios, tu será mi oído, y será mi voz, tu ejecutarás lo que diga yo, yo obedeceré, y como él lo dijo, así yo lo haré   .---- Dijo Gibón.

En la jauría era difícil confiar en nadie, porque ellos en su mayoría le rendían más honor al dinero que al hombre, si alguien salía y no pagaba lo que ellos pedían , no lo llevaban y se lo soltaban a Gibón, que pletórico de amor, recorría extensos caminos para llevar a la gente por lo que pudieran pagar.

Witches en cambio era el típico individuo que a mitad de camino voceaba para que lo anotaran, y andaba vigilando a ver quién dudaba en retener su turno para llevarle el pasajero, en una ocasión siendo el turno de Gibon se llevaba aquel unos señores que él conocía y a quienes él había llevado antes, y le habló y le dijo? ¿No se acuerdan de mí? Yo los había llevado antes, ustedes se iban con Cholinfe y luego se fueron conmigo.----- Dijo, hasta que lo convenció para que dejaran de irse con Gibón y se fueran con él.

Ante tan radical descaro, Gibón le reclamó y le dijo:

----- No me gustó eso que hizo.

Devolviéndose le hizo frente a Gibón, dándosela de noqueador y le preguntó:

----- Qué es lo que usted quiere?--- Dijo.

----- Llevarme a los señores, porque es mi turno.---- Reiteró Gibón.

----- No, eso no se va a poder, yo los conozco y los he llevado antes, por lo mismo ellos se van conmigo.---- Especificó.

Gibón auto controlándose para que no hubiera una fricción física entre ellos, por el abuso le dijo:

---- Por eso es que no progresa, por egoísta.

Witches, conociendo a Gibón guardó silencio y siguió andando jalando el carro de los señores que finalmente acabaron yéndose con él.

Lo que estaban en ese momento que presenciaron lo acontecido, empezaron a murmurarlo a sus espaldas, censurando la actitud de aquel al tiempo que agitaban a Gibón para ver si aquel se metía en problema con él, en cambio, cuando Wiches regresó de dejar a los señores se aproximó a Gibón y le dijo:

----- Yo soy su amigo, Gibón.

Entonces Gibón le especificó:

----- "Con amigos como usted, no necesito enemigos". Dijo.

Witches nuevamente, guardó silencio, porque aun sabiendo que lo había hecho mal, ya no había forma de remediarlo.

En realidad, después de Dios, el dinero era el amor más querido en la tierra, y muchos ignorando que si no habían escogido la vida opulenta antes de nacer, aunque ganaran como sobrevivir, no podrían tenerlo como fortuna, de todos modos, lo que ellos en fe le pedían a Dios, ya lo tenían asignados antes de nacer, sin embargo como ellos lo ignoraban, Dios se lo entregaba en el libre albedrio como milagro de fe, pero solo quien lo escogió antes de nacer, lo recibiría en abundancia antes de que abandonara el ejercicio de experimentación en la vida terrenal.

y muchos de ellos correspondían a las dadivas de soborno que secta oculta y la organización del mal ofrecían para que descaradamente se la pusieran difícil a Gibón, y actuaban como hipócritas fingiéndole amistad.

Pero la voz de la integridad, a Gibón le solía susurrar:

---- "Eres una antorcha del señor, han querido ponértela difícil, pero Dios no lo ha permitido, en cada paso que tu das, te conduce a la felicidad, en tu camino él te muestra la luz, ninguno te podrás cegar, tu eres la luz que él hace brillar.

Acaríciame el alma corazón, que hoy tengo la ilusión de ser el que no soy, quiero entender por amor, lo que muchos en su obnubilación se niegan a entender, el sacrificio por la redención, que hoy nos impide el yugo del dolor.

CAPITULO 9

Ya Gibón había pasado hasta por lo que no traía asignado, en una ocasión, enviaron a una mujer con una niña, a ocupar sus servicios de transportación para que fueran seguidos por un ciclista, que acabaría provocando una escena de violencia, sin importar la presencia de la párvula, buscando probar la paciencia de Gibón, y comprobar su reacción, por si él, respondía con violencia, que la mujer se convirtiera en testigo de tal reacción, el ciclista se encontraba en el momento en que Gibón se aprestaba a desmontar a la mujer, se aproximó al vehículo con una manopla en la mano izquierda y sin hablar comenzó a golpear el vidrio delantero con la intensión de inhabilitarlo, buscando provocar la ira en Gibón, sin embargo, aquel salió y se quedó en la puerta del lado del chofer, mirando lo que el bergante hacía, quien al ver que Gibón lo miraba, aquel se adrenalizaba, y aceleraba los golpes con la manopla sobre el cristal, cuando ya el cristal estaba agrietado y el vio que Gibón no reaccionaba con violencia se decepcionó.

Entonces Gibón le dijo:

----- No era necesario que tú destruyera ese cristal, para buscar mi reacción, yo soy el que yo soy, y quien te envió no tiene poder sobre mí.

Aquel como un sátiro enloquecido siguió rodando en su bicicleta y se alejó, la mujer que fue contratada para que fuera testigo de la escena miró a Gibón en silencio, y él le Dijo:

----- Si ese joven no cambia de actitud, lo van a matar, porque violencia engendra violencia.

----- Si, puede ser que ande drogado,----- Dijo la clienta,

Gibón sin decir nada procedió a bajar la compra de la mujer, cuando había concluido, se regresó pensando que todo obedecía a una causa intimidatoria, llamó a Estrace y le comentó lo acontecido.

Estrace sin inmutarse le dijo:----- no te preocupes por eso.

Antes aquella prerrogativa, Gibón entendió que estaban tratando de intimidarlo, y conociéndose aquel, que entendía que por la buena era un panal de miel, pero por la mala era como un acero encendido le publicó en las redes sociales una respuesta radical:

"MALCRIADOS O MAL EDUCADOS?"

Los terroristas domésticos, son como niños pobres con juguetes caros, una especie de patanes naturales, sin otra cosa en mente que no sea maldad, manipulación e intimidación, y violencia, ellos aún no entienden que no pueden manipular ni intimidar a los que hemos sido pulidos como el acero.

Esos trogloditas acostumbrados al saqueo, a la manipulación, al enriquecimiento ilícito por malversación de fondos, que al no ser de ellos, buscan la manera de hacer creer a los de más, que tienen una familiaridad y una cercanía y un vínculo de amistad con las víctimas, para justificar el retener lo que le pertenece a quien lo trae asignado, y que nada tiene que ver con ellos.

Ese es el estilo de manipulación a lo que ellos recurren, las leyes son las leyes, y no hay que violarla por racismo, para favorecer y tolerar los actos de acciones delincuenciales, perjudicando al inocente porque dos o tres quieran que sea así.

El viernes tres de abril, mandaron a un menor en una bicicleta a Vandalizar con una manopla, el cristal del frente del vehículo en que ese día me estaba transportando, yo esperaba que cambiara la luz, mientras el ciclista en un acto de provocación, empezó a golpear el cristal hasta dañarlo, lo enviaron a provocar con la esperanza de que yo reaccionara con violencia para justificarse, pero esos "mentes de pollos" tienen que saber que no siempre pueden ser, más inteligente que sus víctimas, les hemos aguantado muchas, porque sabemos que esa es la forma a la que ellos recurren para enloquecer, y hacerle perder el control a sus víctimas, pero es bueno que sepan:

"Caerán mil y diez mil a mi diestra, más a mí no llegaran, yo soy el que yo soy"

En realidad, la magia de la expresión que motivaba a Gibón, era ver un paredón donde pudiera pagar todo aquel abusador, que por alguna razón, desafiara a su señor; para él, Dios era el alfa y el omega, conjugado en el principio y el fin.

Y decía:

---- Esos sátrapas no entienden que el planeta está de luto con los millares de muertos que el corona Virus y sus maldades han generados.

Detengan sus abusos, porque cuando la naturaleza los retrates y comience a asesinarlos, por sus hechos y maldades, no habrá dinero que le sirva de nada. Expresó.

Después de aquella publicación, Gibón le informó a Don

Páscualo, de lo acontecido, quien luego de comunicarse con emisarios de sexta oculta, llamó a Gibón y le dijo:

------"No hay mal que por bien no venga", yo sé que no es tu culpa, por lo mismo, yo asumiré los gastos para arreglar el cristal---- Dijo.

Secta oculta financiaba la doble moral de Don Páscualo, para probar a Gibón, ella mandaba a realizar los sabotajes, y pagaba a aquel para las reparaciones, de cada mil dólares Don páscualo cogía seiscientos y le otorgaba cuatrocientos a Gibón para las reparaciones, cada día un nuevo sabotaje surgía, pero Gibón lo asumía con paciencia, sin aferrarse a nada, él sabía que secta oculta y la organización del mal, estaban tratando de enfermarlo para internarlo, por lo mismo, el buscaba la forma de resistir sin inmutarse, era una lucha del bien contra el mal, por lo que él estaba consciente que pasara lo que pasara, ellos no se saldrían con la suya, y reflexionó sobre la insensibilidad de aquellos que solo rendían honor a las tenencias y a la sexualidad, y nuevamente entendió que todo aquello obedecía a la marca apocalíptica que era todo lo contrario a lo sensato, y al claro y puro discernir del existir.

El caso era que Don Páscualo había vendido el carro a Gibón, para que se lo pagara a plazo, y él no quería que aquel se adelantara en los pagos, porque había pactado con secta oculta darle pruebas a Gibón a través del carro, en un periodo de tiempo, y muchas veces cuando los hostigadores querían abrir el carro para hacer sabotaje interno, él le facilitaba el acceso con la copia de la llave que retenía, en una ocasión cuando Gibón le debía mil ochocientos dólares, le dijo:

----- Eso que tú quedas debiendo del carro, no tiene que pagármelo si me ayudas para que yo me mude del lugar de donde vivo.

Se lo había dicho con una inquietud, que Gibón se vio precisado a responderle:

¿Qué es lo que sucede? Acaso hay algún apartamento asignado a mí y yo tengo que estar cerca de ti, para justificar el fraude?

Entonces Don Páscualo guardó silencio y dijo:

------ Lo único que yo sé, es que tengo que ayudarte.---- Dijo, mientras Gibón reflexionaba en silencio:

---- "Ojalá y vuestras pretensiones no sean, ayudarme a hundirme".---- Esbozó como un susurro.

----- ¿Qué, dijiste algo?

----- No, hablaba con mi otro yo.

---- Ah... Es que a veces, hasta tu silencio comunica.---- Agregó Don Páscualo, mientras caminaban.

Gibón siempre había sospechado que Don páscualo estaba al tanto de lo que estaba pasando, y aunque se lo dejaba entrever, no le decía con claridad de qué se trataba.

Era una treta silenciosa a la que secta oculta y la organización del mal, habían recurrido donde todo el mundo sabía lo que estaba ocurriendo, menos la víctima, quien sentía que aquellos eran unos malvados, pero los cómplices entendían que las maldades eran fingidas y que aquellos eran unos reivindicadores "patriotas" que querían asegurarse de que no se estaban equivocando al poner en manos de Gibón, parte del tesoro de la ciudad.

De todos modos, "nadie estaba libre de culpa para lanzar la primera piedra, y tan ladrón era el que se robaba la vaca, como el que le ataba las patas."

Dos o tres semanas después de la ruptura del cristal, la organización del mal y secta oculta en su afán de sacar a Gibón de Bulley, recurrían a todos los mecanismos para cansarlo, y hacer que abandonara aquel trabajo, ya ellos tenían el dinero que habían reclamado a nombre de él, y necesitaban justificarlo o, se llegaría el momento en que tendrían que devolverlo, y ellos no estaban en eso, entonces enviaron a Rodo, a provocar un accidente, de forma tal, que aprovechando que Gibón abandonaba un parqueo, cuando ya estaba próximo a salir, un carro se detuvo sorpresivamente frente a donde Gibón se dirigía y Rodo iba entrando de forma inesperada en el hueco que Gibón iba dejando, pegando la parte de atrás de su van con la parte de atrás de la Jeepeta de Gibón:

Gibón le comentó:

-----No vengas a dártela de sabio, quisiste chocarme porque pensaba que iba a sacar ventaja, pero te equivocaste.

Rodo guardó silencio y haciéndose la víctima, empezó a pedir dinero, chantajeando y manipulando y extorsionando y diciendo que iba a llamar a la policía.

Sin embargo cuando Gibón le enseñó una patrulla que estaba vigilando en Bulley, y le dijo que hagan el reporte, se negó, entonces Gibón le dijo que hablara con Don páscualo, que era el dueño del carro, él se sorprendió, porque ellos andaban buscando un pretexto, con algo que lo acercara a Gibón, pero como el carro estaba a nombre de Don páscualo, primero le pidieron quinientos dólares, después trescientos, y finalmente doscientos.

Don páscualo se le adelantó y le llenó un reporte con el seguro, y resultó ser que la aseguradora granja del Estado, ya había patrocinado un fraude contra Gibón, tratando de permitir que la Shick, disfrazara como accidente de carro un dinero de compensación proveniente de una confusión de identidad que databa desde el siglo veinte, año 1991, y aún estaba pendiente la gratificación que tenía la ciudad que entregarle a Gibón, y retenida por todos esos años, debido a que nunca la ciudad cumplió una oferta de empleo que a cambio había hecho a Gibón, por lo que aquel había sido perseguido de muchas manera violando las leyes, y algunos acápites constitucionales, y para justificar sus acciones fraudulentas los emisarios de la organización del mal y secta oculta habían enviado a provocar un choque a un carro que aunque casi era de Gibón, aún seguía a nombre de Don páscualo, secta oculta

que le había pagado a Don páscualo para que facilitara
el carro para seguir probando a Gibón, lo amonestó por
haber hecho un reclamo sin consultarlo con ellos, por lo
que Don páscualo llamó a Gibón Diciéndole que "Alma"
una de las agente de la aseguradora Granja del Estado
lo había llamado informándole que un testigo le había
dicho que Gibón iba dando reversa y chocó el carro de
Rodo, mientras estaba parqueado, y que él iba a retirar ese
reclamo, que llevara el carro a otro lugar para que se lo
arreglen; que él iba a pagar el arreglo.

Gibón le explicó que era una conspiración de sexta
oculta, y la organización del mal, y que la aseguradora
Granja del Estado, era cómplice de ellos, porque ellos
permitieron que la abogada Nona shick, intentara disfrazar
el dinero de la compensación de 1991, con un accidente
de carro generado en el 2016, ciertamente, todo obedecía
a una acción conspirativa, que ellos insistían en tener
montada, donde había varios "pejes gordos" envueltos, en
esa danza de la corrupción.

Más adelante, le hicieron creer a Rodo que lo harían
millonario, y en medio de tal alucinación Rodo empezó
a emborracharse, le enviaron una chica que exhibía unos
tatuajes que inducían al romance, que le manejaba la van,
y que andaba con el donde quiera que se movía, y en su
alucinación de millonario, donde quiera que llegaba dejaba
generosas propinas, la esposa en un ataque de celos lo tiró
a la calle, andaba rodeado de guardas espaldas, lambones
y lambiscones, y solo se percató de su realidad, cuando la
tarjeta le revotó, a partir de ahí empezó a experimentar esa
vergüenza de tenerlo todo, y de pronto descubrir que no
tenía nada.

Secta oculta y la organización del mal, creaban la ilusión
y el mecanismo del saqueo, porque hasta para tener dinero
se necesitaba inteligencia, porque los envidiosos querían
robarte antes que el dinero estuviera en tus manos, o

algunos abogados forzaban a sus representados a coger prestamos que no necesitaban para luego al momento de salir la demanda o la compensación darle dos o tres pesos al beneficiario y ellos quedarse con la mayor parte, alegando que los intereses de ese préstamo había consumido gran parte de lo que le correspondía, y era que en nueva york, más que en cualquier otro lado, las mafias y los mafiosos, creían que tenían más oportunidades de engañar sin que las leyes les generaran sentencias de larga duración, y por lo mismo, ellos querían tener a los sectores victimizados, en medio de la ignorancia, que de hecho continuaba siendo las madre de los grandes males.

Desde el mismo momento que se percataron de que Rodo había gastado lo de él, y lo que le cogió prestado a los que creían que aún tenía con que pagar, desde ese instante, en un abrir y cerrar de ojos: chicas, guardas espaldas y lambones, se habían esfumados.

En la jauría, los que le llamaban jefe, para generarle la impresión de grandeza, a su espaldas se reían y se burlaban de él, y hasta Kinkin a la hora de emborracharse, se percataba de no andar por donde aquel anduviera, para no tener que compartir su ron con él, porque era de los que pensaba que "el ron regalado hacía daño."

Corría el tiempo y la vida pasaba desapercibida, y Don páscualo Alcanforado, acusaba a los fantasmas del sistema de haberlo inundado de radiaciones, y los acusaba de los malestares que le generaban sus dolores de espaldas y extremidades y cuando se estiraba lanzaba un grito semejante al de tarzan de los monos, en plena selva.

Todo aquello, indujo a los que lo conocieron muchos años antes, a pensar que aquel se embarcó en las nubes del tiempo, navegó entre los aires y las tempestades, y después, naufragó en mar revuelto.

Todos ignorábamos cómo   apareció, pero algunos sabían cómo llegó, secta oculta lo mandó.

Un noviembre 31, del 2018, apareció en Bulley, como impulsado por la brisa, algunos pensaron acertadamente, que su objetivo era Gibón con quien se había movido desde ese primer día, dejando la impresión de que se encontraron para ser amigos, las tres primeras semanas Don páscualo le suplió pruebas de la razón de su presencia, le ponía conversaciones que parecían extrañas, le tiraba indirectas acerca del consumo de ciertas pastillas, para ver cómo aquel reaccionaba, pero Gibón, sabiendo lo que aquel pretendía, le seguía la corriente y se lo decía, para que aquel, a la hora de la verdad, no se sorprendiera.

Entonces dos años después de su aparición cuando ya estaba próximo a concluir su misión con Gibón, se comportó de una manera irreverente, cuando vio que Gibón saludó a uno de los vecinos del edificio a donde Don Páscualo habitaba, le dijo:

----- Tu eres un hipócrita ¿Cómo es que sabiendo que ese individuo me rompió un brazo tú lo está saludando?

Gibón que no esperaba tal actitud de él, estaba sorprendido.

---- Cálmese Don Páscualo, si lo escuchan expresándose de ese modo, van a creer que usted tiene problemas psiquiátrico.---- Dijo Gibón.

----- No, porque como no fue a ti que te rompieron un brazo por eso no me das la razón, si yo tuviera un revolver lo matara---- Dijo, al tiempo que insistía ---- consígueme un revolver para matarlo, mira, esos muchachos son hijos de él, y se están burlando de mí, si ellos quieren hacer algo yo me voy a defender.---- Dijo mientras miraba a los hijos del hombre que distraídos hablaban por el celular.

---- No es así, Don Páscualo, lo primero es que aunque yo pudiera conseguirle un revolver, yo no lo haría porque estaría metiéndolo en problemas, porque si usted mata a alguien va a ir a la cárcel, y lo segundo es que esos muchachos acaban de llegar de África y no tienen nada que ver con lo que usted anda insinuando, ni siquiera se imaginan el tema que está tratando, yo creo en la justicia y sé que ellos no están haciendo lo que usted se está creyendo, si ese hombre le rompió un brazo como me está diciendo, entonces váyase a la policía y agréguele una querella.

----- No, yo no tengo prueba. ---- Expresó cortantemente.

----- Entonces quédese callado, que esas acusaciones son imaginarias y los muchachos de su edad muchas veces le gusta desvariar.

----- Si tú ayudas a esa gente, entonces nosotros no vamos a ser amigos, no vuelvas a buscarme más.

----- Don Páscualo, cálmese, que usted es quien me busca a mí, porque quiere que lo ayude, en realidad yo lo conozco a usted más que a esa gente, ellos me vieron en Bulley un día, le faltaba para la transportación porque nadie quería traerlo por el monto que ellos tenían y yo lo traje, por eso ellos me saludan cuando me ven como una manera de agradecimiento, pero yo no tengo nada que ver con ellos.

---- No porque desde que Arnulfo te introdujo la llave en las cejas yo no he vuelto a hablar con él.

----- Eso está mal por usted, la vida mía no es la vida suya, yo en ningún momento me enojaría si usted tiene amistad con él, el problema fue entre él y yo, y lo perdoné, por qué habría de molestarme si usted tuviera amistad con él?

----- ¿Con Arnulfo?

Si, con él, de él, estamos hablando, yo soy distinto a los de más, por lo mismo no tengo que pensar ni actuar como los otros, además, cómo es que siendo usted un lector de la Biblia, adepto de Dios, piensa de esa manera y habla de matar? Existe una incoherencia reflexiva en su procedimiento, hasta aquí llegó nuestra conversación, buenas noches, Don Páscualo ---- Agregó.

----- Oye. ¿Así es como tú haces amigos?---- Preguntó Don Páscualo.

----- Sí.--- Respondió Gibón.

--- Oyes, tu tiene algo que yo no te he dicho.---- Agregó Páscualo.

---- Buenas noches, no puedo seguir hablando con usted.---- Le especificó Gibón, al tiempo que se ausentaba.

Pasó algún tiempo sin que Gibón y Don páscualo Alcanforado se comunicaran, él aguardaba que el Departamento de Vehículo de Motores le enviara las placas y la registración a su nombre, para con ese motivo ir a devolverle las de él, pero como se tardaban en llegar, el intentó comunicarse con Don Páscualo Alcanforado, pero todos los números que aquel usaba no funcionaban, entonces esperó un tiempo más, y cuando llegaron optó por ir al lugar a donde residía, se encaminó a su casa, le tocó la puerta más, Don páscualo no le abría:

---- Quién es?---- .

---- Hola, Don Páscualo, soy yo Gibón, que vine a traerle las placas y a dejarle los doscientos dólares que le debo,

----- Ahora no puedo abrir, déjalo ahí en el piso frente a la puerta.

---- pero usted necesita firmar como que recibió sus doscientos dólares---- Respondió Gibón.

----Tú puedes traerme un "money order".---- Dijo.

Dejando entender, que había hecho algo a espaldas de Gibón, que pudo inducir a aquel a la violencia contra él.

Era evidente que tal acción indujera a pensar que los malvados son cobardes.

---- Lo siento Don páscualo, aunque a usted lo estén sobornando los que quieren hundirme, usted   no tiene que temer de mí, cuando hicimos ese negocio, fue frente a frente y en pleno acuerdo, no sé, la razón por el cual ahora usted anda huyendo, pero es necesario que cambie su condición, y ore por la liberación, su vida puede ser mejor, cuando saque el odio de su corazón.---- respondió Gibón.

Don Páscualo guardó silencio y Gibón se retiró, un poco más tarde Don páscualo lo llamó, con un número oculto, pero Gibón había dejado el celular en la casa y no pudo responderle, pero cuando llegó vio que Don Páscualo había dejado cinco mensaje diciéndole que le mandara por correo el recibo que él quería que le firmara, pero Gibón no le hizo caso, porque mandarle una carta por correo era facilitándole el camino de la justificación, nadie estaba libre de culpa para lanzar la primera piedra, y ninguna de las fechorías de secta oculta y la organización del mal podían afectarle a Gibón, Don Páscualo era uno más de ellos, que había tratado de nadar en rio revuelto, unos años después se enteró que ya no se encontraban en el mismo lugar, la ciudad los había removidos, él tenía 77 años y su madre 94, eran dos ancianos solos, que no podían hacer mucho el uno por el otro.

Gibón buscaba la forma de que cualquier operación de negocio que el realizara con Don Páscualo, quedara documentada, porque aquel según su conveniencia, recurría al alzhéimer momentáneo, decía cosas que luego afirmaba no haberla dicho, o no recordarse que la dijo.

Entristecido estaba, el corazón de Dios, el derramó una lagrima por su gran comprensión, él quiso que nosotros aprendiéramos en él, pero no hicimos caso y nos golpeó un colapso, y cuando fuimos a experimentar, sentimos su dolor, entonces comprendimos que Dios es fuente de amor, y redención.

Porque sin Dios, no hay causa, ni amor ni decepción, él es la esencia de la honra del amor y la comprensión.

En él nos pulimos como el acero, para volvernos espada del guerrero.

El universo es, por su amor primero, sin que pudiera verse, tornó en forma, lo que ahora se ve, de lo que no se veía hizo lo que se está mirando, y nos dejó sentir el amor y el dolor.

La luz del universo es armonía, y su gran colorido es alegría, lo visto en él es la filosofía, que se vuelve paciencia y armonía.

El tiempo nos demuestra lo que somos, tempestades de gloria y desamor, dejándonos entender con claridad, lo que muestra la guerra y genera la paz.

Y cuando la inclemencia en el tiempo se vuelve radical, ahí estoy yo para ayudar, yo soy la fuente del amor, con gran honor dice el señor.

Eres mi corazón, que redime en el tiempo la causa del amor, eres la esperanza, eres la gran causa, eres el señor de la salvación, eres la bondad, que otorga el honor, eres causa y gloria de la salvación.

Aleluya, aleluya, aleluya, gloria a Dios, todo el esplendor renace, como lo pondero yo.

Gibón jamás se imaginó que sería perseguido como un judío cualquiera, ni que para ellos recurrirían a las almas más bajas del contexto, pero así era la vida, nadie sabía lo que venía después.

CAPITULO 10

Soberbia

El jueves primero de octubre, había Rodo vendido unos aros a Gibón, los cuales fueron cambiado por petro en Bulley, obviamente, Gibón al finalizar revisó que todo estuviera bien, por eso de que el aun no tenía confianza en ninguno de los de la jauría, y esa noche lo siguieron hasta donde el parqueó el carro y le rompieron dos tornillos del lado izquierdo, después al otro día, era viernes 2 de octubre y amaneció nublado, y nuevamente le habían roto tres del lado derecho y aunque el ruido que empezó a producir no percató a Gibón para que tomara medida a tiempo, se vio este precisado a vivir la prueba del sabotaje, porque en la cuesta de Bruce en Yonkers se le soltó una goma que corría cuesta abajo sin control movilizándose de un lado a otro en el trayecto desechando los carros que pudo envestir, hasta que como una anciana cansada, se desplomó en una acera sin que dañara transportación alguna de los carros que estaban parqueado, y de pronto aparecieron gentes que Gibón ni conocía ni esperaba que fueran de un lado a otro buscando otorgarle ayuda, y unos llamaron una grúa mientras otros desviaban el tránsito.

Una hora antes, Estrace llamó a percatarse, pero guardó silencio al escuchar la voz de Gibón, no encontraba nada que decir, pero Gibón sabía que era ella, porque el identificador de llamada mostraba el número de ella, y se vio precisada a hablarle y lo primero que le planteó fue, que ella necesitaba que él la llevara a Fulton, en la parte baja de Manhattan, como Gibón sabía que ella estaba usando una estrategia para sacarle información, le siguió la corriente y le preguntó si ella estaría dispuesta a echarle gasolina, ya que él no tenía un centavo para eso, ella le respondió que solo podía echarle 20 dólares, mientras que él le advirtió, que veinte no era suficiente, ella le respondió que le iba a echar los veinte para que la encaminara hasta Broadway y que de ahí en adelante ella seguiría en tren, el siguiéndole el juego, le dijo que si, ella preguntó que en cuanto minutos el estaría en Bulley, ya que ella se encontraba al frente, Gibón le respondió que en diez minutos, pero cuando él llegó y llamó ya ella no estaba allí.

Al momento de estrace llamar aun la goma no se había salido y ella llamaba para enterarse indirectamente, de cómo había afectado el sabotaje donde ella directa o indirectamente estaba involucrada.

Ese día Gibón no pudo trabajar porque el mecánico que había sido contactado por ellos, le extendió el tiempo para arreglarle el carro, que

había sido trasladado en una grúa a su taller, que quedaba a dos esquinas.

Después de la reparación se aproximó a Bulley, pero como Gibón no le dirigía la palabra a Cholinfe, aquel que estiraba el oído para escuchar qué le decía Gibón a la Jauría, se le veía el rostro de alegría y como celebraba en silencio las maldades que había recibido Gibón, y como aquel se percató de la felicidad que generaba a Cholinfe el mal que le aconteció a él, Gibón elevó la voz para que él lo oyera:

----- El dinero no me hace falta como a otro, que se ahogan por ganar dos o tres pesos, y mientras más se ahogan menos tienen, en cambio a mí, Dios me convierte en bien, todo lo que parece mal.

Cuando aquel había escuchado aquello, se le borró la sonrisa y se movió de donde estaba, no fuera Gibón a ensañarse contra él.

Ciertamente, Cholinfe admiraba tanto a Gibón que deseaba igualarse a él, y en un arrebato de envidia se burlaba y decía:

----- "Los brutos le estamos robando las bendiciones a aquellos que se creen inteligentes, porque ganamos más.

Cuando un inteligente quiere teorizar sobre la luna, los brutos simplemente la señalamos con un dedo, y ya tenemos la explicación.

El buscaba provocarlo, pero Gibón no le hizo caso y lo dejó hablando solo, porque el percibía que Cholinfe poseía un alto descontrol emocional al grado de necesitar ayuda psicológica y posiblemente ayuda psiquiátrica, secta oculta y la organización del mal, lo había conducido a ese nivel de aceleración, quienes pactaban con secta oculta aun siendo jóvenes, misteriosamente asumían un rostro de envejecimiento y descontrol, muchos de ellos empezaban a fumar como un refugio a un estrés natural que asumían.

Algunos seres habían nacidos para la irreflexión y la bipolaridad, Cholinfe era uno de ellos, una persona lunática que fácilmente chocaba con cualquiera porque carecía de la bondad de ser respetuoso, asiduamente aparecía dando opinión sin pedírsela y participando sin invitación en lo que no estaba supuesto a importarle y muchas veces solía propasarse con mujeres que él no conocía, las que se irritaban amenazándolo con llamarle a la policía o con bajar a sentar una queja en la administración de Bulley.

Ya Burdock había perdido el matiz de villano, Cholinfe lo había superado, todo lo que expresaba era elevando la voz como un altoparlante, y muchos miembros del club pensaban que era una necia condición de "naquismo", de la que aquel no podía desprenderse, y la locuela de su expresión, molestaba los oídos de los que pasaban próximo a él, y no faltaban quienes quisieran golpearlo, muchos no lo hacían por respeto a la policía, que frecuentemente solía esperar que algo aconteciera, para enjaular al agresor.

Cholinfe había desarrollado una malicia que él solía confundir con sabiduría, a veces cuando le tocaba un cliente que él, no quería llevar por el monto que ofrecía, lo alejaba de la puerta y hacia como que negociaba intentando que le pagara más, y por no pasárselo al que seguía en la lista, sobre todo si se trataba de Gibón, le enviaba un mensaje de texto a uno de su cofradía, de los que habían llegado de Garget con él, y le decía: "Chamo, acércate a donde estoy, este cliente va a la 187 y Crotona, paga 20 dólares, llévatelo tú, que yo no lo voy a llevar".

De esa manera solían hacerlo, y cuando los de Bulley, o el que iba atrás se percataban y querían protestar, ya era demasiado tarde, ya no había forma de reclamar, porque ya el cliente estaba afuera, de esa manera habían ellos sentado un precedente de sobrevivencia, y muchas veces, Plutarco Rene cariño que fungía de defensor de la jauría, lo regañaba y Cholinfe alzaba la voz, como si se lo fuera a comer, y se enfrascaban en un litigio de dimes y directes hasta que alguien se acercaba y los calmaba.

En una de esas muchas ocasiones, Cholinfe estaba de turno, y salieron unas mujeres a quien aquel intentó cobrarle cuarenta y cinco dólares para llevarle la compra a souther Bolevar 183, las mujeres le ofrecieron veinticinco y como él nunca sacrificaba sus precios, las tenía retenidas porque detrás iba Donko, que las había descartado, y como Gibón le seguía a Donko, no podía pasársela a otro porque Gibón estaba vigilando cada acción, y cuando las soltó, Gibón se aproximó y le dijo:

---- La voy a llevar por lo que ustedes pagan, y las mujeres aceptaron pagarle treinta a aquel, y mientras montaban la compra Gibón se expresó en alta voz, para ser escuchado:

---- Ellas se van conmigo porque yo soy el defensor de las minorías.

Las mujeres se echaron a reír, y se fueron congratuladas con Gibón. Cuando Cholinfe llegaba con las pilas puestas, la jauría ladraba porque él no se cansaba, un día en que no se había bebido las pastillas, llegó acompañada de unos niños, una chica de esas que no pasaban desapercibidas, él la miró, y graciosamente le dijo:

----- Oye mami, ¿Tu, estas casada? O anda aplicando para un padrastro para esos niños?... porque si es así, no tienes que ir lejos, yo estoy aquí, y te acepto la aplicación.---- Dijo, con la mayor definición de su descaro.,

Antes de hablar la mujer lo contempló, viéndose movida a responderle:

----- Pero yo tendría que estar loca para ponerle un padrastro como tú a mis hijos.--- Dijo>

---- Pero, ¿tú estás casada, o soltera?.---- Insistió Cholinfe.

---- Estoy casada, así que apuntas para otro lado.

Cholinfe guardó silencio y la mujer siguió andando.

En eso apareció otra mujer preguntando por Gibón:

---- ¿A dónde está el papi chulo? Uno que es educado y habla bien.

Cholinfe era como un caballo sin freno, que frecuentemente solía ponerse adelante y se metía en todo aunque no lo llamaran, él no podía estar callado, por lo que se hizo inminente su intromisión:

---- ¿Habla de mí?... Aquí no hay otro que se me acerque, me llaman papi cintura, tengo afinada la caja de bolas, las que han probado me llaman papi... ¿Cómo te sirvo mi querida?

---- Ella está buscando al pastor.---- Dijo Fredesvindo interrumpiendo.>

Justamente, en ese momento apareció Gibón, ella lo vio y le dijo.

----- A usted lo busco corazón, venga para que me lleve.---- Dijo.

----- Pero es mi turno, soy yo el que voy.---- Dijo Cholinfe.

----- Pero mi dinero lo pago yo, contigo no me voy, aunque me lleve gratis, por fresco, confianzudo, y relamido.---- Dijo mientras se dirigían con la compra a donde Gibón estaba parqueado, cuando salieron Burdock que era otro que siempre tenía las orejas paradas comentó:

---- Coge ahí Cholinfe, no quería relleno, come huevo, si tú no conoces a una gente, no te pongas de fresco, que un día te vas a encontrar un tremendo problema.

---- Oye Burdock, ¿Ahora vienes tu a ponerte a agitar?.... Cuestionó, mientras salía una mujer a la que le dijo:

----- Taxi?.

La mujer asintió con la cabeza y la sacó alejándola del grupo para pedirle una exorbitante suma, la mujer se negó a pagar el precio que él le requería y dijo alejándose de la mujer:

---- ¿Cuál es el que me sigue?---- Apareció Fredesvindo que era el próximo en la lista, y se la llevó por veinte a la calle 181 y Stnicholas, en Manhattan, Cholinfe requería un pago de 30 dólares.

Ahí estuvo esperando por más de una hora, hasta que saliera alguien que pagara lo que él requería, las personas con las que él se movía tenían que estar programada a pagar de veinte en adelante o no las llevaba, salió una que pagaba

15 dólares, pero él, la rechazó, iba Witches y él se la pasó a Rocko Vulcano, Witches se molestó e intentó gruñir, pero Cholinfe le alzó la voz, como cuando un padre quería golpear a un hijo desobediente y se enfrascaron en una discusión, mientras Rocko se iba y los dejaba insultándose y amenazándose.

Cholinfe ladró, en un tono que superó a Burdock, el carecía de control emocional y los clientes que lo escuchaban se alejaban y pedían servicios particulares.

Ciertamente, de todo había en "la viña del señor", por lo que no faltaban solicitantes del servicio que exigieran como ricos, y pagaran como pobres, como tampoco faltaban quienes miraran por encima de los hombros a esos pobres diablos que en muchas ocasiones carecían de discernimiento, y frecuentemente por acciones como la que solia hacer Burdock, querían entrar a todos en el mismo zafacón.

Porque en su concepción de discriminación, ellos creían en una falsa percepción, de que perros y gatos eran iguales, no podían distinguir, que unos ladraban, y otros maullaban.

La administración que chequeaba desde las cámaras, a veces creía que iban a golpearse y hacia que subieran los policías que servían en la tienda, pero luego aquellos se regresaban sin pormenores, al ver que eran simples ladridos de perros que no mordían".

De todos modos el agitado curso de la cotidianidad en Bulley, hacía de la jauría un silbato o una melodía, cada día se generaba algo nuevo, secta oculta y la organización del mal, intentaron por muchos medios controlar a la jauría de la misma manera que estaban controlando los talleres de mecánica, y a todos los pequeños negocios que estuvieran a su alcance, pero la jauría le cogía el dinero le hacían el drama y finalmente actuaban como le conviniera a sus intereses.

Gibón se movía independientemente de lo que decidiera la jauría, por lo tanto siempre que querían involucrarlo en una posición de dirección él decía:

---- Prefiero operar independiente, no estoy acostumbrado a ser regido por pandillas o grupúsculos de tarambanos, que te sonríen por delante y al dar las espaldas quieren acuchillarte, lo siento, no me interesa ninguna posición.---- Decía.

Esa noche la gata estaba en el área, dos provocaciones habían sido diseñadas en exclusividad para Gibón, mientras aquel montaba una compra se le había aproximado un emisario de secta oculta de esos que lo seguían a cualquier dirección, y andaba en un carro blanco y fue directo a provocar y le dijo:

----- Oye viejo defecador, mueve tu carro para que los otros se parqueen.---- Dijo con una sonrisa eminentemente maliciosa.

Gibón al ver que aquel le estaba haciendo un chiste cruel, le siguió la línea y le respondió:

___ Esa es la razón por la cual, a ustedes les disparan y los dejan tirados en el camino.

El hombre del carro blanco que no esperaba una respuesta sorpresa de esa naturaleza, sintió miedo y sus llantas levantaron las hojas otoñales que encontraron, y desapareció como un espíritu del mal.

Un poco más tarde, pasó una jeepeta blanca donde iba la Gata acompañada de uno de sus sirvientes, pasaron por el otro extremo de la calle porque la Gata evitaba ser vista por Gibón, y voceó:

---- Eeeeh, Gibón.----

Pero gibón no sabía de quien se trataba y respondió:

---- Si, aquí Gibón, hueso duro de roer, ya los ratones no saben qué hacer.---- Dijo, y el conductor no se detuvo.

Era alguna de las maneras que usaban para burlarse de Gibón, ellos necesitaban un motivo para molestarlo, pero Gibón estaba entrenado por la vida para no dejarse conducir a donde ellos querían.

Por lo que se refugiaba en la gracia divina y decía:

"In profundi":

Cuál será el fuego que porto en los pies, para moverme a donde te encontré, cuál es el motivo del fogaraté, de ese caliente que en ti generé para encenderme y andar donde se me ha de llevar.

Quiero un motivo real de mi existir y mi andar, quiero razón no casual, para reflexionar.

En ti, siempre se encuentra la esperanza, la causa de vivir por cada día, tú eres la gracia y gloria de las almas, que claman en cada instante tu armonía.

Es por eso que el corazón nos late, esperando definir el perfil, en cada pauta y paso de tu porvenir.

Eres, eres y siempre serás, eres el matiz de la humanidad.

Eres el vivir y la gracia eterna, en cada renglón, en cada perdón, y en cada latir de mi corazón.

CAPITULO 11

Travesuras

En ese entonces, los Dominicanos habían empezado a destacarse en el

Accionar de Norte América, y donde quiera aparecía una reseña de los que aquellos hacían, por lo mismo algunos extranjeros buscaban cobijarse bajo el paragua de aquellos y muchas veces, hacerse pasar por uno de ellos. Galy Buchí, era uno de los que le encantaba interactuar con esa especie caribeña, era procedente de arabia, pero su familia vivía en tierra santa, en Jerusalén.

Se había excedido en la confianza y siempre que encontraba la oportunidad de molestar a Gibón, recurría a una treta sugerida por emisarios de secta oculta, de manera que en más de una ocasión, él había asumido la tarea de contribuir a que Gibón perdiera su ecuanimidad, creándole intranquilidad, tratando de hacerlo enojar, mofándose como un sádico enfermizo de los que se divertían con el dolor ajeno.

Muchas veces cuando los pasajeros salían con lentitud, Galy Buchí solía bajar a la tienda y constataba algunos de los asociados al club de los que andaban de compras, preguntándole a donde iban, ofreciéndole un precio equilibrado, de forma tal que al salir, fueran directamente a donde él, quien mirando al que estaba de turno le decía:

----- De los míos, personal.--- Y se lo llevaba, saltando a todos los que iban delante de él.

En la jauría el que no volaba corría, y todos tenían su propia historia, y secta oculta, y la organización del mal lo sabían, y por eso ellos recurrían a las diversas formas de usar y manipular a tales almas, para hacer notar su presencia ante Gibón, que para ellos era el objetivo y el centro de atención.

Solían enviar un par de emisarios a sobornar a algunos de los de la jauría, para que le hicieran creer a Gibón que querían ser sus amigos y cuando Gibón aceptaba tratarlo como tal, entonces le hacían burla tan pesada buscando que Gibón se enojara, y Galy Buchí que había incurrido en tal condición, en el primer descuido de Gibón y con el mayor descaro lo borraba de la lista para que otro se fuera en el turno de aquel, y se viera precisado a inscribirse de nuevo para que saliera de último, pero Gibón, que solía chequear la lista con frecuencia, no se dejaba, y como él sabía detrás de quien le tocaba protestaba y se ponía al lado de donde lo borraban y recuperaba su turno.

Tales maldades Galy Buchí la realizaba en complicidad con Burdock, que siempre estaba tratando de usar y aprovecharse de aquellos que estaban presto en la jauría, a realizar el trabajo sucio, para después, repartirse las dadivas del soborno.

El 3 de diciembre, aparecieron dos emisarios de secta oculta, prestos a ponérsela difícil a Gibón, debido a que hacía frío, él se introdujo en el carro para calentarse, mientras llegaba su turno, lo que aprovechó Galy Buchí para borrarlo, luego insistió en que Gibón se había ido, aunque en ningún momento aquel, había movido el carro de donde lo había parqueado, y Galy lo sabía, por lo que Gibón tomando una postura desafiante le dijo:

----- Galy Buchí, la confianza es el camino más corto para cometer un error, respétame, que tú eres de arabia y yo de América, tú no puedes venir aquí, a ponérmela difícil, "no hagas a tu prójimo lo que no quieres que te hagan a ti", yo voy a coger mi pasajero, y si tú crees que yo no soy el que voy, intenta quitármelo para ver a como tocamos.

El árabe antes tal realidad, guardó silencio por eso de que "no era lo mismo llamar al Diablo, que verlo llegar".

Como Plutarco Rene Cariño era el mediador antes los conflictos de la Jauría, Gibón le planteó una queja sobre el comportamiento del árabe, que René prometió resolver, pero cuando Gibón se fue a llevar a alguien, Rene Cariño aprovechó y le reclamó al Árabe, Burdock y Galy Buchí se justificaron con que era una orden de la organización, como secta oculta había entregado un soborno para tal fin, él se vio precisado a hacerlo.

Tuvieron que repartir con Plutarco Rene Cariño, quien a su llegada le dijo: a Gibón:

---- Yo investigué y más de cinco me dijeron que a ti te borraron porque te había ido.--- Dijo Plutarco René Cariño.

Gibón que había entendido lo acontecido le respondió:

---- Los iguales se persiguen, los delincuentes se entienden.---- Dijo, al tiempo que le advirtió a Galy Buchí que si persistía en faltarle el respeto, iban a tener problemas, y le reiteró que iban dos veces que había incurrido en lo mismo, y que como él lo que intentaba era usarlo para su beneficio él prefería que no le dirigiera la palabra; esa era la manera que Gibón usaba para mantener a la jauría alejada de él.

El árabe guardó silencio, entonces unos días después había reflexionado sobre como en lo adelante, el empezaría a tratar a Gibón, y cambió el estilo y empezó a respetarlo poniendo cuidado de la forma en que se dirigiría a aquél.

Unos meses después, Galy Buchí, sufrió una gran decepción, se había ausentado de la jauría por unos tres días, lo que aprovechó Burdock para colectar dinero alegando que él estaba preso y que necesitaban otorgar una fianza bajo el supuesto de que el FBI, lo había detenido para interrogarlo en relación con dos rebeldes emisarios de secta oculta que habían intentado atentar contra propiedades Estado Unidenses en New York, y que lo habían trasladado a la base de Guantánamo en Cuba, hasta ser interrogado, como el árabe era amigable y simpático con todos los miembros de la jauría, con la seriedad con que Burdock lo expresó, nadie dudó en cooperar, y habían reunidos mil quinientos que tres días después no podía justificar, porque el árabe había aparecido desmintiendo la mentira de Burdock.

La jauría estaba que ladraba, lo amenazaron con llamarle a la policía, pero él no se inmutó, y alegó que ellos no podían acusarlo con la policía porque no había prueba, y como la jauría conocía la calaña de aquel, le dejó el dinero.

Y Galy Buchí, duró algún tiempo sin dirigirle la palabra por aquel "chiste cruel".

Entonces una vez que había reaccionado referente a Burdock, sólo abrió la boca para decirle:

---- Ahora acabas de mostrarme dos nuevas mañas... "Eres mentiroso y ladrón."

Burdock lo miró, sin decir nada, mientras mostraba una sonrisa fingida que confirmaba lo afirmado por Galy, a él no le importaba que lo insultaran, había perdido la vergüenza, a mayor insulto, mayor cinismo. Él era un caso de estudio, por lo que Gibón no entendía, como "un animal, llamado a ser supuestamente racional, era tan irracional."

CAPITULO 12

La Cotidianidad

La vida en Nueva York, no siempre se definía como la gente creía, todos estaban concentrados en la sobrevivencia, si no había producción o un pariente que protegiera la estadía era una amarga melodía.

Algunas sectas en nombre de su religión buscaban la manera de hostigar a Gibón, porque tal hostigamiento le daba satisfacción, y muchos tenían una envidia alarmante contra los judíos, e insistían con que los judíos habían matados a Jesucristo y que detrás de cada prueba en el espíritu, estaban ellos, por lo que la organización del mal y secta oculta buscaban la forma de desacreditar a todos los que mostraran una mínima simpatía por el pueblo judío.

Secta oculta y la organización del mal, eran instituciones integradas por fanáticos, beatos y religiosos, obviamente, aparecerían entre ellos unos, que después de cometer un pecado o algo que ellos consideraran pecaminoso, o se azotaban, o se turnaban para azotarse entre ellos con una soga de cabuya, y luego se movían rampando sobre el pecho como soldados en entrenamientos, porque no podían recostarse sobre sus espaldas, y todo aquello era porque creían, que así, resarcían sus culpas.

Los cabecillas de tales organizaciones, tenían la plena certeza de que Gibón había sido un escogido por Dios para participar en los cambios que generaría el planeta en la nueva era y por lo mismo ellos necesitaban probarlo en todo lo sentido para estar seguro de que no se estaban equivocando en sus apreciaciones, pero sus pruebas, sobrepasaban las maldades, por lo que franqueaban el fanatismo.

Burdock, era una especie de contacto que ellos tenían en la jauría, pero como aquel espíritu libertino no creía ni en su madre, alguno en la jauría lo consideraban como " un aborto criado", pues sin ser de la cofradía de secta oculta y la organización del mal, le tomaba los sobornos y actuaba como un loco, y tenía inclinación a la pederastia, y cuando iba a la Republica, le mandaba fotos a sus amigos de la jauría mostrándoles sus nuevas conquistas de niños y jovencitos con quien solía revolcarse, por lo que "Ojitos, Y Frank" los que recogían los carros de compras, solían llamarle el "sucio".

Después del incidente de Arnulfo y Gibón, habiendo llegado Burdock de su viaje de la Republica, le había informado la jauría con detalles, de los acontecimientos, y aquel buscando provocar a Gibón le soltó una indirecta que consistía en la siguiente expresión:

----- Cualquier cosa llamen a Arnulfo.

Como Gibón conocía el juego y las pretensiones, esa primera vez, se lo dejó pasar, pero la segunda vez que volvió a expresar el mismo chistecito, Gibón parándolo en seco le dijo:

----- Tu acabas de llegar, dejas de estar agitando, el Arnulfo no está roto porque yo no quiero.--- Expresó Gibón, lo que indujo a Burdock a emitir una risita gutural, caminando cinco pasos más allá, de donde se encontraba Gibón, quien no agregó nada, y se mantuvo en silencio.

Esporádicamente la jauría sufría momentos de tensión, principalmente cuando aparecía Burdock que por su condición depravada de expresarse, no respetaba la presencia de nadie, cuando le nacía soltar sus retahílas de obscenidades, como un auténtico desquiciado.

Cuando eso acontecía, Gibón se mantenía distante, para no ser confundido, y la jauría, había cualificado a Burdock, como rompe grupo, pues en cada ocasión donde el hacía muestra de tal acción, la jauría se dispersaba con un estruendo de murmuraciones, que solían conjugarse en frases y oraciones circunscriptas a expresiones como "zafacón, basurero, etc, lo que era una gracia para él, que desvergonzadamente se burlaba de aquellos, porque ellos, entonaban su melodía, y los auténtico canes sentían recelos de ser confundidos con él, por eso muchas veces cuando le tocaba moverse próximo a donde estaba Burdock, emitían un gruñido gutural, que tornaba se

en aullidos de lobos, porque a veces coincidían en que alguno iba pasando con su dueño por la acera y Burdock, por esa condición de desquicio mental, dejaba escapar un eructo anal, como aconteció cuando salía una mujer con su compra a solicitar el servicio de transportación, el carro estaba atiborrado pero en el preciso momento en que ella se acercaba fue sorprendida por un aire químico y expresó como para ser escuchada por todos:

---- Fo, coño qué bajo (1), dijo con cierto nerviosismo, al grado que en su afán de alejarse de la puerta, parte de la mercancía se le salió del carro y tuvieron los otros miembros de la jauría que ayudarla a recogerla.

Una beata española, que confidencialmente paseaba con su perro, de pronto notó un cambio brusco en su mascota, aquel estaba estatizado sin poder moverse, y ladraba y gruñía al mismo tiempo.

El olor nauseabundo del estruendo glúteal de Burdock, lo indujo a ladrar, y la paseadora del perro, que tenía por costumbre recoger las heces fecales de aquel que ladraba, pensó que aquel celebraba con alarido su aire perruno, pero cuando vio que todos corrían, huyó de allí sin saber qué pasaba y sin deseo de indagarlo.

La beata que aún no había aspirado el químico, expresó con inquietud: ------ Oyes tío, pero qué está sucediendo?... De pronto se percató que Petro se agarraba la nariz y le hacía señas indicando a Burdock como el generador del hedor.

---- ¿Qué?... saquen esa cosa de ahí---- Dijo con cierto nerviosismo refiriéndose a Burdock, y agregó ---- corre bobi, corre, antes que aquel engendro del demonio nos asfixies.---expresó y se echó a correr, casi arrastrando al can, porque el aire ambiental del contexto le había otorgado el aroma de un gato putrefacto, por lo que la oficina de medio ambiente, en más de una ocasión merodeó por el lugar, buscando el objetivo real del hedor, y algunos miembros de la Jauría le decían cuando eso acontecía:

----- Huyes Burdock, antes que sea demasiado tarde, por ahí anda medio ambiente y "sanitación"

En cambio, la beata española en su afán de escapar del hedor, iba tan aprisa que se vio próximo a ser impactada, por un carro con placa de otro estado que iba corriendo a 35 cuando la velocidad no debía sobrepasar la 15 millas, y al frenar de golpe giró en u, quedando postrado en el mismo lugar, la beata estaba tan nerviosa que solo alcanzaba a decir, san alejo, "llévanos lejos".

Todas esas exasperaciones había generado Burdock, en su descontrol.

---- Oye, Burdock, que es lo que tu comes, ratón muerto o gato putrefacto?---- Cuestionó Petro, pero Burdock no respondió.

----- Ten cuidado no vaya a escucharte Estrace.---- Dijo Vilinsky.

----- ¿Quién es Estrace?---- preguntó Petro.

----- No me digas que tú no sabes quién es la novia de Gibón?.... La mujer de los gatos----- Afirmó, mientras dejaba escapar una carcajada.

El olor a gato putrefacto, se había tornado en un olor que parecía pólvora, como que habían descargado un explosivo, moviendo también a la policía a patrullar el área.

De pronto todo se había disipado, la mujer que había salido con el carro repleto de compras, había empezado a llamar a una base para que le enviaran un taxi, pero al ver que Gibón que se mantenía alejado de la jauría, se le acercó y le preguntó si él podía transportarla, Gibón le afirmó que sí, y ella tumbó la llamada, mientras él le hablaba.

----- Estamos para serle útil señora, dígame a dónde vamos?

----- Si, ya yo iba a pedir un taxi.

----- Entiendo señora, pero esa compra no le cabe en un taxi, ellos no tienen espacios para compras grandes, nosotros hacemos delibere y tenemos donde acomodar su compra de manera que usted y ella, lleguen a tiempo, y segura.

---- Está bien, cuánto va a ser?

---- Lo mismo que usted paga.

---- Yo siempre pago 25 de aquí, a la calle 135.

----- Esta bien, vamos a llevarla.

Salieron a su destino y en el camino la mujer comentó sobre Burdock:

¿Cómo pueden tener ustedes a sus alrededores, una persona tan indeseable?

----- Señora, nada es casual, y da la impresión que estamos llamados a experimentar una prueba con ese individuo.---- Dijo Gibón, la señora guardó silencio, mientras admiraba la panorámica de la autopista del oeste.

Al llegar. Gibón le puso la compra en la acera, ella le entregó treinta dólares y le dijo:

----- Déjelo así, usted es muy amable.

----- Muchas gracias.----Dijo Gibón.

---- Deme su número para llamarlo cuando vuelva para que me traiga.--- Agregó la mujer.

Gibón le entregó una tarjeta con su número, se despidió, y los hijos de la señora salieron a subir la compra.

El vecindario a donde la señora se dirigía, existían algunas casas de colores matizados y adaptados a los gustos latinizados, y muchas de esas viviendas estaban habitadas por blancos, de los que se murmuraba en la comunidad, que ellos poseían las mejores casas, porque la historia existencial del planeta sentó ventajas a favor de aquellos, que tuvieron en América los primeros sirvientes negros, que habían atravesados una serie de vicisitudes que consistían en azotes , violaciones y humillaciones propia del racismo de los egos de ese entonces, inflados por la condición de amos que habitaban en las mansiones, mientras el negro en su condición de peón, ocupaba los corrales, dando a entender, que la historia de la tierra, aparentemente era una historia de injusticias sociales, mientras aquella estampa del tiempo había quedado cristalizadas, en las almas esclavizadas, donde muchos de esos seres, aun con el paso del tiempo, permanecían con un rencor contra su prójimo, y hasta con sed de venganza, todo porque ignoraban que el hombre antes de nacer, escogía la vida que iba a vivir, porque de no ser así, todo el mundo hubiese abandonado la carga del sufrimiento que atravesaba sin saber que lo había asumido.

Pero solían decir que el tiempo curaba las heridas, y esos años de oscurantismo habían quedado atrás, ahora corría el siglo veintiuno, y la generación daba muestra de sus avances a través de su tecnología, aunque muchos en sus disertaciones acusaban a la tecnología de radicalizar y confundir la cordura de los que habitaban el planeta, e inclusive, la humanidad se aproximaba a grandes actos de incomprensión, y algunos comentaban:

---- "Si en dos mil años los malvados no asimilaron las enseñanzas de Ben Joseph (Jesucristo), de que no hicieran a otros, lo que no querían que le hicieran a ellos, como esencia de la justicia", ahora llegado el tiempo de la transformación, todo aquel que en el libre albedrio, usara una fusta para azotar, también seria azotado, para que experimentara el dolor de su prójimo, porque si ya Cristo había muerto por todos, ya nadie moriría por nadie, y cada cual sería responsable de sus hechos, y nadie iría más allá del sacrificio por quien no lo mereciera.

Debo recordarles que para ese entonces, el hombre amaba más el dinero que a Dios, y en su libre albedrio no escatimaba envolverse en el pecado del arrepentimiento, y cuando aparecía alguno que con su boca pronunciaba ser cristiano, y con sus acciones mostraba lo contrario, con cierto pudor Gibón le decía:

------ Tú, sólo imita a Jesús, en la barba, pero en el corazón encierra corrupción, tú eres uno de los que lo crucificaron y que para esta era juntos a tus amigos reencarnaron, para mostrarse como falsos profetas, tratando de engañar y confundir al pueblo de Dios.

Entonces, ellos se miraban entre sí, y guardaban silencio.

Era verdad, la era apocalíptica se había encauzado en cambios forzados, América ya no era la primavera del sol y del verdor.

Daba la impresión que del capitalismo se retornaba, a la etapa primaria de las barbaries, un aparente retorno al socialismo, cada movimiento era una fila, y el tiempo que se dividía en varias acciones durante el día, en ese entonces solo alcanzaba para un solo reflejo sin que bastara la intensión, de avanzar a más de un renglón.

En el siglo veinte, Nueva york, no era una excepción del dolor, pues durante la década del 70 y de los años 80, desde la calle 145, hasta la 172, cuando en Manhattan no se necesitaba permiso para nada y las drogas se vendían en bandeja como azúcar o como arroz, y las armas de fuego incluyendo una nueve milímetro, Smith and Watson, 38, 380, se vendían como juguetes de alto calibre de manos a manos a 150 dólares, cuya ventas estaban bajo el control de los morenos, los "after hour"en los subterráneos, después de las doce de la noche, asumían su hegemonía, los vampiros nocturnos representados en el narcotráfico, el alcohol y la prostitución, asumían el control de todo, llegando a sembrar el terror, la violencia se había incrementado, y diariamente aparecían uno y dos muertos tirado en los basureros, y si pasaba un día sin que nadie muriera, entonces, dos días después, aparecían seis muertos, reponiendo los de los días anteriores.

Es decir, la historia de la oscuridad en la ciudad, aportó un alto precio a todos los que añoraron riquezas, y cada nación latinoamericana que otorgó los muertos, emanados del corazón de la ambición que las inducias a jugarse el cinturón, se vieron precisados a llorar con lágrimas de sangre a sus caídos, que finalmente pasaban a ser deportados en ataúdes.

En ese entonces la policía se cuidaba de no involucrarse visiblemente contra los amos de las calles que obedecían a los dictámenes de las mafias de esos tiempos, que optaron por trasladar el negocio a los patios de América latina desde donde exportarían el veneno a las calles de Norte América:

Nueva york, seguía siendo escenario del dolor, y era tan drástica la confusión, que el temor inducia a detectives y policías, a incurrir en errores garrafales.

Así estaba nueva york hasta que el alcalde número (107) Rudolf Giuliani, de ascendencia italiana, de 1993 al 2002, le arrebató las calles al crimen organizado, y la calidad de vida en la ciudad de Nueva York, recuperó su dignidad, mientras los cementerios de américa latina, le daban sepulturas, a los caídos en nueva york, en la guerra del narcotráfico.

De nueva York, partió la gloria y el dolor, muchos creyeron que Nueva york era la tierra prometida, donde Dios gobernaba para el pueblo oprimido, pero la confusión degeneró el honor, el demonio tenía el control, y los falsos profetas querían hombres de Dios, para endemoniarlos.

El dinero era la carnada que los inducia a morder el anzuelo, el profeta luchó, hasta que nos volvió a la mano de Dios, todo esto inmutó a la organización del mal, y muchos obstáculos nos quiso agregar, para evitar que ocupáramos nuestro pedestal.

La democracia se había vuelto opresiva, porque quienes se movían dentro de ella, la confundían con el libertinaje, la ciudad se había poblado de ratas motorizadas, que solían seguir a sus víctimas hasta donde se parquearan, y una vez que estas se alejaban del vehículo, le rompían los cristales, para satisfacer las maldades de su corazón, sin que ningún patrullero nocturno lo evitara, los bandidos abandalizaban los vehículos, si tal aberración continuaba, se llegaría el tiempo en que sería necesario andar con insecticida presto para fumigar, de forma tal que las ratas se redujeran para la paz de los hombres de buena voluntad.

La tierra no tenía justicia y los que aun esperaban en una fuente superior, clamaban la justicia de Dios, porque la maldad, se había vuelto una enfermedad.

La mayoría de los hombres, habían empezado a depender de la tecnología que generaba la máquina, que guardaba todo los pensamientos, y el hombre se había vuelto adicto a la máquina, e incurría en hacer cosas irreflexivas que venía generando una radical condición social, que la inducia a controlar sin capacidad del auto control.

Decían que la pandilla del faraón tenía su centro de operación en Nueva Jersey, de donde emanaban ordenes de perdón o condenación, el caso era que allí se cocían las habas, y por lo mismo de allí salían estampidas de transportistas que recorrían las calles de Nueva York, haciendo y deshaciendo, bajo las directrices de secta oculta y la organización del mal y solían provocar accidentes programados para darle una migaja a las víctimas y ellos retener la mayor parte, que se distribuía entre médicos, terapistas, y principalmente aquellos que hacían el trabajo sucio que incluían a abogados, paralegal, secretarias policías, y porque no, también para la masajista personal del jefe entre otros.

El 26 de junio algo similar aconteció mientras Gibón conducía para dejar una compra, se encontró que habían parapetado un accidente en una calle cerrada, todo había sucedido en la avenida del parque entre las calles 183 y 184, y yendo Gibón conduciendo hacia las proximidades de la escena del crimen, de pronto apareció una ambulancia y siete carros de policía, el tránsito hacia adelante se había imposibilitado, viéndose precisado Gibón a retroceder de reversa hacia la calle 184 y la avenida del parque para seguir a la calle Bathgate, para descender a la 182 donde acabaría desmontando el delibere, para luego regresar a Bulley, los transportistas del faraón andaban buscando voluntarios que chocaran o se dejaran chocar, a cambio de una paupérrima mordida.

Así andaba el mundo, el planeta se había alborotado, en muchos lugares no había pedestales, y donde existían era atacable.

En lo relacionado con la jauría, todo lo que se acordaba que se corregiría, se repetía, manzambula se anotaba y

Arnulfo lo borraba, lo que indujo a Mazambula a restregarle en la cara en presencia de todos, que él era "un capeador de manteca", que se introducía jeringuillas entre sus venas, viéndose precisado a referirlo a metadona, cuyo discurso, arrastró a Arnulfo a la violencia, que bajo ningún concepto aceptaba que movieran su pasado, ese día pelearon hasta que sangraron, y la jauría presionó a Mazanbula a dejar el sitio, viéndose precisado a regresar a Garget.

Al nacer el día, la jauría seguía aullando , sus negocios dependían de los miembros del club Bulley, cuya acción fungía como sombrilla de sobrevivientes ,Bulley, como corporación aportó libremente a los pobres para que ellos generaran la focalización de la sobrevivencia, donde muchos padres, buscaban pan para sus hijos, donde muchos generaron la iniciativa de convertirse en gerentes de sus pequeños negocios, mientras trabajaban por cuenta propia, ya fuera independiente, o motivado por el apoyo de la administración de pequeños negocios (Smart Business Administration), todos aquellos hombres y mujeres habían aprovechado la tolerancia de los servidores del club, para crecer como seres humanos.

En un intercambio de cooperación, la unidad del 184 west de la calle 237 en el área de Marbel Hill, había sido de alto beneficio para aquellos que haciendo honores a la oportunidad, crecían con amplia libertad, para entender, que Dios diseñó la grandeza del crecimiento para la expansión de muchos.

Allí, al interior de Bulley operaba un equipo que servía con vehemencia, a los afiliados al club, todos prestos a otorgar lo mejor de ellos, destacándose algunas tiernas visibilidades a quienes nombraban Mery Ann, Ámbar, Beatrice y Katy, y Schenequa entre otros.

Beatrice y Schenequa, esporádicamente, llegaron a ser transportadas por Gibón, que a su vez, deseaba indagar el hermetismo de Mary Ann, la admiraba en silencio en un indescifrable platonismo, a él le encantaba el estilo moderado y silencioso que aquella asumía al momento de una conversación, dejando la impresión de que nadie debería dudar de lo que ella decía.

Ámbar era la definición de la comprensión, que siendo una administradora asistente, no dudaba en servir desde su posición para la edificación, ella amaba al prójimo como a sí misma, llegando a ser una de la mejores servidoras de Bulley, presta a proteger la inversión, y en cada acción al interior, elevaba la calidad del servicio, impregnando satisfacción al corazón del consumidor.

Katy, asumía una postura que la mostraba poco dada a hablar con la jauría, sin embargo solía solicitar los servicios de transporte de Jóchelo, quien solía verla como a una heroína, y le decía a la Jauría:

---- Katy nos defiende, siempre que se ha tratado el tema de removernos del frente, ella es la primera en decir "ellos son de gran utilidad para nosotros, le dan información a la gente sobre la tienda, y no dejan que se acumulen los carros afuera, porque siempre nos colaboran, entrándolos".

Y así, de tal forma definía Jóchelo la impresión del interior.

Cuando Gibón llegó a donde vivía escribió en la redes una indirecta dirigida a Estrace que fungía como un Zombi manejada por titiriteros, y decía:

"A la mente criminal, el miedo la hace temblar, los mandaderos de tercero, hoy están tan confundido, que temen a su destino, con sabotajes no lo lograrán, mi fuerza natural los va a derrumbar, yo soy, el que soy, que demuestro amor, si algo es para mí, ningún criminal lo podrá desviar, ya no hay fundamento, llega su tormento, quienes han conspirado tendrán su concierto."

Más tarde en la noche, Estrace entró en la redes sociales y lo saludó, como si nada hubiera ocurrido, le dijo:---- ¡Hola!

Antes aquel descaro Gibón contestó:

----- "Hola, el sabotaje no me afectó, aún sigo viviendo".

Pero Estrace guardó silencio. Al otro día era miércoles, Estrace salía de Bulley cuando Gibón la encontró, ella se le adelantó y le dijo:

---- Tengo diez dólares para que me lleve a la avenida Hillman.

Gibón le tomó dos bolsas que llevaba en un carro de compras, sin alegar nada, la montó en su transportación, y se dirigieron al lugar.

La calle a donde se dirigían estaba ubicada en el complejo habitacional cooperativo"<Amalgated"> en los alrededores de Bulley, donde para comprarse un apartamento en ese entonces, era necesario esperar diez años en una lista de aceptación.

Hubo un prolongado silencio, hasta que la rubia angelical rompió el hielo para decirle:

---- Búscate un empleo en un banco.---

Gibón la miró en silencio, y pensó que era un alma tirando zarpazos, a ver que atrapaba entre sus uñas porque ella actuaba como si tuviera algo que ver con aquel, sin embargo Gibón entendía que aquella por loca que tuviera, no podría excederse más allá de ahí, porque si lo hacía tendría su sufrir ya que el miedo más que los hechos, iba destruyendo a los perversos.

Sin embargo, ella no se detenía, tres días después lo volvió a llamar para que la llevara a la yarda donde ella solía cazar los gatos.

En el camino Gibón le comentó que había conocido a una chica que podría ser una compañera idónea, Estrace le preguntó si era ella, Gibón le respondió que no, con la intención de ver su reacción, le dijo que era una Irlandesa que fungía como la recepcionista de su nuevo abogado.

A Estrace no le pareció de buen gusto el comentario, ella estaba algo aferrada al dinero, y fuera que lo tuviera guardado o que fingiera que lo tenía, a ella no le gustaba tocar el tema, y cuando Gibón la cuestionaba al respecto, se le originaban dolores de cabeza, o buscaba la forma de pretextar.

Al llegar a la yarda ubicada en los alrededores de Grand Concourse y Ryerd, quería que Gibón tomara una llave y le abriera la puerta de entrada para hacer creer a los que andaban detrás de ellos, que Gibón era empleado de ella, pero Gibón se negó y se fue.

A l otro día se encontraron por lo frente de Bulley, Gibón la saludó y pudo percatarse que aquella andaba deprimida, le dijo con una voz como un murmullo:

----- Yo te llamo---- Expresó, y cada uno siguió andando en direcciones distintas.

Luego en otra ocasión volvió a llamarlo para que la dejara en la yarda, ella insistía en justificarse dejándose ver junto a Gibón, y nuevamente en la yarda, quiso que aquel, la ayudara a abrir la puerta pero Gibón le dijo:

----- No puedo hacer nada de eso, estoy evitando ser utilizado por zorros y zorras, si me ven ayudándote van a creer que yo trabajo para ti, y tú vas a coger el dinero que te den, y no me vas a dar nada a mí, en realidad, cuando te traigo, te dan veinte para que me pagues, y tú solo me das diez.----- Dijo Gibón.

Ella guardó silencio pero insistió:

----- Te voy a dar veinte si vienes a buscarme y me llevas donde Tody.

----- Si deseas que así sea, aproximándose el momento de irte me llamas y yo vendré.---- le especificó Gibón, pero ella solo quería probarlo una vez más, por lo que a la hora de irse no lo llamó y uno de sus amigos de la pandilla motorizada, había pasado por ella.

CAPITULO 13

Hostigantes

Gibón de hecho, era un estratega que conocía las tácticas de combate, se había desarrollado en una condición de ambivalencia, interactuando con los de arriba y conviviendo con los de abajo, sus guerras se iniciaron en la escuela entre un aprendizaje forzado entre reglazos y tablazos, cuando no respondía como el profesor quería escuchar, desde niño fue admirado en el club de los grandes, porque no le faltó el valor de hacer frente a los abusos y a los abusadores.

Era un aguantador, porque se atrevía a enfrentar solo, a las pandillas que osaban sembrar el terror a aquellos, que huían de los problemas.

Muy pocas veces distinguió entre tensión y alegría, él siempre estaba listo para lo que viniera, si le tiraban, bloqueaba, por eso nunca sucumbía, y si la vida le aportaba un limón, con gran aspecto de sensación hacia una limonada con amor.

Algunos pensaron que era de hierro porque parecía que no sufría, y del dolor, hacia una melodía, y muchos lo veían como el paladín comunitario, combatiente de guerrilla urbana, por eso le era fácil afrontar y vencer las maldades de los esbirros y emisarios de secta oculta y la organización del mal; que no cesaban en sus hostigamientos, ya fuera fabricándole ticket con policías a sus disposiciones como lo habían hecho con oficiales como Kom, a quien habían enviado detrás de él, e iba de un lado y Gibón del otro, y al mirar de reojos que Gibón transitaba de sur a norte, y él de norte a sur, supuso que aquel

no tenía puesto el cinturón, o se enfocó en fabricarle un ticket en esa dirección, el caso fue que el viró el carro de patrulla donde andaba como estaba acostumbrado a hacerlo y se devolvió para seguir a Gibón, y como él vio por el espejo que lo venían siguiendo, se detuvo y cuando el oficial se acercó a la ventanilla, Gibón antes que el oficial hablara le preguntó que por qué lo mandaba a detenerse, y el oficial kom le respondió:

----- Cuando pasaste cerca de mí, no te vi el cinturón.

------ Ya veo oficial, usted fue enviado a buscar confrontación, como puede ver, usted miró pero vio erróneamente, usted está mirando que yo tengo mi cinturón puesto, yo le voy a dar mi licencia sin problemas pero cualquier cosa que resulte, va a ser su palabra contra la mía, ustedes cuando quieren fabricarle un ticket o un caso a uno, se valen de cualquier pretexto.

El oficial Kom, guardó silencio al tiempo que atrapaba la licencia entre la yema de los dedos, y al momento le regresaba con un ticket que decía cinturón.

El oficial Kom se lo entregó en sus manos diciéndoles:

----- Tiene 15 días para resolver esa contravención, Gibón guardó silencio y aceleró y se fue, esa fue la primera vez, que Gibón y Kom argumentaron, antes de su descenso.

Más los que eran conscientes agradecidos se expresaban, con voz de terciopelo y con satisfechos anhelos:

---- Gracias señor, por permitirme reír cuando otros lloran, gracias señor por ser la luz del edén que muchos añoran, gracias señor, por hacerme un consciente reflejo de tu ser, gracias señor, por ser la causa del amanecer.

Es grato experimentar, tu glorioso despertar, que redime el galardón que he de ganar, tú eres luz del amanecer, y eres la causa del poder.

Eres el sentir del despertar, en cada ser del renacer.

Eres serenidad de mirada pausada, donde el agua corría sin que tú te inmutaras.

Tú eres el movimiento del silencio, donde el agua se mueve sin dejarse agitar.

Eres la esencia pura del cristal, de una causa real, que se debe llevar.

El agua silenciosa se quiso enamorar y un paladar sediento, la volvió a degustar, y Dios, miró y sonrió.

Ya la organización del mal con sus pandillas, habían recurrido a todo, ellos intentaban destruir los nervios de Gibón, porque los miembros de la organización del mal, eran de naturaleza inclementes, depravados e inconscientes, seres diseñado para el mal, y probar a Gibón, era su obsesión, y quisieron intimidarlo recurriendo a la comisión de Taxis Y Limosinas, y su emisario le susurró al oído al oficial Maykol:

----- Tratas ahora de caerle encima, para ver su reacción, tanta tranquilidad, no puede ser verdad.

El oficial Maykol sonreía con timidez.

Habían enviado a una mujer de la iglesia para solicitar los servicios de Gibón, y lo siguieron desde la calle 237, desde Buley hasta la 193 y Wadsworth terra de Manhattan, pero como había gente mirando no se le mostraron hasta que Gibón había dejado la mujer, la cual le preguntó:

---- ¿Cuánto es?

----- Lo mismo que siempre paga.---Dijo Gibón.

----- Yo siempre pago 15.--- Aclaró ella.

---- Está bien.---Dijo Gibon.

Ella le pasó un billete de veinte, él le devolvió cinco y

cuando se fue lo siguieron y media milla después, cuando Gibón se detuvo a chequear el buzón, en la oficina de correo de Broadway a donde trabajaba Pitt, informante de la organización del mal, se aparecieron los emisarios de T&LC, eran hombres de color, se le encimaron a Gibon, como si incurrieran en una operación narcótica , no se identificaron y dándoselas de detectives privados, habían intentado intimidar a Gibón, por lo que aquel se molestó, debido a que mientras la mujer, iba con él no se acercaron, y luego fueron a tejerle una historia intimidatoria sin testigo ocular, que indujo a que Gibón le respondiera:

----- Están equivocados conmigo si creen que van a intimidarme, no soy taxista, por lo mismo ustedes no tienen poder sobre mí, voy a cambiar esta ciudad, erradicando los abusos que tienen contra las minorías, ustedes son sustentadores de esclavitud, ignorando que sus ancestros fueron encadenados.

Les están entregando una cuota de poder para que hagan el trabajo sucio, creyéndose oligarcas cuando en realidad han sido mandados a hacer, lo que ellos por carecer de valor no se atreven.

Les han aflojado las cadenas para que ustedes se la aprieten, para después justificarse diciendo, les dimos la libertad, pero no supieron apreciarla, porque como lo hacen los perversos, por unas pocas monedas venden su honor.----- Dijo.

El oficial Maykol y sus camarillas, guardaron silencio, la llave se cayó dentro del carro, uno de los oficiales se dobló y la buscó, tomando posesión del vehículo, por lo que Gibón llamó al 911, y denunció lo que estaba aconteciendo, fue un policía a la escena del acontecimiento que solo decía con una sonrisa picar diosa entre sus labios:

----- Tú tienes que dejarlo hacer su trabajo.---- Expresó el oficial.

----- Pero cuál es su trabajo, si yo no soy taxista, ellos

no tienen que andar tras de mí, yo simplemente hago delibere en Bulley, como un emprendedor motivado con la administración de pequeños negocios, yo pago mis impuestos, ellos están en el lugar equivocado.---- Agregó Gibón.

En realidad, todos estaban combinados, simplemente querían darle a Gibón, una prueba más en la cotidianidad, querían ver su reacción.

Se llevaron el vehículo al parqueo de la policía por hacerle la maldad, luego le indicaron que fuera a buscarlo allá., aunque le dieron ticket para que fuera a ver a un juez en una de la corte de nombre OAS, que el sistema había levantado para ese tipo de operaciones, Gibón no le hizo caso, ni pagó la multa, y no fue a ninguna corte.

Dos días después recogió el vehículo, le cobraron un monto reducido por la estadía en el parqueo, y luego regaló ese y otro vehículo a la fundación "Hope for children".

La vida de Gibón con tanto hostigamiento, no había sido un dulce.

La comisión de Taxis y Limosinas había asumido una especie de descarados hostigamientos contra algunos sectores, por lo que fueron referidos por un emisario de la organización del mal, a probar a Gibon, intentaron cobrarle una cuenta generada por un caso fabricado, donde estaban envueltos unos que otros "enfermos" amantes del dinero, que en cualquier renglón buscaban encontrar a un esclavo para ponerlo a pagar, ya fuera fabricándole un ticquet o haciéndole un caso para penalizarlo y hacer que la víctima gastara lo que no tenía, y todo lo hacían como una venganza ilógica, generada por el abuso de poder, actuando como cretinos disfrazados de bienhechores, porque para ese entonces, todas las acciones de la existencia, generaban impuestos, a tal grado que lo único que se salvaba del impuesto era la respiración, porque estaba subordinada a la divina naturaleza de Dios, y hasta a la respiración quisieron hacerle un costo, por lo que se inclinaron a crear el covid—19, que aunque su difusión cobró vida en el 2020, ya desde el año 2017, se había montado el esquema de acción en diferentes puntos del planeta.

CAPITULO 14

La Pandemia

Llegó el momento en que el corona virus lo había golpeado a todos, y a la jauría dejó de importarle lo que acontecía, lo que aprovechó Plutarco René cariño , para afianzarse como terrateniente que sembraría nuevos integrantes, para hacer de la parada de Bulley, la plaza de "los amigos que eran amigos, de los amigos" secta oculta y la organización del mal, buscaban que aquellos formaran una especie de asociación con directiva, creyendo que de esa forma tendrían el control de Gibón, y René Cariño, llevó a su hermano y a su sobrino, y a relacionados y amigos, a partir de ese momento, la espera para llevarse un pasajero era más larga y la oferta empezó a caer, pero Gibón estaba bien, porque él lo transportaba por lo que la gente pagara.

 El corona Virus, marcó su camino y mediante códigos se habían definidos propósitos y destino contenido en un documento del banco mundial que se había filtrado de alguna manera, el documento hablaba de códigos de productos adquiridos, el código para los envíos del año 2017 era 300215, y para los del 2018, indicaba el 902780, es decir, todo había sido fraguado dos años antes, en el 2017, para ser propagado en el 2020.

El documento filtrado contenía 70 páginas, hablaba del banco mundial, bajo el título "programa de respuestas y preparación estratégica COVID—19" etiquetado en la expresión "solo para uso oficial". El documento se refería a todos los registros de exportación de instrumentos y aparatos de pruebas de diagnósticos de Covid- 19, que se despacharían en el año 2017, cuyos países de destino que aparecían por orden de cantidad total en dólares, eran: China Suiza, Alemania, la unión Europea, Estados Unidos, Irlanda y Holanda, y con una ligera ampliación en la geografía de destino para el 2018, donde aparecían nuevamente unión Europea, Alemania, Francia, Reino unido, Holanda, Suiza, Estados Unidos, Japón, Singapur, China, y Hong Kong.

Y la pregunta de la opinión pública era: ¿Cuál sería el propósito de todo esto?

Y la respuesta era dinero, poder y control, la ambición del hombre en todos los tiempos, había sido medir fuerza entre el espíritu y la materia, y expandir el ensayo de su práctica planetaria de: Controlar a la población a una escala global a los niveles de esclavizarla en su totalidad, a través del rastreo permanente, e imposición de cripto monedas, que permitiera controlar lo que cada cual gastaba, en qué gastaba y cuál era el monto de acumulación económica de cada habitante del planeta, a dónde se movía, qué hacía?, e inclusive, muchos consideraban que además del propósito económico las vacunas serian un mecanismo de rastreo para introducir programa microchip de información a distancia cuya lectura se facilitaría por el programa 5_G.

Todos estos condicionantes conducían a resultados de posible guerra biológica contra la población humana, para imponer el propósito de sus ambiciones, un soberano que gobernaría el mundo

El caso es que nada era casual y después de la ascensión de Jesucristo, surgió un personaje al que las religiones le nombraban "el Diablo", y luego de cumplido los dos mil años de la interacción de Jesucristo y el espíritu santo en la vida de los habitantes de la tierra, apareció la organización del mal, que representaba al diablo, siempre presta a patrocinar las maldades de los malvados en la tierra, buscando la manera de dañarle los nervios a los hombres de Dios, ya que ellos sabían que el poder de Dios tarde o temprano se impondría sobre todas sus maldades, y por lo mismo ellos recibirían el doble de lo que dieron como una copa de su propia medicina.

Querían desviar la atención de Gibón, para tenerlo ocupado en
otra dirección, buscando la manera que olvidara algo que le correspondía y que ellos lo tenían fresco a pesar del paso de los años, por
lo que buscaban justificar el monto a pagar, que alguien tenía en sus
manos y no quería soltar, y le habían creado una serie de accidentes
ficticios que disfrazara el caso, porque a ellos le encantaba cometer
injusticias sociales, pero no le interesaba que la opinión pública
se enterara de tales injusticias, porque no querían poner en tela
de juicio sus honestidades, por su condición de conservadores e
hipócrita por lo que ellos, gastaban grandes sumas de dineros para
difundir sus virtudes, no sus maldades, y cuando alguien se le rebelaba, se negaban a aceptar sus patrones de conductas, y buscaban
la manera de desacreditarlo o destruirlo al grado que jamás pudiera
levantar cabeza en la sociedad.
Y muchas veces lograban imponer sus patrones de malicia, porque
dentro de las comunidades había sectores que tenían una concepción reducida del valor, y como no se valoraban a sí mismos, no
tenían la comprensión para valorar a los de más, por lo que acaban creyendo todas las mentiras generadas sobre una víctima, por
aquellos que podían pagar el soborno.
Sin embargo, luchar contra Gibón, era como luchar contra Dios,
porque viendo Dios las maldades que en su libre albedrio imponían, al corazón y el alma de Gibón, él lo sobre guardaba, for-
taleciéndolo con esplendor, y Gibón se rejuvenecía y le nacían
mayores energías al grado de ser invencible.
 Se sumaba a las maldades de la organización del mal y secta oculta,
el haber conspirado para alejar de Gibón a su hijo market, habiendo sobornado a su madre Celeste, gestionándole la custodia en
una corte de Yonkers y haciéndola desaparecer por más de 13 años,
de forma tal que Gibón no pudiera disfrutar la niñez de su hijo, la
última vez que lo vio, Market tenía 6 escasos añitos, fue una forma
de golpear a Gibón, en el plan de maldad y conspiración.
Un día antes, Gibón le había dicho a Market:
----- Mi querido hijo, si por alguna razón dejamos de vernos, no
fue porque yo te abandoné, es que existe una conspiración para
alejarte de mí.---- Dijo, mientras Market con seis años de edad le
respondió:

-----: No te preocupes papi, yo sé que todo lo que recibo viene de ti.---- Afirmó, al tiempo que abrazaba a su padre.

Al otro día la corte de Yonkers le entregó la custodia a aquella sin convocar a Gibón, a quien también una vez más, le habían violado sus derechos y a fuerza evitaron que el viera crecer a su hijo, y cuando él se percató de lo que había ocurrido e intentó reclamar su derecho a visitación le dijeron que Celeste Capellán, se había ido de la dirección que había entregado a la corte y que por lo mismo, no tenían donde servirle los papeles, y ante tal condición no podían hacer nada.

Como hemos vistos, y como lo indicó su nombre, la organización del mal se alimentaba de la maldad, y había infiltrado hombres en los distintos renglones, que buscaban controlar a los de más.

Al igual que secta oculta estaba integrada por hipócritas, rateros y burlones, se presentaban como bondadosos, pero eran eminentemente maliciosos.

La persecución a Gibón no se detenía en lo simple, porque ellos habían recurrido a todo a fin de ponérsela difícil, y aun así, secta oculta y la organización del mal, no habían podido quebrar la paciencia de Gibón, y empezaron a sobornar a empleados del departamento de vehículos de motores que habían sido infiltrado para tal propósito y una vez más se confirmó la expresión de Balzac: "la burocracia seguía siendo un gigante manejado por enanos" y como tal empezaron a ponérsela difícil a Gibon y a la hora de renovar la licencia de conducir dilataban el proceso reenviando y pidiendo documentos que pudiendo pedir de una vez, lo iban pidiendo hasta por cinco ocasiones cada vez con una nueva sugerencia, y con toda la malicia de criminales con poder, que por mérito propios no podían vencer.

Racismo y discriminación eran cartas al mejor postor, rendían mérito al esqueleto más ignoraban al espíritu, haciendo santo al villano y condenando al bondadoso.

La pandemia había conducido a los estados a perder fondos y Nueva york no era la excepción , muchos queriendo contribuir eran obstaculizados y muchos se hacían delincuentes siendo inocentes porque miles de hombres conducían con licencias vencidas o suspendidas muchas veces por contravenciones o tickets fabricados que más tarde, el mismo Departamento de Vehículo de Motor le obstruía resolverlo dejando líneas telefónicas que ningún humano respondía , y que cuando lo hacían aparecía una maquina robótica que no siempre planteaba solución , dificultando el proceso, haciendo que la gente al pasarse el tiempo de la aparición siendo inocentes se vieran precisados a pagar tales contravenciones para poder recuperar el estado activo de sus licencias, que en muchos casos habían sido suspendidas.

En una ocasión, del año 2018, una funcionaria de la ciudad combinada con un policía fueron de compras a Bulley, al concluir ella se aseguró de que Gibón fuera quien la llevara, el policía los siguió y cuando estaban próximo a llegar se aproximó y alegó que Gibón había doblado inapropiadamente, y con tal pretexto le fabricó un ticket que fue reenviado por conveniencia administrativa del 2018, fue enviado al 2019, y después al 2020, y más adelante al 2021, cuando aún estaba cerrado el Departamento de Vehículo de Motor, era una contravención de la que Gibón desde un principio se declaró no culpable, y el tal Departamento alegó que " porque él no había dicho si era culpable o no culpable" se le adjudicaría una suspensión a la licencia, Gibón se movió, hizo una fila pero cuando creyó que lo iban a entrar, lo hicieron perder el día alegando que él tenía que llamar a un número que le entregaron un número que nadie respondía, saliéndole una máquina dándole un sitio cibernético más largo que una carretera, y después consiguió otro número de información general y cuando logró comunicarse creía que le harían una cita porque él había enviado la notificación a Albany, intentaron nuevamente darle otro sitio web, por lo que Gibón expresó:

---- lo cierto es que siempre tuvo Balzac sus razones al decir que "La burocracia era un gigante manejado por enanos", no entiendo cómo los administradores de estos menesteres, que están supuestos a facilitar el camino a los usuarios del servicio en medio de esta crisis, prefieren crear más dificultades, porque yo entiendo que ustedes son pagados para servir, no para obstruir.

Me han perseguido en todos los renglones, pero jamás he dudado de la justicia que llevará al arrepentimiento.---- Dijo.

---- Lo siento, disculpe por todo lo ocurrido.---- Respondió la empleada.

----No se preocupe, nada de lo acontecido ha sido diseñado por usted, todo es propio de una mente criminal, que con tales medida busca inducir a la desobediencia civil, para luego justificar las acciones represivas.

----Lo entiendo, tiene algo más en lo que pueda ayudarlo?

---- No, eso es todo, llamé para encontrar respuesta adecuada al ticket y la suspensión y usted no la tiene, adiós.

----Lo siento, que le vaya bien.

Cerraron el teléfono y pensó:

---- La cosecha de cretinos y malvados no se detiene, ellos siempre nacerán para hostigar al inocente e intentar envolverlo en sus peripecias criminales.

De todos modos, el sistema estaba diseñado para cobrar, y hacer que pagaran.

Entonces pagó el ticket para que le removieran la suspensión de la licencia, pasaron los días y aprendió a no preocuparse por nada, porque lo que estaba llamado a pasar, siempre pasaría.

Muchos de ellos estaban conscientes que esas práctica de dificultades e imposibilidades para los conductores no eran las más apropiadas, pero al ser partidario del sadismo y el cinismo se prestaban a lo necesario a fin de satisfacer las peticiones de secta oculta y la organización del mal,. Que no descansaban en su afán, de someter a traición a quienes ellos perseguían.

En el caso de Gibón le habían aplicado una poción química inyectada, para intensificarle los dolores recorriéndole todas las zonas del cuerpo, y finalmente concentrándosele en los pies, buscando reducirle la destreza de moverse de forma tal que llegara a ser invalidado para deshabilitarlo y sacarlo de circulación.

Sin embargo, ignoraban aquellos que el espíritu de Dios estaba en y con Gibón, y aunque el sentía dolor, no lograron paralizarlo, Gibón antes de la Pandemia había recibido una inyección espiritual que lo había inmunizados de todos tipos de infecciones, fue como un antídotos contra todas las maldades y traiciones que intentaron contra él.

CAPITULO 15

Rocko vulcano, llegó directamente del campo a la ciudad, sin procesamiento ni escolaridad, sin embargo un quinto de primaria lo vendría a respaldar, pues le mostró como firmar su nombre, más   ninguna formación de urbanidad lo podría tolerar.

Como muchos otros en la jauría, él quiso imponerse por la fuerza dando gritos a voces, buscando intimidar para controlar, sin ningún tipo de éxito real, pues siempre generaba respuestas tan violentas y agresivas como las de él. Cuando aquel llegó a la jauría había mostrado una humildad que apenaba, algo distante de la jauría que lo había puesto a rayas sin permitirle aproximarse, pero un tiempo después de que secta oculta y la organización del mal lo pervirtieron, había asumido una prepotencia soberbiar, que lo indujo a creer que todos en la jauría cabían entre su boca, a la hora de una confrontación, tal vez por carecer de argumento, tendía a alzar la voz como una verdulera de mercado, induciendo a que quienes lo oyeran le vocearan que él era un mal educado.

Frecuentemente solía andar con fotografías pornográficas en su celular, mostrándosela y comentando al respecto a aquellos de su cofradía que interactuaban y pensaban como él.

Portaba una máscara en su vehículo para cuando la organización del mal le asignara un trabajo sucio cubrirse el rostro para que nadie lo reconociera.

En más de una ocasión había tenido fricciones con Rony llegando casi a agredirse, a pesar de que Rony muy pocas veces tenia encontronazo con miembros de la jauría, pero cuando era invadido por la soberbia del bipolarismo ponía a quien fuera en su lugar, y solía recurrir a un juego sarcástico que parecía burla, muchos no le hacían caso, pero a otros no le gustaba su estilo de proceder, por lo que en la jauría muchos pasaban semanas y meses enemistados con él, o cualquier otro, y cuando esa condición empezó a agudizarse, apareció Rosalba, su esposa para mediar, y acompañarlo para que no estuviera solo, se inscribía en el listado de la jauría y hacia su turno, hubo quienes quisieron protestar pero eso no le impidió seguir adelante, y un día Cholinfe trato de enfrentarla y fue al precinto 50 y le hizo un reporte de policía.

Entonces Rony empezó a alegar que si Plutarco René cariño tenía a su hermano y su sobrino allá, por qué él no podía tener a su esposa?

Y su presencia se hizo notable precisamente por el enfrentamiento que se había generado entre Rocko vulcano y él, agudizándose el mal entendido de forma tal, que ya Rony no se refería a él por su nombre, y cuando lo iba a nombrar hablaba de "la mariquita".

Rocko en cambio, buscaba imponerse y controlar a los de más lo que le generó otro conflicto con Gibón, por tratar de incurrir en malicia prefabricada como irse con una compra y si nadie lo borraba regresar e intentar irse de nuevo en el mismo turno, fingiendo que él estaba inscrito y que no se había ido, y ya lo había tomado por costumbre y estando en el turno de Gibón, trató de hacer algo similar y

Gibón lo paró en seco, le dijo que no fuera tan deshonesto, y por ahí se inició el desacuerdo y la discusión, la que Rocko asumía con amenazas, improperios, dando gritos, etc.

Él, como otros tantos en la jauría querían dársela de confianzudo y creía que podían burlarlo a todos, ignorando que "la confianza era el camino más corto para cometer un error", y en su montaje de complacencia a secta oculta, se combinaba con cholinfe y otros sirvientes de la organización del mal, tratando de molestar a Gibón, tratando de amenazarlo con violencia como "romperle la boca, o quemarlo vivo" alegando que el tenia calle, sin embargo, Gibón descubrió que tales expresiones rodeadas de ruidos, no era más que una forma de encubrir su cobardía.

Mientras el vociferaba, Gibón experimentaba esa tranquilidad que otorga Dios a sus hijos, y viendo que esas voz agorera no conducía más que a molestar el oído, y a fastidiar el espíritu, él se vio precisado a retirarle su amistad por lo que le dijo:

---- El solo hecho de discutir contigo me rebaja mi condición humana, cuando llegaste aquí lo hiciste como un gatito asustado, y tú no puedes pretender pasarme por encima a mí, que estoy aquí antes que tú llegaras, y antes tu condición de violento, no es grato contagiarme, por lo mismo, te voy a pedir que no vuelvas a dirigirme la palabra.

Y sucedió que un día Rocko había dejado su vehículo parqueado yéndose en un vehículo de uno de los miembros de la organización del mal, y a la hora de su regreso aproximadamente a las 11:30 de la noche, una pandilla que en ese entonces se movía al oeste de Jerome, lo asaltó, lo golpeó y lo sodomizó, dejándolo tirado, hasta que uno de los habitantes del sector lo encontró inconsciente, y llamó a la línea de emergencia 911, trasladándolo al hospital Montefiore.

Mientras estuvo interno fue visitado por Rene Cariño, Burdock, y otros de los adeptos de secta oculta.

Después mientras la jauría estaba de turno, aprovechó Burdock que nunca se callaba para hacer sus comentarios con más inclinación a la necedad que a la solución:

----- Yo siempre he dicho que alrededor del pastor se mueve un terrible misterio, y es que nadie se escapa de la ira de Dios, y a todo aquel que se atreve a desafiarlo, algo le pasa.---- Dijo Burdock.

----- Ah, pero, es que con los hijos de Dios, nadie se propasa, Gibón no molesta a nadie, pero que nadie llegue a molestarlo a él, porque quien lo hace, de alguna forma se arrepiente.---- Comentó Rodo.

Rodo , era uno de la jauría de poco ladrar, Gibón y el cruzaban muy pocas palabras y cuando se dirigía a Gibón era para decirle que iba primero que él en la lista de turno.

Murmuraba más que una mujer de barrio, pero en silencio, con poco ruido, Gibón era un tema silencioso de su conversación y hablaba sin que Gibón lo oyera respecto a si aquel vestía bien, de donde sacaba la ropa que vestía, y así por el estilo.

Aquella figura era de cabeza grande, espaldas ancha, pecho salido, y ojos de sapo, en fin, era un personaje al que Cholinfe no podía enfrentar sin quedar expuesto, y como tal, muchas veces la organización del mal y secta oculta, solían usarlo para darle prueba a Gibón, que aquel toleraba porque sabía que la organización del mal se valía de todo y de cualquiera para ponerlo en evidencia.

Sin embargo, la condición de estratega que envolvía a Gibón, le permitía sobrevivir, sin tener que caer en los rejuegos generados por aquellos que siempre estaban prestos a dar una respuesta, cuando se hablaba de sobrevivencia.

CAPITULO 16

Kinkin Borracho:

Veamos como acontecían los hechos, a aquel grupo de sobrevivientes, que siempre estaban prestos, a dar lo mejor de ellos, como lo hizo Jóchelo, que en su peregrinar, se había encontrado a Kinkin, un borracho que le ofreció cien dólares para que lo llevara a su casa, y cuando jóchelo le pidió la dirección aquel le respondió:

------ Ven acá, ese es tu problema, si yo supiera la dirección, tú crees que yo te estuviera ofreciendo cien dólares?

---- Te estas aprovechando de que esta borracho para relajarme?---- Dijo jóchelo.

Kinkin borracho guardó silencio y en el carro se adentró, y al sentarse le cantó:

"Es que yo soy un aventurero, que no amerito consuelo, porque las penas que llegan con dinero las resuelvo".

Jóchelo se montó en el carro y le dijo:---- Si es así, voy a llevarte a cualquier lugar.

Kinkin borracho asintiendo, en ese instante le entregó 20 dólares, y después de tres esquinas cuando pensó quedarse Kinkin borracho lo cuestionó:

---- ¿Yo te pagué?

----- Obviamente sí, me pagó, ----- Dijo Jóchelo.

------ No, yo no te pagué, yo hice el simulacro y tú crees que te pagué.---- Le dijo, mientras le pasaba veinte dólares más, al tiempo que abandonaba el carro tambaleándose al desplazarse.

Al verlo alejarse Jóchelo pletórico de satisfacción le voceó:

----- Por andar de borracho es que se aprovechan de ustedes.

----- Si, tienes razón, pero ese no es mi caso, yo me bebo el ron, pero dejo la botella, los cuarenta que te di, no son dólares reales, son billetes falsos, no tenía originales y pensé que eso me servirían de algo aunque fuera para hacerte acercarme a mi casa---- Mintió Kinkin, buscando que Jóchelo no se saliera con la de él, los billetes eran reales.

Jóchelo vio estrellitas cuando Kinkin se confesó, y sintió que aquel tunante fácilmente lo engañó, se vio impulsado a correr tras de él y golpearlo, por haberlo hecho perder la oportunidad de transportar a quien le pudiera pagar con dinero real, pensó él, pero en el intento se contuvo, porque sabía que muchos de esos borrachos cuando perdían el control, vagaban en la ilusión,

Cuando llegó a la jauría su lengua lo traicionó, y se lo comentó a Burdock, la burla fue de tres días y la lección aprendió.

Kinkin pretendió jugar con él, el dinero era real, y una semana después, él lo pudo comprobar.

Kinkin borracho era de una extraña lógica que muchos no entendían, él decía que había persona tan ingenua e inocente, cuya condición le atraía la muerte, mientras habían otras tan malvadas y radicales que deberían claudicar, sin embargo, esas no encontraban quienes los mataran.

Muchos pensaban que la limitación consciente no los

dejaba discernir ni reflexionar en adecuación, pero otros en su reflexión afirmaban y ponderaban que las mejores expresiones, eran propias de los niños y los borrachos que expresaban la verdad, sin temor y libertad,

Kinkin   sobre todo, era algo así, como una estampa de esas que el barrio escogía para que se burlara de aquellos que se la daban de estirados, y la gente del barrio lo quería por su gracia cuando se emborrachaba, divirtiéndose con él, en más de una ocasión ya el barrio había reído con estruendo, y lo había visto satirizar a muchos, principalmente aquellas veces cuando en "tu casa restaurante" se presentaban aquellos eventos populares, patrocinados por el programa comunitario "Dialogo Cultural", donde el animador se la daba de jocoso y muy creído, y esa noche cuando aquel comenzó a llamar a las chicas participantes del concurso Chica spanish New York, aquel con todo el esplendor mencionaba con agrado a las concursantes, y decía:

------ "Señora y señores, tengo el honor de presentarle a la señorita Colombia"-- y aparecía aquella belleza sobre la pasarela, mostrándose como una gacela, cuando todos acababan de aplaudir y se hacía un silencio, se escuchaba el estruendo de la voz de Kinkin decir:

------" ¡Que porquería!".---- Pero Rando el animador para no dañar el evento hacía como que no oía, y seguía anunciando a las concursantes y nuevamente expresaba:

----- Ahora con ustedes, la señorita estados unidos.----- Y volvía Kinkin a manifestar su imprudencia y decía:---- "Qué porquería".

Continuamos con la fragancia esencial de la señorita Venezuela.----Decía Rando.

----- Uh, Uh, que porquería!---- Persistía en replicar Kinkin.

Ya Rando se estaba enojando, pero cuando anunció a la

señorita Puerto Rico, y aquel mostró su imprudencia, ya Rando quería sacarlo, pero el portero le dijo:

---- Mejor evita un escándalo, dejas que yo, hable con él.

Entonces Rando anunció a la señorita Republica Dominicana, y Kinkin mostró su aprecio, porquerizando a la bella, entonces Rando se le acercó con precaución y le dijo:

----- Si vuelves con tu imprudencia y no te quedas callado, yo mismo voy a sacarte, aunque tengas que cargarte.---- Le advirtió.

----- Oye chico, que desilusión, que tú no me hayas entendido, lo que yo quise decirte fue que: "qué porquería, la que yo tengo en mi casa."---- Expresó Kinkin, y los que lograron escuchar, por poco pierden la caja por la risa generada, el portero que era su amigo, lo invitó a un vaso de leche, y lo mantuvo alejado hasta que pasó el evento.

En otra ocasión en que había bebido y que él no podía sostenerse en pie, lo llevaron a alcohólico anónimo, y a los tres días se apareció un pastor evangélico a hacer una conferencia y a tratar de persuadirlo, llevó un vaso de agua y echó un gusano frente a todos los que atendían la conferencia, vieron que el gusano nadaba entre las aguas, y luego lo sacó fresco y sano, se lo mostró a los borrachos y luego echó el gusano en un recipiente con alcohol , e inmediatamente, el gusano estiró la pata, y el pastor satisfecho de la demostración preguntó quién podía explicar lo acontecido, y como nadie respondió, Kinkin se puso de pies y valientemente externó:----- Pastor, eso solo tiene un significado.

----- A ver, dígalo Kinkin.----- Sugirió el pastor.

Entonces Kinkin, medio tambaleándose respondió:

----- Pastor, eso quiere decir que el que bebe ron, no tiene gusano.---- Expresó.

El pastor salió tan defraudado que sugirió que se

percataran de que la próxima vez que Kinkin atendiera una orientación se aseguraran de que aquel estuviera sobrio, porque no lo quería ebrio.

Kinkin siempre solía involucrarse en los asuntos del barrio, así que cuando Petro quiso que le enseñaran el "Húngaro" y protestaba por la pérdida de los veinte dólares, al escucharlo Kinkin, que en ese momento estaba en los alrededores de donde el pasaba lo interrumpió:

---- Ah, ja, conque hablando solo, a Dios, vea a este, dando grito por nada, los hombres no debemos llorar por una mala jugada, me extraña que tú te andes lamentando de que la Chapí te hayas tumbado con veinte,

---- Oh si, Si fueran tuyos te importaran, verdad?---- Dijo Petro.

---- ¿Y que son veinte dólares, es más, tómalo y deja de gritar.----- Le expresó Kinkin.

Eso que tú tienes no lo tomaría yo ni para encender un cigarrillo---- Argumentó Petro.

Anjá, no serás tú, quien se atreve a dirigirse a mí con tanta impertinencia.----- Dijo Kinkin.

--- Acaso crees que no sé qué túmbate a Jóchelo con cuarenta?---- Afirmó Petro.

Todo lo contrario, él quiso tumbarme a mí, y como " ladrón que roba a ladrón, tienes cien años de perdón", nada nos debemos, el me encaminó tres bloques, y yo le aporté cuarenta, que él, supuso que eran falsos, estos que ahora te ofrezco es dinero verdadero, que por dudoso y sin fe, ya lo acabas de perder, eso es para que tu veas, que todo se paga en esta tierra, a menos que tu hayas asumido lo contrario antes de nacer, tú te crees que yo no supe que Chamo y tú le robaron a Gibón 55 dólares, lo que la Chapí te quitó, es lo que tú le cogiste a Gibón, los de más, pagaran por separado lo que le deben.

----- Ya, no quiero nada con borracho.---- Dijo Petro.

----- Yo seré borracho, pero siendo así, entonces tú eres un curracho --- Agregó Kinkin.

Petro tragó en seco, guardó silencio, y siguió andando.

CAPITULO 17

Ladridos Y Ronquidos

Galy Buchí, de cabeza grande y mandíbula cuadrada, cuerpo de máquina robótica, hombros de Frankentein, nariz de turco, incrustada en su rostro galáctico, barba poblada como la de un beduino, era dueño de un estrés natural, inducido por la necesidad de producir recursos que lo ayudaran a sostener la familia, solía fingirle amistad a Gibón, quien por su condición de diplomático le hacía creer que el desconocía su hipocresía, hasta que un día Gibón llegó primero que otros, lo que aprovechó Galy para inscribir a los últimos primero que a Gibón, lo que indujo a que Gibón revisara la lista y la rompiera frente a sus ojos, y como Galy Buchí era algo así, como los oídos de Plutarco René Cariño, Gibón aprovechó y le comentó:

----- Ves y cuéntale a René, cómo reaccioné, él sabrá que estoy exigiendo respeto hasta de aquellos que no se respetan a sí mismos.---- Dijo Gibón.

Galy Buchí no dijo nada, y sin más preámbulo le salió un pasajero lo tomó y se lo llevó.

Cuando la pandemia se anunció, y fue ganando

terreno, como todos los de la jauría, también Galy Buchí había desaparecido. Sólo Gibón cubrió el terreno y se mantuvo ofertando servicio de transporte a los miembros del club, en tiempo de dificultades.

La ausencia de todos dio pie a que aparecieran transportistas de otros renglones, y entre ellos, los de Gargets, el primero de los recién llegado en chocar con Gibón, fue uno a quien le decían Anjo, sobrino del que le llamaban Plutarco René Cariño, que desde el momento que llegó había empezado a lanzar indirectas buscando provocar a Gibón, y tratando de llamar la atención:

Dijo dirigiéndose a Gibón con una nota de provocación:

------ Si usted, me hubiera hecho a mí, lo que le hizo a Rodo que lo chocó y luego no quiso darle los doscientos dólares que le pidió, yo lo hubiera partido.

Gibón, con todo el esplendor de su paciencia le respondió:

----- En realidad, a mí me gustaría que tú no hables, sino que vengas y me partas, yo no soy violento, pero estoy acostumbrado a coger golpes,

Porque por tu condición y tus orígenes, tú eres irrespetuoso y confianzudo, de manera que si a ti te ha mandado secta oculta, o la organización del mal, a provocar o a causar desasosiego, aquí, se va a armar una guerra que les enseñará a borregos, lacayos, a macos y cacatas, que a mi hay que respetarme.

AnJo, guardó silencio, pero no podía fingir su picardía le tocaba el turno y encontró un pasajero y se fue, pero su objetivo era simplemente, molestar a Gibón.

Un tiempecito después de la llegada de Rosalba, la esposa de Rony, hubo un cruce de palabras entre ellos porque ella se había llevado un pasajero, ignorando que era el turno de aquel, y al otro día era viernes, daba la impresión de que la jauría atraería demonios, Witches el hermano de Rosalba hizo algunos comentarios a favor de Anjo y los que habían llegados de Garget, por lo que Rosalba le reclamó, pero   aun siendo hermanos Witches rechazó sus reclamos diciéndole:

---- Véteme de ahí, tu y yo no tenemos nada de qué Hablar. --- Dijo Witches.

Rosalba insistiendo le reafirmó:----- tampoco es así, tenme un poco de respeto.

----- Si tú no te respeta tu misma, como me exige respeto a mí.---- Ponderó Witches.

Resultó   que en ese momento Rony que estaba escuchando lo que acontecía, enfrentó a Witches, que había reaccionado con violencia, se habían lanzado unos que otros golpes sin tocarse, porque los otros de la Jauría impidieron que se golpearan, cuando se creyó que todo había pasado, llegó el novio de la hija de Rony quien sin mucho pensarlo le propinó un isquierdazo a Witches en el ojo izquierdo, enviándolo al hospital.

El acontecimiento movió a que aparecieran los de la policía, y algunos de la jauría, decían que no aceptarían que ellos volvieran por allá.

Se había generado una riña de familia entre tío, hermano y cuñado,.   donde todos salieron afectados.

Por muchos días la jauría no dejó de comentar , , y hablaban hasta por los codos y decían que Rony le había lanzado su vehículo encima a Witches, y que él debía demandar a su hermana para que viviera de ella, y hablaron y opinaron hasta que se les seco la garganta.

Dejaron pasar un tiempo hasta que todo se olvidara, y reaparecieron unos meses después.

Pasaron los días, y en otra ocasión, Gibón, hablaba por teléfono con una sección de colección de pagos de la emergencia de prebisterian, a quien el seguro no le había pagado la deuda que generó la llave que le introdujo Arnulfo, entre la cejas.

Y hasta donde se sabía, Galy Buchí, y Arnulfo, era de los

que mejores se llevaban con Plutarco René Cariño, pero Galy, tal vez por su origen árabe, frecuentemente buscaba estar en buena con él, y para eso decía:

------ El único que está relacionado con los asuntos de la oficina, es René cariño, por lo tanto, hay que hacerle caso a él.------ Fredesvindo que estaba siguiendo la conversación de aquel, lo interrumpió y comentó:

----- Por lo que veo, al árabe le gusta enllavarse con los jefes.

----- De qué jefe tú estás hablando? Yo no tengo jefe, jefe tendrán ustedes, ese árabe no es más que un tremendo tumba polvo.---- Expresó Donko

Fredesvindo río y voceó:

------ Galy Buchí, sacúdele los hombros a Plutarco René Cariño.

Todos rieron, al tiempo que Galy Buchí, mostraba cara de confusión.

Había nevado la noche anterior, y las nieves bloqueaban las aceras, Rene Cariño dándole seguimiento a sus creencias bajó a buscar algunas palas que le había entregado Mery Ann, y se fueron turnando para limpiar el frente que se mantenía bloqueado, y en menos de una hora, estaba resplandeciente.

Más tarde pasaba MeryAnn por el frente y Plutarco René Cariño se adelantó buscando obtener el mérito antes ella:

------ Todo eso lo limpiamos nosotros.----- Dijo.

Mery Ann escudriño tras el silencio de una mirada y respondió:

----- Ah, oh si?.... Gracias!---- Dijo, mientras caminaba hacia su automóvil.

CAPITULO 18

Presencia Y Complacencia

Un tiempo después Rene Cariño había sido operado de un ojo y limitó durante un periodo sus actividades en Bulley, algunas veces pasaba a supervisar el comportamiento de la jauría y a amonestar a aquellos que estaban bajo su cofradía que no hacían lo que él creía correcto hacer, y su objetivo era simplemente mantener satisfecha a secta oculta, y cumplir los requerimientos de la asignación.

Secta oculta y la organización del mal, estaban en el argot de la desesperación y habían decidido buscar la manera de controlar a Gibón bajo cualquier circunstancia, y tocaron la puerta de claudy, y la manipularon para que ella a su vez, manipulara a los niños y aquellos a su vez intentaran controlar a Gibón, para ello secta oculta y la organización del mal, empezaron a hacer un reclamo a la ciudad, por sufrimiento a la familia de Gibón, y mientras lo hacían intentaban usar a aquellos para perjudicarlo a él.

A Claudy le enviaron un enamorado que la mantuviera adormecida, y la condujera al alcoholismo, y a Frankely, el segundo de los hijos de ella, le enviaron un amigo que lo indujera a fumar marihuana, quien a su vez buscaba la manera de sugerirle a Claudy, cómo debía manejar los asuntos con May y Queen a fin de que ante la presencia de Gibón, sobreactuaran, y lo hicieran gastar dinero en cosas que muchas veces no necesitaban, y muchas de la ropa y juguetes que Gibón les llevaba, Claudy lo desaparecía y les decía a los niños que se la había donado a organizaciones caritativas, pero el objetivo real era mantener a Gibón endeudado, pagando tarjeta de crédito, o arruinado para que aceptara prestamos proveniente de ellos en coordinación con sus aliados para que a la hora de entregarle los recursos correspondientes, justificarse en la deuda de aquel y entregar lo que a ellos le pareciera, sin embargo, por más que hacían no podían.

Entonces un día Gibón fue a dejar a May en horas de la noche y aquel subió un receptor de televisión que Gibón le compró y Claudy se sintió tan agradecida que descendió los escalones lo abrazó y lo besó quien sin inmutarse correspondió a la acción al tiempo que ella comentaba:

---- Si me estás besando, debes ser por algo.---- Dijo.

----- En realidad, es porque te quiero mucho, aunque a veces discutamos.

Ella se apartó de él, con una sonrisa simulada, mientras respondía:

----- Cuídate mucho, la calle esta peligrosa.--- Dijo.

---- No te preocupes, solo me pasará, lo que este llamado a pasar, "nadie muere un día antes, ni un día después"; todo está coordinado en el universo, y cada alma trae por dentro su libreto, la vida es teatro y sueño. ---Dijo y se retiró, pero después de recorrer algunos bloques recibió una llamada donde ella le pedía que regresara porque May había olvidado en la Jeepeta la bolsa del gimnasio.

Gibón se regresó a dejar la bolsa, y desde ese día, por mucho tiempo Claudy no se dejó ver.

Dios había fortalecido a Gibón para que ellos en sus intentos no pudieran vencerlo.

La organización del mal y secta oculta, solían estar relacionada con la destrucción, y aunque controlaban e influenciaban a algunos sectores de la policía, todo se hacía relativo ya que la presencia de aquella intimidaba a unos, y enfurecía a otros, todo se definía en la lucha de lo contrario con la siguiente expresión : "Tomas tu medicina pero con cuidado, porque puedes generarte un efecto secundario, que te conduzca a enfermarte de otro lado, la paz y la felicidad en el planeta, era pasajera, no siempre el hombre podía hacer lo que quisiera, y la frecuente preocupación era el galardón de la condecoración de aquel que carecía del poder de reflexión.

Y aunque Gibón había sido confundido, nunca anduvo en tal camino, pero la vida permitió que lo acezaran como víctima a quien le habían violado sus derechos humanos, haciendo de él, un candidato al vilipendio, hostigado por muchos años.

El caso era que la ciudad y sus esbirros, lo creyeron campesino, en un carro que hacia ruido, que iba tocando bocina, alertando a la vecina para dejarla enterada que después de montar burros, se movían en Limosina, y muchos que eran taxistas, se hicieron electricistas, Cholinfe loco y sin juicio, seguía haciendo de la suya, irrespetaba a Gibón, ponía a ladrar la jauría, se convirtió en la maldad, que querían erradicar, era tema de atención, y oraban porque se fuera, algunos temían golpearlo por no perder tiempo en corte, y su presencia en Bulley se había vuelto un trago amargo, pero aconteció algo triste que la jauría lo ladró, alguien más loco que él, hizo rabia y lo mató.

Emiliano Federé, la cárcel lo vio crecer, la violencia lo creó, y a la cárcel lo mandó, en cinco años después, a pamela conquistó, su prima lo presentó y ella le entregó su voz, por teléfono le habló, hasta que en parol salió, andaba por donde quiera y a Bulley fue a des crecer, Cholinfe sin comprender, a Pamela piropeó, y Emiliano Federé por coraje lo mató, cuánto recelo guardó, que hasta de Dios se olvidó.

Todo aconteció cuando Pamela salía de Bulley, con un carro atiborrado de compras, y Cholinfe que no se percató que ella andaba acompañada, por su desfachatez el ignoró que Emiliano venia atrás, y como un caballo desbocado, alborotado expresó:

------Mami, aquí está papi cintura, para hacerte sabrosura, déjame darte ternura, y explorarte la llanura.----- Dijo.

----- Oh, de modo que eso es así, si a ella le ofrece ternura, y quieres andarle en la llanura que me va a ofrecer a mí?

----- Para ti no tengo nada, no como carne de burro.--- Expresó Cholinfe, pletórico de burla y de soberbia.

---- Tú eres un atrevido e irrespetuoso y eso te vas a traer consecuencia.---- Dijo. Emiliano se alejó, y en silencio retornó, un tiro en el corazón, a Cholinfe disparó, así fue que lo mató, el sitio se calentó y la policía llegó, a todos los transportistas al otro lado ubicó, y los Garteanos se fueron, y nadie más regresó.

----- Coño, para que aquellos se fueran, se tuvo que matar uno.----- Dijo Burdock entre lamentado y asustado.

En realidad, él siempre estaba opinando, aunque no aportara nada.

Ciertamente, quienes conocían la verdad, entendían que no siempre los perros mordían como ladraban, pero la jauría no se respetaba, y en una ocasión había salido Rocko vulcano a la república y el primero en difundir que aquel había vendido su vehículo para ir a casarse con un hombre fue Burdock, que con voz agorera tan indigno comentario expresó y en medio de su murmuración decía:

---- "Yo sabía que ese aunque fuera en postalita a un

macho reclamaría".----- Mientras Rony que le hacia el juego respondía:

----- Es que cuando yo lo veía llegar con esa camisita de flores, como las blusas que usan las mujeres, y esos pantalones más ajustados que los de Mari- Luz, no me dejó otro espacio para pensar lo contrario.

----- El que si viste como un hombre es Gibón ----- Dijo Jóchelo.

---- A, es que Gibón es plato de otra mesa--- Dijo Donko que llegaba en ese momento pero alcanzó a escuchar lo que decían de Gibón, llevaba un postre que tentó a todos a probarlo, menos a Rony que dijo haber acabado de comer.

Y el manjar se veía tan suculento, que inducia a pensar, que así como sabia el alcohólico, que no debía tragar licores, y el diabético que no debía darle dulce al páncreas, se había hecho Jóchelo consciente de su condición y como se había visto tentado antes por el postre de tres leches, se vio tentado por aquel quesillo de leche, y rompiendo la norma se justificaba en medio de una predica dijo con una voz grave que sólo competía con la de Gary y Kinkin:

----- Sigamos los parámetros del maestro Jesucristo: "No es lo que entra por la boca lo que hace daño, sino lo que sale de ella", y como lo que no mata engorda, si a caballo dado no se le mira el diente, a lo que nada nos cuesta, hagámosle fiesta. ----- Dijo al tiempo de echarse un trozo en la boca, pero cuando intentó echarse el segundo fue frenado por Burdock que salivaba como el perro de Pabló al escuchar que sonaban las campanas, para el reflejo condicionado:
----- Ya, dame el mío acá, no vaya a comértelo todo.

----- Coman que hay suficiente para todos, yo tengo un pedazo más en el carro.----- Dijo Donko.

Debo agregarle para que entiendan mejor la situación, Donko era un hombre de pequeña estatura con una alma tan grande que no se doblegaba a las imposibilidades, siempre inclinada a la solidaridad, siempre andaba comprando cosas para distribuirla entre la jauría, y esporádicamente cuando se percataba que alguno estaba de cumpleaños hacia un letrero con el nombre de aquel deseándole feliz cumpleaños, o dándole la bienvenida a quien se había ido de viaje y se encontraba regresando.

Su lema podría definirse en el siguiente enunciado que solía cantar Gibón con fuego en el corazón:

"Dates un refresco de esperanzas, en cada gloria y añoranzas, que la virtud la trae la luz, y la bondad la tienes tú.

Eres belleza y verdad, que induce a crear la paz, eres sapiencia que das, plenitud y dulce virtud."

Estoy claro en mi camino, de que siempre ando contigo, eres la gloria y la luz, eres el reflejo divino.

Sigue siendo bendito Dios, sigue siendo bendito Dios, aleluya gloria al padre, gloria por la salvación, que en los cielos y en la tierra el señor es mi pastor, aleluya, aleluya, gracias por la redención.

CAPITULO 19

La Trayectoria

Gibón no tenía forma de parecer distinto a lo que era, porque donde llegaba lo llamaban de acuerdo a como el espíritu lo mostraba, por más de 29 años había sido vigilado sin que él lo supiera, una conspiración se ejecutaba en su camino, al grado que el pensara que una fatalidad lo perseguía, la organización del mal no lo dejaba respirar, y hasta un empleo que fuera a buscar, traía la supervisión de la organización del mal, que siempre lo vigilaba a distancia, para estar al tanto de lo que la víctima hacía, y muchas veces, no permitían que Gibón permaneciera mucho tiempo en un empleo, porque cuando se percataba que aquel estaba trabajando, le hacían una oferta al administrador del lugar, para que encontrara un motivo que justificara dejarlo cesante.

Así, en sus planes de desacreditar a sus perseguidos, ellos decían que aquellas personas eran inestables y que por lo mismo, carecían de las condiciones para ser acreditados

La organización del mal, a pesar de ser anti-siquiatras, no dudaba en enloquecer a los que se rebelaban contra ella, por eso se aseguraban de que sus asociados se vigilaran entre ellos.

Muchas veces constataban familiares de sus perseguidos, lo sobornaban y le pedían que le hicieran la propuesta a sus víctimas de que aceptaran ir a ver al siquiatra, si la victima aceptaba e iba, sobornaban al doctor, para usar ese registro para inhabilitarlo, y así justificar su propósito.

Pero creía Gibón de que era mejor la bendición de Dios, que el favor del hombre, ya que lo que Dios asignaba por herencia, nadie podría malversarlo.

Pero en función de su reflexión, solía Gibón auto cuestionarse acerca de cómo hubiese sido la vida de Joshua Ben Josephs (Alias Jesús), si en vez de haberse elevado a los 33 años le hubiese tocado vivir un tiempo más, soportando a un prójimo ingrato, sobre todo si hubiese durado el tiempo que ya Gibón llevaba en la tierra, viendo y experimentado todo, y auto controlando su ecuanimidad, ejercitando la paciencia, ajustando su discernimiento, porque el humano en su libre albedrio, no entendía ni quería entender, el por qué se necesitaba ser paciente y tolerante.

En el planeta tierra la vida era un caer y un levantarse, era una especie de inestabilidad constante, porque siempre había algo que obstruía, se resolvía un problema y aparecía otro, y aunque se huyera de lo que tenía que pasar, siempre pasaba. A pesar de todo lo acontecido, la humanidad, empezaba a despertar, y hablaba en silencio de un salto cuántico , el colectivo humano empezaba a elevarse por antonomasia, mientras la organización del mal, no descansaba en producir e involucrar, a los inconscientes en sus juegos de esclavismo, y conspiraban con frecuencia para hacer creer que aquellos que habían logrados expandir su vibración y lucían como maestros, diferentes al hombre tradicional, y que no se sometían a obedecer, el programa de maldades que ellos, en la obnubilación de sus cegueras habían diseñados, eran personas peligrosas, y buscaban la manera de enloquecerlos, venderlo como locos, o desacreditarlos, por ser y verse diferente a ellos, y a los que estaban a su servicio.

Ya la organización del mal, estaba decidida a incrementar la ola de violencia en el planeta, por eso mandaba a provocar a los pacíficos, a través del sabotaje a sus propiedades o a través de ataques físicos, por eso cuando ellos practicaban violencia, y se les respondía con violencia, ellos se fortalecían, porque estaban arrastrando a su terreno a los que respondían como ellos esperaban, a fin de confundirlos, y hacerlo perder la esencia de su propósito, la liberación de las almas.

Por cada golpe que se daba, otro se recibiría, y toda esta condición tendía a retrasar la ascensión evolutiva.

Gibón había superado todas las maldades de la organización del mal, porque aunque sabían que la ciudad tenía que indemnizarlo, ellos como criminales investido de poder, buscaban la forma constante de hacerlo caer, y aunque no estaba estipulado de que estaría atravesando las vicisitudes terrenales, tocó el piso yendo a parar a un refugio, él quiso experimentar y lo hizo y vio cómo se vivía en ese lugar, cómo se humillaba al ser, cómo sobrevivían las minorías, bajo la dictadura y el hostigamiento de los de arriba, y luego de tanto sacrificio, si le otorgaban un programa que lo ayudara a superarse, de qué manera los hostigan tés conspiraban para que unos meses después lo perdieran, para que los afectados si carecían de estrategias, regresaran a experimentar el dolor de su hambre .

En cualquier circunstancia, la fortaleza interna doblegaría a los fantasmas de la oscuridad, porque la luz, siempre podría más, porque tal vez aquellos buscando ganar merito con la ciudad, por andar molestando a los hombres de paz, habían escogido abusar, por lo que él esperaba que algún día, se tendrían que retractar, porque si no estaban dispuestos a rendirles cuentas a los hombres, la muerte les pediría explicaciones.

CAPITULO 20

Definición

El matiz de la discriminación, era notable en nueva york, que a pesar de ser uno de los estados santuarios, donde mayor misericordia había con las minorías, por muchos años a Gibón se le había maltratado, los gobernantes habían actuado favoreciendo en mayor escala a los ricos.

Los blancos, tenían las mejores viviendas por menos dinero, y cuando él se creyó superado y trataba de abandonar la habitación, la mafia asignada para volverle la vida de cuadritos, se lo impedía andándole adelante y sobornando a los propietarios de los inmuebles, para que lo discriminaran en la vivienda, como lo hacían antes en el trabajo.

Cualquiera que fingiera ser amigo de Gibón, podría ser un informante de secta oculta, o de la organización del mal, para notificar si aquel había sido empleado en algún lugar, para sobornar al administrador de turno para que lo despidiera.

Pero la justicia social y el manejo en las acciones políticas, habían caído a los más bajos niveles de sus condiciones, dando pie a un desmedido descontrol en el incremento de la renta, con la clara intención de favorecer a los propietarios, al grado de arruinar a la clase trabajadora, poniéndola a pagar altos precios en los alquileres, que de hecho fue contribuyendo a empobrecer a los contribuyentes, que muchas veces carecían de salarios, o ingresos que le permitiera vivir dignamente, pagar la renta y comer satisfactoriamente.

Por lo que muchos cayeron a los niveles de no poder pagar una vivienda, teniendo que juntarse cuatro, cinco y más miembros de una familia para pagar un apartamento de una o dos habitaciones con una renta que regularmente, había empezado a superar el salario de un hombre, mientras los propietarios se enriquecían.

En el caso de Gibón, se generaban asuntos insólitos, se mantenía soltero, esperando que apareciera la esposa prometida, mientras la organización del mal, no cesaba de perseguirlo, al grado que aquel se ausento, y a su regreso le guardaron la sorpresa, de que le habían cerrado el apartamento donde residía, en ausencia, aun estando al día con la renta, por lo que este se vio precisado a recoger algunos documentos de importancia y un poco de ropa, y echarla en una van, yéndose a dormir a casa de una amiga, hasta que en medio de la persecución, una noche la organización del mal le abrió el vehículo y se le apropio de la computadora y algunos certificados de derecho de propietario, entre otras pertenencias, y aunque se querelló con la policía, aquellos no hicieron caso alegando que en aquel lugar no existían cámaras , por lo que no tenían nada que hacer.

Después en una ocasión se encontró con el judío dueño del edificio donde le cerraron el apartamento, y este fingió estar muy preocupado por lo que le había sucedido y dijo:

---- Siento mucho lo ocurrido, por qué, no hablaste conmigo antes que eso sucediera?---- Dijo.

----- Yo no pensé, que algo como eso sucedería en

mi ausencia, pero, suelo no lamentarme, para no ser compadecido, de todos modos muchas gracias> Dijo--- mientras volvía a pensar en la expresión de apocalipsis:

"Se les quitará a los que menos tienen para darle a los que más tienen".

Después el administrador del edificio lo llamaba, y le dejaba mensaje de voz, presionándolo: ---- Gibón, "ven a buscar todas tus porquerías":---- Decía>--- Gibón lo escuchaba en silencio, hasta que se percató de que aquellos le habían violado sus derechos, el contrato de arrendamiento se vencía un año después, además, habían entrado a una concubina del administrador, siguiendo todo a nombre de Gibón, mientras que el súper y el administrador, se habían repartido las pertenencias de aquel, y tales acciones se habían realizados en función de una conspiración.

Y Gibón respondía: "Yo soy el círculo mágico de protección, a mi alrededor, que es invencible, que repele todo elemento perturbador, y todo peligro que intente interactuar para perjudicarme, yo soy la perfección en mi mundo de salud, abundancia y juventud, en la perfección de mi cuerpo, que es el vehículo que cubre mi espíritu".

Las profecías se cumplían, y el gobierno de la "bestia" persistía en estampar a todos los que dormían, porque quienes fueran atrapados dormidos serian incorporados al sector de los zombis, porque estos serían constituidos en fuerza esclavizada.

Gibón ignoraba que la organización del mal, andaba tras sus huesos, y del refugio, lo mandaron a un programa llamado "Back to Work", y por nueve meses como a un inútil lo tuvieron haciéndole historia, negándose a concederle un empleo de acuerdo a su capacidad, hasta que al final, optaron por emplearlo en una lavandería industrial, donde permaneció tres años tirando toallas sobre una correa que la vaporizaba y luego la empaquetaba para que se distribuyera a los distintos hoteles de la nación.

Eso sin antes decirle, que tales criminales investido de poder, le daban seguimiento intencional, administrando el progreso de aquel, sobornando un emisario de los que fungían ser amigos de Gibón, a fin de que los mantuvieran informados de los pasos de aquel, conspirando con la ciudadanía de Gibón y manipulando su trayectoria, tratando de fabricarle casos para desacreditarlo e impedirle recibir sus bendiciones, y un empleo de dignidad, gestionado por él, pero ignorando que contra Dios no se puede, y que con los hijos de Dios, nadie podía meterse, porque todas las maldades, Dios la convertía en bondades, todo lo que le hacían como un mal, Dios se lo convertía en bien, y lo acomodaba a su favor, para que aquellos funcionarios racistas, maliciosos y traidores, entendieran que "el mundo era ancho y tenía dueño", y aunque algunos se creían poseedores , todos andábamos de paso, y que aun en el libre albedrio, ellos no podían impedir, lo que se había asumido desde antes de nacer, porque lo que estaba llamado a darse, siempre se daría.

Tres años de agonía botando por los poros el sudor emanado de un salario sin motivación, pero al que por causa de la necesidad, y las obligaciones de la sobrevivencia, se veía obligado a hacerle honor.

Desde que llegó a aquel lugar, dejó de llamarse Gibón para que lo motearan pastor.

Y como sabrán algunos, hay voces que pareciendo chillidos, a veces molestan al oído.

Mientras estaba en la lavandería industrial, era seguido y vigilado, y escoltado hasta el baño, por crossover que experimentaban en cuerpos que no deseaban, algo así como un hombre viviendo en el cuerpo de una mujer, o una mujer habitando el cuerpo de un hombre, eran seres infiltrados por la organización del mal, naturalmente, con los supervisores comprados para que informaran hasta de qué manera Gibón respiraba en aquel lugar.

Había una llamada Janina, que le tenía el ojo puesto, lo provocaba y le decía"

----- Tú tienes un matiz que induce, es un matiz de atracción que mueve a la tentación.

Pero Gibón la escuchaba y no le decía nada, porque el entendía que tras aquellas palabras, había una serpiente dispuesta a tentarlo para acorralarlo.

Y era de tal forma que ella lo estaba acechando, él iba disimulando, ella iba de soslayo, queriendo decirle algo, se insinuaba e insistía, tú tienes un matiz que induce>.

----¿Cómo así?--- él le decía.

----- Es un matiz que me atrae, que mueve a la tentación, que me provoca ilusión, que me conduce al amor.--- Le replicaba Janina.

----Yo comprendo tu expresión, y hasta me calma el dolor, pero sé tú condición y comparto tu inquietud, pero hay misiones que no se entienden, sin embargo cuando despiertes y vea la luz, entenderás la glorificación de mi dolor, porque las lágrimas de esta tierra, son las perlas de los cielos.--- En versos decía Gibón.

----Uh, es por eso que me gusta, por esa tierna expresión del corazón, por ser poeta de amor y de emoción. ---Janina le respondía.

----- Si me provoca a decirte, me inspiraré y te diré, que eres una prenda bella, con la que saldré a comer.---- Le replicaba Gibón.

---- Me gustan tus versos Gibón, encienden las esperanzas de mi amor.---- Decía Janina, que recurría a todos los mecanismos de su honor, mujer entrenada por la organización para cazar machos, algunos dominicanos le decían "chapeadora".

Gibón, que entendía el lenguaje de lo que aquella quería, con picardía le decía:

---- La pequeña tempestad, tarde o temprano será, sin que salga paco el perro, creyendo que va a ladrar.---- Poseído de tal inspiración, replicaba Gibón.

----¿ Puedo afirmar, que al cine me vas a llevar?.---- cuestionó Janina.

---- Podría ser, la perseverancia es madre del resultado, y aunque las esperanzas, no llenan panza, por lo menos mantienen el estado de ánimo.--- Expresó, justamente cuando Jocelyn, la supervisora los interrumpió, alertándolos:

----- Se les está acabando el tiempo de almorzar, dejen de hablar, y pónganse a comer.---- Dijo mientras sacaba un plato de un recipiente y lo entraba a tibiar al macroway.

CAPITULO 21

Historicidad

Desde el principio de su fundación, la nación norte americana había sido invadida por aventureros inclinados a buscar un bienestar prefabricado, sin importarle la condición como fuera generado, personas con mayor inclinación al mal que al bien, y esas mismas personas se valían de lo que fuera para levantar o tumbar a los que estuvieran en su cartelera de turno.

Gibón no era una persona que le gustara estos tipos de espectáculos, que laceraban la dignidad del ser, por lo que más bien parecía una especie de redentor, en la prisión del desamor, él pensaba que cuando se clamaba justicia a quien hacía de juez, y verdugo, había que tener a Dios aproximado, para no ser hostigado.

Y era que Gibón había sido sometido a todas las pruebas y vejámenes, generados por la organización del mal, que ideaba todos tipos de conspiraciones, que iban desde enemistar a los familiares, desacreditar a las víctimas, robar beneficios y creer que podían esclavizar a los que se le opusieran.

Sin embargo, Gibón entendía que la tierra era un escenario tramoyado para diversas escenas, por eso, estos monstruo del mal, por su descarada condición solían percatarse de tener los fondos necesarios para defenderse en corte si por algunas razones se hubiesen vistos precisados a responder, ellos solamente podían operar en sociedades "democráticas", porque en una sociedad de fuerza, no dudarían en fusilarlos como una forma de erradicar sus maldades, así como aconteció en Sodoma, que en algún episodio de la historia, había sido destruida por la intolerancia del descaro.

Ahora, aquellos seres encarnados, habían retornados.

Se mostraban como buenos y eran malos, eran el cuadro de la hipocresía en una sociedad carnavalesca, donde imperaba el drama tras el abuso.

Se refugiaban en las religiones para mostrarse en la sociedad, como los misericordiosos incomprendidos, pero tras tal fachada, descuartizaban a todos los que osaran oponérseles.

Todo tenía que cambiar, la verdad tenía que aflorar, y Gibón decidido a hacer la diferencia entonó un mantra de esperanza, que cambiaría al mundo de forma natural y decía:

"Soy la voluntad de la razón, soy la compresión del por qué soy, yo soy el que soy, soy la luz del sol, yo soy la salud, yo soy la opulencia, soy la juventud, yo soy el amor, yo soy el que soy, yo soy, yo soy, soy el esplendor, soy la brillantez, yo soy la atracción, yo soy el que soy, yo tengo el control, yo soy la atracción, yo genero amor.

En realidad eran muchas las anécdotas de los miembros de la jauría, algunos quisieron mostrarse torcidos, pero otros se las daban de machotes y héroe, en una ocasión de esos tiempos en que Plutarco Rene Cariño andaba inclinado a la delincuencia, en sus aparentes buenos tiempos, había aquel viajado a Francia, en una de esas excursiones veraniegas, y se encontró que en la torre Eiffel, alguien trataba de suicidarse, había tratado de lanzarse del piso de recepción, y aunque habían varias personas, todos tenían su precaución, pero Plutarco Rene cariño que se la daba de conquistador, al ver aquel mujeron se le acercó con amor, hablándole con pasión, y le decía:

Amor, perla preciosa, como es que una belleza de tu naturaleza, una entidad hecha mujer se vas a suicidar, dejándonos a tantos admiradores con el corazón derretido.---- Dijo.

Aquella con el corazón paralizado lo miró y se sonrió, al tiempo que respondía:

------ Oh Dios, todavía quedan hombre tiernos.

Rene, cariño viéndose correspondido, agregó:

----- Si, querida, aun quedamos, y viendo que aún existen damas de tu categoría, nos hacemos fuertes contigo ¿por qué pretendes suicidarte, por qué mejor no entregas a un humano, eso que pretendes dejar, que se coman los gusanos? Ven amor, baja de ahí y bésame aquí--- Le dijo mostrándole el lado bueno de su rostro.

La mujer le entregó la mano, bajando del lugar donde pretendía lanzarse al tiempo que propinaba un beso apasionado a rene cariño, en plena boca y sin respiro, aquellos que los miraban comenzaron a aplaudir, y la mujer sólo habló para decirle:

----- Mis padres por su religión se niegan a que me vista de mujer, y no quieren que me opere para cambiar de sexo.

Todos los que oyeron de pronto corrieron, pero rene cariño que había comprendido, lo condujo a donde lo esperaba un grupo de paramédicos, y nunca había vuelto a referir aquello, hasta que la cárcel lo indujo a la tolerancia.

A su regreso a Nueva york, quiso hacer una operación, de narco tráfico fue arrestado y sentenciado a diez años, durante ese tiempo, no faltaron ocasiones en que se viera forzado a estregar las espaldas de algunos de los más fuertes, que no querían enjabonarse ellos mismos.

Después de salir, estuvo en parol, y asediado por inmigración,   hasta llegar a Bulley, donde empezó a aplicar sus habilidades y malicia para granjearse el control de los demás, e imponerse como líder, tratando de usar el esplendor de su sonrisa para hacerse notar, y calumniando según sus intereses a todo aquel a quien el creía que podía desacreditar, el aceptó soborno de secta oculta, para que conspirara, para sacar a Gibón, de Bulley.

Antes de que se decretara la cuarentena del corona virus en Nueva York, él había llevado a una cliente que conocía a Gibón, y que había visto a aquel, unos minutos antes después que la compra estaba sobre el carro del señor cariño, y al verlo lo saludó con mucho aprecio, pero como René cariño sentía unos celos natural contra Gibón, y lo disimulaba, la cliente le preguntó.

----- Y Gibón, desde cuando está en ese lugar?

Él le respondió:----- Gibón tiene algunos meses ahí, él está camuflageandose, porque le robó un dinero a una fundación.

----- ¿Cómo va a ser?.... Eso no es verdad, a ese lo conozco yo, e incluso he ido a su casa, y ese no es de esa condición--- Aclaró ella.

René cariño guardó silencio, y al llegar, le desmontó la compra con el horrible estruendo de una desesperanza, agilizando el paso regresó a Bulley, con una cierta decepción, porque en su propósito no pudo convencer a aquella para que se pusiera contra Gibón, como se lo había pedido secta oculta, en su intención de desacreditar a Gibón, y alejarlo de todos aquellos a quienes él conocía.

Unos días después, la chachi, que era el nombre de la joven que había defendido a Gibón frente a Plutarco René Cariño, se encontró nuevamente con él, desde que lo vio lo saludó y le dijo:

---- Gibón, amor, ten cuidado con ese hombre, él te envidia, y quería convencerme para que dudara de ti, pero yo le dije que no insistiera, porque yo te conozco.

Gibón le agradeció, y tomó la precaución, para que Plutarco René cariño no, conspirara contra él, y cuando tuvo que hacer frente a la malicia de aquel, recurrió a una fotografía que guardaba en la fototeca del celular, donde Gibón aparecía dictando una conferencia de analogía literaria, a unos ciudadanos Americanos de origen anglosajón, después de mirarla, se la mostró a René cariño, preguntándole:

---- ¿Quién es esa persona que se ve dictando esa conferencia?

----- Pero, ese eres tú---- Respondió René cariño.

----- Efectivamente, eso quiere decir que tú no tienes razón ni condición, para mentir sobre mí, intentando dañar mi reputación. ¿Sabes por qué?... Porque yo he contribuido al desarrollo cultural de los ciudadanos de esta nación, he pagado mis impuestos, y aunque la organización del mal o secta oculta, te hayan contactado para que en la niebla de tu ignorancia, en profunda turbulencia me calumnie, y me hagas burlas, por eso de que los ignorantes por su condición de inconsciencia, siempre están prestos a rendir pleitesía a los sátrapas.

---- Oyes Gibón, me está insultando tú estás en un error----- Replicó René cariño.

--------- No, el que está en un error eres tú, y todos aquellos, que actúan en frecuente acción conspirativa, como ente sin fundamento, aquellos que han aportado nada o muy poco, al desarrollo de esta nación, y que viven vigilando a los hacedores del desarrollo para inhabilitarlos con las zancadillas de su envidia, precisamente, como tú que en tus años de narcotraficante obstruiste y nada distes....

Gibón fue interrumpido bruscamente por René Cariño:

----- Para eso ahí, ya yo pagué mi deuda con la sociedad. --- Replicó Plutarco René Cariño con todo el esplendor de su soberbia.

Entonces Gibón sin dejarse desviar de lo que le decía, retomó el tema:

---- Lo que está hecho, hecho está, pero perdura el remordimiento en la sensibilidad de la conciencia, cuando se ha lacerado la trayectoria de la juventud, y aunque antes de nacer ellos escogieron ser destruidos, en tu libre albedrío el ego se te infló para que permaneciera tu malicia ,y aun así, siguen infladas las secuelas, porque vive fraguando cómo hacer tropezar a tu prójimo, ha insistido en venderme por unas pocas monedas, te siente importante y se te inflas el ego cuando me haces burlas a petición de secta oculta y la organización del mal;

Diez años de cárcel no te aconsejaron para que entendieras que "el que a hierro mata, a hierro muere", y por lo que veo, las pruebas acarreadas a tu vida, en vez de corregirte, te tornaron más inclemente.

---- Oyes, pastor del diablo, tú lo que esta es engañando a la gente, así que dejas tus sermones para los que te creen, y no trates de confundirme a mí.---- Dijo, René.

----- René Cariño, dejas de defenderte como un gato boca arriba, y dejas de andar calumniándome que yo he aportado más a la sociedad que tú, porque aun en tus buenos tiempos, tus ingresos sin lavar al no poder ser tasable, no fueron nada significativo al tesoro de esta nación, así que dejas de andar dándotela de payaso conmigo.----- Dijo Gibón.

René Cariño guardó silencio, dirigió su mirada hacia el piso, y se alejó de Gibón, vertiginosamente.

Habían pasado unos meses desde aquel día, cuando se notició la Jauría, que René Cariño se había infartado, fue como una advertencia de Dios.

CAPITULO 22

Aconteceres

Unos días después, apareció Nicanor comentándole a Burdock.

----- Bueno Burdock, yo creo que es verdad eso que dicen que "hierba mala nunca muere", porque cariñito se infartó, y aun así sobrevivió.

----- Oye, Nicanor, dejas de estar hablando vaina, no vayan a oírte, tú sabes que aquí se forma un chisme por cualquier cosa, si sobrevivió era porque aún no era su tiempo.--- Dijo Burdock.

Nicanor se tragó la sonrisa de racum, que mostraba en ese momento, y guardó silencio como se lo sugirió Burdock.

En realidad ellos tenían un mecanismo de comunicación formidable, habían logrado desarrollar una especie de cofradía, que les permitía entenderse en un lenguaje de jauría, propio de su condición animalesca , aunque ya Nicanor se encontraba más reformado, en el pasado él y Burdock se llevaban de maravillas, desde esos tiempo en que se unificaron para la extorsión, y la manipulación, a aquellos que pretendieran aproximarse a hacer delibere en Bulley, sin que antes se confesaran con ellos, y le lamieran las manos, con aquel metal que hacía miles de años que habían inventado los fenicios, si, con aquel metal, al que llamaban "moneda".

----- No es que seamos radicales, es que todo el que pretenda emplearse con nosotros, tiene que aportar para la comida del caballo.----- Decía Nicanor, refiriéndose a que había que pagarle para él comprar su marihuana, y lo decía mirando a Burdock con una sorprendente camaradería, porque Burdock, le movía la cabeza en señal de afirmación , pero dejando la impresión de que él, no tenía nada que ver con eso, pero desde que colectaban el dinero del aspirante a ingresar a la jauría, inmediatamente se lo repartían, sin que los demás se enteraran de lo que estaba aconteciendo.

Cada día y en un cortejo fúnebre, la esperanza cedía a la muerte, la grieta de la sobrevivencia, los ateos, clamaban por Dios, los feligreses seguían en espera de cristo.

La generación vivía el día a día, sin despedirse de la causa, porque la vida se había tornado una monotonía, existir y morir, era una lotería para el mejor postor, nadie quería ser agraciado con la muerte, porque todos ignoraban la razón de su estancia en la tierra.

Muchos reyes se negaban a soltar el trono, porque el gobernar, se le hizo costumbre.

Y ante la muerte muchos llegaron a sentirse confundidos, y su afección consistía en que la muerte, los destituyeras alejándolos de los reinos que habían edificado, dándole paso a "las polillas para que corrompieran sus riquezas" terrenales, por lo que la belleza y el desamor fingían amarse para guardar las apariencias, y entre miradas tiernas declaraban su amor.

Pero ocurrió que muchos, en su vanidad dejaron sé confundir de una herramienta desconocida que le otorgó la muerte, y aconteció que corona virus los poseía, y no había cordura ni rebeldía, poesía, era una esperanza, pero la cremación borraron sus formas, sin que las familias nunca pudieran reclamar, la esfinge había de regresar, a donde alguna vez creyó tener su hogar, el espíritu tenía que volar, por ya no tener cuerpo a donde habitar.

La jauría andaba alarmada, de Crispín no se sabía nada, su familia decía que se había internado en un hospital, pero a Moraima, su amada consorte, al ser besada recordó a Judas, sin saber cómo, abrazó el contagio, su tierna consorte, cuando se libró, no podía acercarse, a través de cámara lo vio respirar, con la tubería, que lo sostenía, supliéndole el aire que él

Anhelaría!

El temor invadió a los que murmuraban que no temerían, y la vida le fue condecorada con el miedo, que tornándose espada construida con aire, impediría retomar lo vivido, y viéndome vida, me vi precisado a mostrarle el camino, que daba esperanzas para cada día, y les dijo Dios:

"No teman a nada para estar conmigo, porque soy la llave que abrirá el destino".

Entonces Yo vi, que la muerte cabalgaba sobre las ambulancias, las sirenas hinchaban de dolor el corazón, cada día se reportaban más infectados, y las instituciones temerosas ocultaban sus muertos en furgones clandestinos, que luego denunciaban los fétidos olores.

La generación se iba transformando, la pena entristecía, las almas, el dolor corrompía, más yo buscando darle fuerza a la existencia, me expresaba con aire de conciencia, para forzar la fuerza, a que mostrara toda su nobleza:

Eres la anunciación de mi predicción, te has vuelto mi ideal hecho mujer, eres roca esencial de mi camino, y soy tu respirar sin corona virus!

Ahora soy el triunfar de tu destino, porque Dios me ha

encomendado para estar contigo, y mi silueta es tu mejor amigo, es tu luz mi virtud, y mi espíritu tu luz.

En ti Dios me otorgó la idoneidad del ser, eres mi flor del sol, eres mi amanecer, hoy eres la ilusión, que te torna virtud, eres verdad y luz.

Glorificado en el camino que ha de andar, eres salud, virtud, luz y bienestar.

Ha sido Dios la esencia que guía mi transitar, volviéndote la paz de mi felicidad.

Hoy tú me haces encontrar, fuerza y seguridad, porque al volverte paz, eres como la fe, que aporta la armonía y la gran garantía, de que la vida es una melodía, que re-activa al ser en cada amanecer.

Estando en ti, me vuelvo a Dios, que es la fuente del amor, y estando en Dios, valoramos la fuente de la luz.

Estar en Dios, elimina el dolor, Dios es la garantía de cada día, y a través de tu ser en cada amanecer, renace mi querer.

Se reintegra la vida para un mundo mejor, se laceró el orgullo, llegó la redención, tus brazos me dan calma, y Dios me da el amor, él es la llama eterna del perdón.

La jauría no sabía qué hacer, se persignaba al amanecer, era una forma de chantajear a Dios, querían dinero fácil, y pensaron, que el conseguirlo se le hacía difícil, pero en verdad, a ellos no le importaba la dignidad, ni conocían lo que era conciencia, ellos ignoraban el significado, y no había un diccionario al alcance de aquellos, que lo definiera.

La naturaleza aportaría un modo de justicia, que a los cretinos diera su lugar, así el hombre de paz y buena voluntad, podría trabajar sin ataduras.

Muchos de los enlistados habían sido afectados de forma radical, por el corona virus, el covid- 19, había arrastrado a un alto porcentaje de malvados, piadosos y bondadosos.

A los malvados le enseñó el diente de la muerte de forma despiadada, y todo su dinero, no le sirvió de nada, su dinero, arrebatado al pueblo, no pudo socorrerlos ,muchos de ellos murieron como herejes deseando la cruz, mas no pudieron comprar la salud, a pesar del dinero, todos fueron matados en similitud, sin fanfarria de historia, se fueron como escorias porque el dinero no le otorgó la gloria, porque para evitar contagios, muchos fueron cremados, y otros, fueron lanzados por un acantilado, en una impredecible grieta de confusión, que agudizaba sufrimiento y dolor, por cuerpos derretidos que hacían de la emoción una consternación, por amor, sentían dolor tras la fosa común, las familias lamentaban no mirarse en sus miradas, no poderse despedir y sentir que el universo les arrebataba las escalas de los abrazos del tiempo, y el dolor que le quedaba fue música sin concierto.

Muchos apesadumbrados se expresaban: "por el perfil de tu mirada azul, yo puedo definir, que trae tu corazón, unos ojos imponentes, y unos labios sonrientes, me dejan comprender que aun eres mi amor.

Y el ruiseñor que entendía lo que iba aconteciendo, se plantaba asustado en su ventana y entonaba con gloria y esperanza su alborada: "Eres el amor, que al despertar te me torna en alarma, que aúlla en el umbral, y oigo la melodía que aporta tu recuerdo, haciéndome vivir, cargado de consuelo".

Entonces, todos habían entendido, que el covid -19, ya se había definido antes de su destino, por lo que una información filtrada en un documento de 70 páginas refiriéndose al banco mundial, titulado: "programa de respuestas y preparación estratégica covid-19" y etiquetado en la expresión "sólo para uso oficial", cuya fecha data del 2017 y 2018, dos años antes de se hiciera pública la pandemia, era la muestra ardiente de lo que se fraguó antes de difundirse.

había surgido como una teoría conspirativa que había escapado de las manos de sus sustentantes, que a su vez, había generado la participación de una opinión pública que hacia sus juicios en función de lo que cada día aparecía donde se tomaban las medidas de lugar para afrontar la mini-crisis que generaría la disgregación de la pandemia.

Los Códigos de los archivos del banco mundial 300215 902780 y tales códigos eran las claves de la exportación de materiales   a Suiza, Alemania, estados unidos, Holanda, Japón y honkon. "instrumentos y aparatos para el covid -19" archivo banco mundial, donde se escindia el propósito de que la creación de tan radical enfermedad, estaba encaminada a - esclavizar a la población, restringiendo sus movimientos, para imponer una vacuna que a la larga para viajar se exigiría pruebas de que los viajeros se la habían aplicados, pudiendo generarse un   estado catatónico, ligado a la tecnología 5 G experimento calificado como posible ataque biológico, que serviría al propósito del NOM: (nuevo orden mundial) que consistía en reducir la población y cancelar el pensamiento reflexivo del ser humano, al grado de zonificarlo para controlarlo.

CAPITULO 23

Posibilidades

Pero, volvamos al escenario de la jauría, y veamos lo que acontece:

,La vida en la tierra, era como una ingrata sorpresa, Mark y la jauría solían llevarse con cierta distancia, pero Plutarco Rene Cariño, en su afán de hacerse notar, siempre estaba de frente haciendo que aquel se sintiera como el príncipe y el cómo su séquito, y muchas veces Mark, como asistente de administración para que la jauría no ignorara su condición, cuando solicitaba un favor , solía pedirlo con cierto radicalismo, lo que inmutaba a algunos miembros de la jauría, que al verlo alejarse no controlaban su condición egocéntrica para expresar a sus espaldas ciertos improperios raciales como :

"Yo no sé de qué priva ese negro come coco". Decía Burdock, y era interrumpido por Plutarco Rene cariño que saliéndole al frente le decía:

----- Burdock... Mark es buena gente, el simplemente esta estresado.

---- Yo te entiendo Cariñito, pero eso no le da derecho a él a creerse que nosotros somos sus chopos, a nosotros no nos pagan para entrar los carros, lo hacemos voluntariamente, por lo mismo él debe ser más cortés. --- Alegaba Burdock.

----- Esta bien, yo voy a hablar con él para que baje el tono.---- Dijo cariño dándosela de "apaga fuego y enllavado", o mejor dicho de conciliador y relacionado.

Plutarco Rene Cariño frecuentemente tenía la antena levantada para escuchar lo que hablaban o lo que callaban, sin dejar de conspirar se mostraba como el defensor de lo que le convenía, por lo que algunos lo veían como una especie de hipócrita de los más bajos, también creían que él era servil y "tumba polvo", y lo creían como una alma sin instrucción, a pesar de haberse leído varios libros en la cárcel, pero como "en el país de los ciegos el tuerto es el rey", después de Gibón, Donko y Fredesvindo, él era uno de los más habilidoso en la jauría, porque Burdock, simplemente era el más malicioso.

Plutarco Rene Cariño, muchas veces solía irritarse con Gibón, sobre todo cuando aceptaba dadiva de secta oculta para que lo provocara y Gibón, en cambio lo ignoraba con el silencio, y Cariño se irritaba de tal forma que daba la impresión de que tal actitud le subía la azúcar, y se le escuchaba cascarear alzando la voz, vociferando, manipulando y haciendo creer que todos los demás, cabían en su boca, por eso de que él se mantenía de arriba hacia abajo, llevando y trayendo, haciéndole los mandados a los administradores de la tienda.

Al tiempo que dejaba fluir su condición de misericordioso, y para ganar el favor de la jauría, solía llevar comida y distribuirla entre sus adeptos, o comprarle café o sodas, pero tales acciones, eran parte de su estrategia para ponderarse, estaba muy presto a buscar "enllavadura" contándole chisme al administrador o a su asistente, de lo que estaba ocurriendo en la jauría, pero sobre todo, poniendo en malas a los que no estaban de acuerdo con él, para sacar ventajas y venderse como el bueno.

Él había sido marcado por la cárcel, y allí había aprendido a obedecer, y a hacerle los mandado a los jefes, con diez años en una máxima prisión de seguridad, aprendió a cocinar para los demás, a cambio de diversos favores, y al salir, pues no podía dejar de identificarse con la malicia como una forma de sobrevivencia, y solía vender la imagen de fiasco, especie de falso profeta de esos que querían pescar en rio revuelto.

Ese solo era un caso aislado porque la jauría, siempre tenía una razón idiosincrática de actuar, el marte 13, Rocko Vulcano le arrebató la lista a Gibón, por lo que aquel con toda su calma se vio inducido a decirle:

---- Varón, si usted ve que yo tengo la lista, no me la arrebate, pídame permiso por educación.--- Dijo, pero Rocko tartamudeó en el afán de justificarse, y decía palabras ininteligibles, que no se aproximaban a algo que fuera una disculpa.

---- Guáchala, que tipo, ni siquiera se excusó.---- expresó Galy Buchí, con la intensión de irritar a Gibón.

Gibón guardó silencio pensando que aquellos estaban asumiendo una conspiración para desarticular su paciencia, ya que todos de alguna manera habían aceptado soborno de la organización del mal, que tenía un ejército de patanes a su servicio, y frecuentemente lo usaba para el trabajo sucio.

En ese momento una morena con cuatro niñitos tiernos y serenitos como ella, se desplazó hacia afuera, se veía que era una señora que traía un origen de masas maltratada, pero en ese momento con su disfraz de musulmana, daba la impresión de ser asediada por una inquietante preocupación, al llegar a la 90 y Broadway dijo que su tío pagaría, luego dijo que Gibón se había pasado de donde ella iba, Gibón rodó y bordeó nuevamente a la derecha por Broadway para entrar de nuevo por la 90 th Street, y el supuesto tío, que en ese momento aparecía en la 90 y Broadway en actitud beligerante, primero le gritó a su supuesta sobrina para que entrara al restaurante donde ella dejaría el bizcocho, y aquella forzosamente le obedeció, el tío no quería que su sobrina se enterara de lo que él iba a hacer.

Cuando ella se fue, el tío le preguntó a Gibón si tenía cambio de cien dólares, a lo que Gibón le respondió:

---- Depende---

El tío guardó silencio y comenzó a contar un rollo de dinero tratando de impresionar a Gibón, la calle estaba estrecha y llena de confrontaciones.

Gibón quería moverse rápido, pero la intensión del tío, era dilatarlo y humillarlo por orden de secta oculta, de forma tal que los carros que estaban detrás al no moverse rápido, entraran en conflicto con él, por lo que Gibón tratando de ganar tiempo le dijo que era gratis, que lo olvidara, mientras el tío, con todo el esplendor de un ejecutivo ofendido le dijo:

----- Yo no necesito nada gratis tirándole un billete de veinte dólares dentro del carro, que tenía una ventanilla semis abierta, al tiempo que se marchaba dando topetazo como un zombi.

Ante tal actitud Gibón lo miró y comento:

---- Siento pena.--- pero el moreno no se volteó ni agregó nada más, mientras en los pasos de aquel podía verse la decepción de alguien que había sido forzado a realizar un trabajo sucio, estaban probando a Gibón, y habían recurrido a todos los modos.

No obstante Gibón comentó para sí:

"Pobre alma desubicada, aunque se vista de seda, la mona, mona, se queda"--- Pensó, y buscaba encontrar una razón para justificar la acción de prepotencia de aquel extraño personaje.

Entonces llegó a la conclusión de que aquellos seres, no podían disimular su condición de capataces cuando asumían una posición de mando y arrastraban el complejo que los amos generacionales les habían inculcados, a sus antepasados, que en tiempos de servidumbres, los habían mantenidos en los corrales, maltratados y durmiendo en el suelo, y aunque había pasado el tiempo; por las narraciones de la historia, algunos descendientes querían como vengarse de todos aquellos cuya fisonomía pareciera distinta a las de ellos, porque algunos traían el trauma generacional, y no habían logrado superar esa condición aun entendiendo que se habían roto las cadenas, y que no había razón para quedar cristalizados por los azotes de amargura de las etapas experimentales de la existencia.

Gibón también pensó que ese día había sido escogido para él, regresó localmente por la avenida Riverside y a los niveles de la 167 se interno por la autopista del oeste, y cuando intentó salir en la salida 17, se encontró con que un policía de autopista andaba tras de él, no se detuvo hasta que estaba próximo a Dyckman con Broadway.

Cuando se percató que estaban detrás de él se detuvo, la trooper se le acercó y Gibón que aún no sabía lo que estaba pasando le Preguntó:

---- ¿Qué está sucediendo?

La oficial le respondió con la seguridad de aquella que tenía la sartén por el mango:

-----Te mandé a parar en dos ocasiones y no me hiciste caso.----Realmente exageraba---- y agregó.--- Tienes quemada la luz de los frenos, entrégame la licencia y la registración.

Sin más preámbulo, Gibón obedeció, entregó la documentación requerida, la oficial retornó a la patrulla y al momento ella reapareció diciéndole, te tengo dos noticias una buena y la otra no sé cómo tú la tomarás, todo está bien, pero te voy a dar el ticket, tienes 24 horas para que lo resuelvas, vete a arreglar la luz, y luego llegaste al precinto más cercano, allá verificaran si en realidad la arreglaste y entonces te darán un papel firmado que inmediatamente tu enviará a Albany, y en el procedimiento ellos te quitaran el ticket... ¿ para dónde vas ahora?---- Preguntó .

Ante aquel cuestionamiento Gibón entró en camaradería con la oficial cepeda y antes de responderle le preguntó:

---- ¿Cuál es su nombre?

---- Oficial cepeda--- Respondió ella.

---- Gracias, oficial, lo primero que haré será ir a resolver lo de la luz, luego iré al precinto más cercano y después, para Bulley. ---- Respondió Gibón.----¿Para Bulley?---- Cuestionó la oficial.

---- Sí, tengo algún trabajo que hacer allí, gracias de nuevo, y que Dios la bendiga ¿puedo estrechar su mano?---- Cuestionó.

La oficial asintió con la cabeza, al tiempo que le extendía la mano.

Gibón correspondió igualmente a aquel gesto, estrechando su mano y despidiéndose.

Aprovechó Gibón la circunstancia, se aproximó a la calle 202, donde en menos de cinco minutos le repararon la luz, y le entregaron el papel de acreditación, que enseguida llevó al precinto 34, donde el oficial de guardia con alta cortesía después de estrecharle la mano y felicitarlo por algunas notas que Gibón había difundido en las redes sociales, y que el oficial Grand se había percatado de leer.

Luego el oficial le pidió que se aproximara al carro donde el pudiera verificar que en realidad la luz había sido reparada, pues una vez comprobado le firmó el formulario que ipso facto Gibón diez minutos más tarde, había depositado en el correo, con destino a Albany.

Luego como se lo había comentado a la oficial Cepeda,

se regresó a Bulley, donde se encontró con una caótica anarquía.

La organización del mal, había sentado las bases para que de momento en momento Cholinfe y Burdock montaran una muestra de sus ladridos, y con voz desaforadas montaban una discusión que en realidad la gente pensaba que era una guerra a muerte la que sostenían, ya que, como habíamos comentado la organización del mal se dedicaba a oprimir y hostigar a los hombres en el mundo y donde ellos tenían posteados adeptos de su causa, no siempre había paz, sus transportistas se mantenían que entraban y salían de un parqueo para entrar en otro, buscando dilatar el tránsito o provocar accidentes. La organización del mal y secta oculta eran organizaciones globales que hacían el papel de Satanás en la tierra, eran las hostigadoras globales, integradas por seres de la globalización, con oficina en nueva york.

CAPITULO 24

Competencia

Aunque huyas de mí, mis recuerdos te seguirán, porque prudentemente el fulgor de tu aroma, emitirá el murmullo de mi voz, que en el silencio te definió, esclareciendo la existencia, en cada claridad que induce al despertar, en ese

Bilingüismo, de miradas enturbiadas, que en su música interna decretaban las penas.

Realmente, para Gibón, hacer los delibere, era una emoción, Teresa salió con su compra, le pidió a Rocko que la llevara por diez, Rocko se le negó y la pasó a Gibón, el cual le expresó de forma introductoria:

----- Decía yo a los transportistas que por qué   se negaban a llevarte, porque tú, eres una mujer fina, y las mujeres finas dan propinas.

Teresa quedó tan impresionada que se carcajeó, Gibón, sin agregar más nada se la llevó , y por tal actitud Teresa la tarifa le aumentó, en vez de diez, quince le pagó, y también Gibón se impresionó, pues él, siempre estaba presto a llevar, a los que menos posibilidad tenían de pagar.

De pronto se aproximó, Burdock, con la plena certeza del esplendor de toda su malicia, estirando el oído para mostrar que era más malicioso que buena gente, siempre estaba al pendiente para encender la mecha en el mínimo movimiento que realizara el prójimo, de manera que pudiera calumniarlo con su lengua pordiosera de agitador de patio, de mujercita masculina con cara de aparente inocencia.

Su llegada a Estados Unidos , había sido repleta de traumas, había salido de Miches, una de las playas Dominicanas, buscando por destino a puerto rico, pero la vida desde el primer momento de su escape lo golpeó en altamar, la tripulación que lo acompañaba pereció , la embarcación que lo transportaba se rompió en dos, y en su naufragio fue a parar a luquillo del lado donde la soledad reinaba, mas sin embargo la suerte en su desdicha lo asistió ,el diablo estaba en deuda con Dios, que a su demonio le salvó, y Burdock, con Gladíolo y Romualdo se encontró, eran dos sodomitas re-encarnados que no habían superados la condición de crossover, y desde que lo vieron se gloriaron, Gladiolo, le decía a Romualdo:

--- Es mío.

Romualdo le respondía:---- Oye chico, pero como vas a ser tuyo si yo lo vi primero.

---- Ya, dejemos esto, vamos a llevar al tigüere para curarlo, y luego a él que decida.

---- Me parece bien tú reflexión humanitaria.--- Dijo Romualdo.

Lo primero que hizo Gladiolo fue montarse sobre él, y practicarle la respiración boca a Boca, cuando se percató que le había sacado el agua que había tragado, entre los dos lo montaron en un carro al que decían "cepillo" que era propiedad de Gladiolo, abandonaron la playa y fueron para rio piedras, a donde habitaban.

Cuando ya estaba fuera de peligro empezaron a coquetearle, pero Gladiolo le recordó a Romualdo que su regreso a nueva york, ya estaba confirmado, en tres días partiría, y que él no quería que ilusionara a alguien que había sufrido tanto, por lo que le reiteró, "que no era prudente que él se pusiera a descalentarle macho a otro" además le dejó saber que cuando regresara a nueva York, entonces él se encargaría de Burdock y lo ayudaría, pero que aunque el macho le gustara a los dos, "él debía dejar atrás su egoísmo". A pesar de que habían discutido por el macho, como dos hembras en calor,

Romualdo lo entendió, y a los tres días a new york regresó. Su amistad con Gladiolo, era de muchos años, se conocían desde muy jóvenes, y hasta llegaron a ensayar entre ellos como aprender a besar, ya que habían asistidos juntos a la escuela primaria en Puerto Rico.

Romualdo era cubano de madre puertorriqueña y padre Italiano, había nacido en cuba en unas vacaciones que tomó su madre, y aunque lo registraron como cubano, su madre tramitó con el representante de asuntos cubanos de la cancillería, y lo llevaron al mes de nacido a puerto rico.

Gladiolo, nativo de puerto rico, aunque Romualdo había emigrado con sus padres a nueva york, mantenía el contacto con él, y en el tiempo de las vacaciones, un año Gladiolo iba a Nueva York, y el otro, Romualdo viajaba a puerto Rico.

Pero aquel encuentro les había cambiado a ambos el proceso mono tónico de sus existencias.

Burdock se casó con Gladiolo e hizo su residencia, los dos primeros años vivieron felices, pero en una ocasión fueron juntos a la fiesta del arcoíris, donde Gladiolo sorprendió a Burdock coqueteando con Yeyé, y desde ese momento la relación se convirtió en tormentosa, Gladiolo se metió en celos, y a los cuatro años, después que Burdock consiguió la residencia permanente, se comunicó con Romualdo para que lo recibiera en Nueva York, Romualdo lo recibió, pero tres semanas después presionado por gladiolo a la calle lo tiró, Burdock durmió en los trenes durante una semana, hasta que se encontró con Guga, una novia que él tenía en Sabana de la mar,en la Republica Dominicana, ella lo recogió lo ayudó a sacar una licencia de taxista, y aquel con Guga se quedó.

Un divorcio a vapor de Gladiolo definitivamente lo alejó, Gladiolo entró en depresión, por lo que una sobredosis lo mató.

En una breve expresión, su destino definió, Burdock, llegó en una yola, que se había partido en dos, ya todos habían perecidos, su embarcación naufragó, Gladiolo lo rescató y a su casa lo llevó, antes la convalecencia, Burdock su rostro miró , y Gladiolo enamorado el corazón le tembló , y fue así como Burdock con Gladiolo se casó, quien le entregó documentos y a Burdock legalizó, por un ataque de celos, Gladiolo se le enojó, y Burdock, decepcionado a nueva york se fugó, Romualdo que allí vivía, por unos días lo alojó , y tres semanas después, presionado por Gladiolo, a la calle lo tiró.

El destino de Burdock, estaba marcado por la vida para hostigar, y ser hostigado, y allí estaba en Bulley.

Había sido contratado por la organización del mal, para que denunciara el mínimo error que asumiera Gibón, para que la mecha de la soberbia indujera a la jauría a que ladrara contra él, sin embargo, Gibón, hombre de Dios, hueso duro de roer, en plena cobertura del señor, estaba lejos de los intentos fallidos que aquellos en su contra hacían., todos carecían de poder sobre él.

Y siempre que tenía la oportunidad, con afianzada expresión Gibón decía:

"Yo soy el que yo soy, cambio a mi favor todo lo relacionado con la salud la juventud, la opulencia y el amor, yo soy el que yo soy, porque todo lo que se ve, fue hecho de lo que no se ve, induzco a la fuerza invisible que hace justicia, a que no permita ninguna injusticia conmigo y los míos".

Burdock como su nombre lo indicaba, no solo era descarado y sinvergüenza, sino que siempre estaba fraguando una de esas perrada propia de su condición, como era de esperarse llegaba y no se anotaba en la lista de espera que definía los turnos de los que saldrían a hacer los deliberes, y dándosela de empresario mayoritario, inflaba su ego y alegaba que ese negocio lo había abierto él por haber sido el primero en haber empezado a hacer delibere cuando el club bulley inició sus servicios en el área.

Bajo este pretexto y bajo formas desconsideradas y abusivas, le quitaba el turno al que le precedía, dándosela de más perro que los perros.

Con Gibón era distinto, él no le permitía sus perradas, cuando intentaba ladrar, Gibón lo enfrentaba al grado de bajarlo y reducirlo a los gruñidos:

----- Jai, jai, jai, jai, jai.

Y así, sucesivamente, porque él hablaba como un alto parlante, casi dando grito para manipular e intimidar.

Después de la llegada de Gibón, las cosas fueron cambiando, pero antes, el que quería entrar a trabajar haciendo delibere, en bulley, tenía que pagar un monto que oscilaba entre los 300 y los mil dólares, todo dependía de quien se tratara, y ese dinero se los distribuían Burdock y Nicanor, otro pájaro de su nido, tan buena gente como el, ya que ambos ladraban con los mismos aullidos, siempre prestos a manipular e intimidar a los inexpertos, pero en el caso de Gibón, ellos no se atrevieron a hacerle oposición, pero le advirtieron que ese punto lo habían levantados ellos, y que por lo tanto él también tenía que pagar, si quería que lo dejaran empezar.

Quien se rebelaba y no pagaba, sufría de sabotaje y decepción que iban desde tres y dos gomas acuchilladas cuando el incumben te se descuidara.

Gibón, que conocía la idiosincrasia de la gente de tal calaña, mostrándose de acuerdo les dijo que si, que él pagaría pero que tenían que dejarlo empezar, porque él había perdido el trabajo, ellos aceptaron y llegaron a cobrarle 245 dólares, y luego le dijeron que con ese monto sería suficiente, que no pagara más, y Gibón para sellar el conflicto, decidió obedecerles, para hacerle creer que en lo adelante ellos serían los jefes, pues como les dije, si alguien osaba no pagar, y ellos le caían encima, en cualquier descuido le agrietaban las llantas del carro a cuchilladas, o le ponían clavos o puntillas, ellos practicaban el terrorismo doméstico, a través de tan indignos sabotajes.

En el principio toleraban a Gibón , pero a medida que Gibón se afianzaba , empezaron a generarse las dificultades, la organización del mal, indagando formas de como saquearlo, sobornó a Burdock y a toda la jauría, a fin de que se la pusieran difícil a Gibón, ellos necesitaban que él abandonara el trabajo por cuenta propia de hacer delibere en Bulley, para justificar un fraude haciendo creer que Gibón trabajaba para ellos, y de esa manera, poder retener el dinero de la compensación a fin, de pagar menos a Gibón y ellos quedarse con el montón.

CAPITULO 25

Los Fraudulentos

Tal vez están ustedes un poco incrédulos porque, creen que en estos tiempos de" falsos profetas" todos somos iguales.

No es así, no somos iguales, conozco la historia de Gibón, y lo que digo es como testimoniarle a Dios.

Resultó ser que la ciudad y sus camarillas 29 años atrás, habían violado los derechos del susodicho, encarcelándolo en lugar de otro, Gibón peleó desde la cárcel y en cambio le ofrecieron cambiarle el caso por un trabajo, y aunque Gibón aceptó , nunca le dieron el empleo prometido, fueron pasando los años y se acumuló el dinero, cienciologia, una organización del área dedicada a la "defensa de los Derechos humanos" había contactado a Gibón, lo invitaron a participar en algunos seminarios que él aceptó , entre el papeleo estudiantil, le introdujeron algunos documentos , para que Gibón lo firmara, pero no le dijeron que estaban reclamando la compensación con la intención de distribuírsela, para ese entonces habían utilizado los servicios de un francés experto en fraude a quien llamaban Pierre Duluc, quien después de Gibón firmar los documentos dijo: ---- "Con una donación de 25,000, será suficiente, pero nada de demandar a la ciudad, ni al gobierno de los estados unidos".---- agregó aquel, sin que Gibón entendiera el motivo que lo inducia a expresarse de ese modo, pero Gibón automáticamente le replicó:

------No creo que tu petición puedas ser complacida.----- Dijo Gibón, el francés, guardó silencio y se retiró.

Gibón nunca aceptó la acusación, y nunca le otorgaron el trabajo que le ofertaron, habían pasado muchos años de no cumplir el acuerdo asumido, lo que equivalía a una alta suma de dinero.

Entonces, unos días después de Gibón firmar la documentación, había escuchado a la gata, una de las oficiales de la organización, planear lo que haría, cuando el reclamo aclarara, y eso incluía que una vez resuelto todo se trasladaría a otro lugar, que Gibón no logró escuchar.

Sin embargo por lo poco que Gibón pudo escuchar, le hizo saber a la gata, que a él nadie lo usaría.

La gata lo miró en silencio con cierta inquietud generada por la sorpresa, y una semana después, una oficial llamada Jennifer, de origen Australiano, que llegó de los Ángeles a encargarse de la organización de Harlem, con cierto "dolor" le entregó una carta de Flag, a Gibón en cuyo contenido se le expresaba su despido, a través de esa carta, se le estaba separando de la organización, aquellos zorros habían fraguado una conspiración con la plena intensión de despojar a Gibón.

Como se puede ver, cienciología, tenía su melodía.

Dos años después cuando se acercaba el tiempo de liberar el dinero, al no encontrarse Gibón en la organización, quisieron forzarlo a regresar, pero ya Dios había informado a Gibón sobre las pretensiones de aquellos, y por nada aquel, quiso dar marcha atrás, secta oculta, quiso justificar el fraude con la presencia de Gibón, pero por más esfuerzos y conspiraciones le resultó imposible hacerlo regresar, ya Gibón, había perdido la confianza en ellos, entonces comenzaron unas serie de maldades y sobornos a gente que tuviera algún tipo de aproximación a él, con el propósito de desacreditarlo, y recurrieron a actrices, y mujeres policía, ofreciéndole encuentros sexuales, hasta delincuentes que lo siguieran para hacerles sabotaje en el carro, o personas que lo golpearan por si él respondía, acusarlo de violento, entre otras acciones cargadas de malicia.

La mala intensión de aquellos estaba combinada entre la malicia de secta oculta y la organización del mal, que querían hacer caer a Gibón a como diera lugar, sin embargo a los conocidos y familiares de Gibón, le hacían creer que eran simples pruebas antes de condecorarlo, y de esa forma, habían mantenido por largo tiempo manipulados, a los conocidos de Gibón y a los que fingían que lo conocían, porque Gibón se convirtió en una tentación a quien todos querían vender al mejor postor.

En ocasiones, antes de que Gibón conociera el perfil de la intensión, de secta oculta, le asignaron a una dama de compañía, que esa noche lo acompañaría, era una pianista argentina, le llamaban Ana, ella se ofreció a llevarlo a algún lugar donde el tuviera que asistir esa noche, después de concluida la instrucción de la organización, en ese entonces Gibón había vendido el carro y le pareció más fácil desplazarse, Ana lo condujo a la 190 y St Nicholas, donde en ese entonces residía aquel, pero el objetivo era conocer más sobre él, dónde y con quien vivía? Para una vez que manejaran la información poder conducirlo a los niveles donde ellos habían planeados, el caso es que Ana se percató muy bien donde estaba el apartamento donde Gibón vivía, y desde ese momento la pianista había buscado la forma de relacionarse con Elvira, la amiga de

Gibón, que esa noche lo había invitado a la exposición de pinturas de su novio, siguieron invitando a Gibón a diversas actividades, pero Gibón nunca iba, pero tampoco se imaginaba los planes de secta oculta y la organización del mal.

Creían ellos, que Gibón era un hombre común a quien cualquiera podía tejerle una historia, y salirse con la de ellos, sin embargo, se equivocaron, porque ellos darían pie a la historia que Gibón le escribiría, pero donde los villanos serian ellos.

El objetivo real, alejarlo de su habitad a otro lugar, donde sus planes resultaran más fácil de justificar, unos días después.

La organización del mal, en dos o tres semanas estaría sobornando y convenciendo al casero para que le pidiera la habitación a Gibón, aquella que aquel había rentado con una colecta que hicieron los feligreses de la iglesia palabras de Vida, porque se habían percatados que en un viaje que Gibón había hecho a la Republica Dominicana a la muerte de su madre en el 2014, donde se había forjado la conspiración y a su regreso sin adeudar renta, le habían cerrado el apartamento como una forma de acorralarlo, pero él, se fue a dormir en una van que era de su propiedad y que había dejado bajo el cuidado de un miembro de la iglesia, a quien él nunca le había conocido una condición de homosexualidad, y quien insistió en acompañarlo a la corte de casas para en un receso tratar de atenazarle la cremallera, por el cual Gibón le preguntó "si estaba loco" viéndose precisado a denunciarlo en la iglesia ,porque su descontrol lo indujo a un segundo intento de indecoro, teniendo Gibón que salir de allí, por igual, porque los tentáculos de la organización del mal, irrespetando el hambre de los hambrientos, se apareció sobornando a sectores de mando, al interior de la casa de Dios, con la pretensión de hacer de la casa de mi padre un antro de perversión ,como había sucedido en los tiempos de Jesús. Al tiempo que intentaban que se la pusieran difícil a Gibón a quien lo perseguían bajo el pretexto de estar probándolo, porque aquellos necesitaban saber si Gibón era hombre o era ángel, y se juntaron falsos profetas, macos, y cacatas, y otras garrapatas, para ver cuál sería el nivel de resistencia de Gibón, cuya fortaleza sobrepasaba la condición que el humano de la tradición esperaba.

Después que le cerraron el apartamento Gibón movió la van, y se parqueó como un resorte en la colina de fort George y Dyckman, en Washington hights, secta oculta y la organización del mal, que ignoraban el paradero de aquel que se había movido sin dejar rastro, usaron un emisario conocido de Gibón, para que le especificara cual era la residencia de su perseguido, y el emisario traicionando a Gibón por dinero, porque el dinero siempre había sido una tentación desde antes de los tiempos de judas, le indicó el lugar donde se parqueaba la van, lo primero que hicieron, fue dañarle la transmisión para que Gibón no pudiera irse al trabajo en ella, y después, le montaron vigilancia con vehículos con placa de Massachusetts, y cuando ya él no podía mover la van, aprovecharon para robar computadora y documentos, que le permitiera fraguar el fraude contra Gibón., y hacer fechorías que parecieran que la había hecho aquel, para siempre tenerlo bajo la suela de sus zapatos.

Así fue que en el tiempo que Gibón dormía en la Van, los feligreses de la Iglesia palabras de vida, habían hecho una colecta entregándole una ofrenda de 500 dólares, y aunque Gibón nunca supo si el pastor Paz, estaba enterado de esos quinientos, pero él, sí que rentó una habitación en la 190 y St Nicholas, pero un santero que vivía en aquel lugar después de la visita exploratoria de Ana, la pianista que acompañó a Gibón la noche de la exposición de cuadros, bajo el pretexto de que el santero iba a traer a su esposa de Republica Dominicana, y que necesitaban el espacio, le pidieron la habitación , al tiempo que lo referían a una agencia previamente contactada por aquellos, que le había conseguido   otra habitación en la calle 177 y St Nicholas, pero después de la persona rentarla y coger el dinero, se echó hacia atrás, porque secta oculta necesitaba alejarlo del área donde ella operaba, hasta que la agencia le preguntó si él se mudaría en cualquier área, y Gibón le explicó que si no había otra opción, él tendría que aceptar el lugar que estuviera disponible.

Siempre que fuera un lugar donde ni vendieran ni consumieran drogas, no habría oposición.

Entonces la agencia lo envió a donde una familia integrada por dos, y con el serian tres, claro está, cada uno en su habitad, allí estaba doña soco, una señora de 68 años, y su hijo Gary un especial de 42, desde que Gibón se mudó doña soco le advirtió, que no le dirigiera a Gary ni el saludo, porque él no se lo contestaría, ya que ella lo había criado como un niño especial, es decir, un niño con necesidades especiales que podían ir desde medicina, terapia o ayuda adicionales que otros niños no requerían, o discapacidad especifica de aprendizaje, pero en ese entonces, ya Gary tenía 42 años, y había regresado con su madre, después que Valentina, su concubina, lo había abandonado por lo que recurrió a vivir   bajo la protección de Doña Soco.

El tiempo había corrido y habían pasado tres años, de que Gibón había llegado a esa dirección, y en aparente coincidencia, cuándo Gibón había salido de la lavandería industrial, al otro día, la guardia del Departamento de hacienda, IRS, se había tirado desde helicópteros en aquel lugar , ocupando computadoras, y reteniendo los registros de actividades, Gibón había sido despedido sin razón alguna, pero todo estaba bajo la disposición de secta oculta y la organización del mal, que ya habían fraguado su plan, ignorando que "una cosa piensa el burro y otra el que lo está montando" ignoraban que Gibón les descubriría el plan.

Al quedar Gibón desempleado, se vio precisado a aplicar por el seguro de desempleo, pero la asignación semanal no era suficiente para él comer y pagar la renta, sin embargo, uno de los consejeros del Departamento del Trabajo en ese entonces le había dicho que como él estaba asistiendo a cienciologia, le habían pasado el caso de él, a ellos, Gibón no entendió de qué aquel hablaba, y sin decir nada siguió el proceso de aplicación por desempleo, cienciologia, tampoco dijo nada, y le dieron una carta de despido para mantener a Gibón alejado de ellos, para de esa forma fraguar libremente lo que se proponían.

Aunque dos años después, comenzaron a ofrecerle posiciones en otras facilidades como Michigan, con la intención de sacarlo del estado de Nueva york, a fin de que Gibón no se enterara de las acciones conspirativas, cuando él se negó, empezaron a provocarlo y a burlarse por teléfono, alegrándose de las maldades que afectaban a Gibón y a su familia, y refiriéndose a Elly, que al ser boxeador y karateca indignado por lo que le habían hecho a Gibón, había derribado a más de un abusador, y luego había sido tomado y encerrado por su "conducta desordenada" porque algunos pobres cuando sienten que han violado los derechos de sus familiares y creen que el sistema no le va a hacer justicia por la buena tienden a recurrir a la rebelión, y el sistema acaba matándolo o enloqueciéndolo, algo similar había acontecido con Elly, el primero de los hijos de Gibón que afectado por los acontecimientos, residía en las instalaciones del centro conductual del Bronx, y en un canto de burla el inconsciente "cienciologo" provocando a Gibón le decía:

------ "Gibón tiene un hijo loco, Gibón tiene un hijo loco".

Todo porque Gibón se había negado a trasladarse a

Michigan, donde querían enclaustrado de forma tal, que ellos pudieran justificar el fraude; desde ese momento, Gibón se percató de la inclemencia de aquellos, que ni se inmutaban ni le importaba el dolor humano.

De todos modos, Gibón guardó silencio, y continuaba esperando, pero ya él sabía que la ciudad en su afán de justificar su bajeza, había recurrido a aquellos, buscando desarticularlo a él.

Más adelante, llegado el momento, Gary a través de Soco, su madre, había sugerido:

------"Usted tiene su vehículo puede hacer delibere"---- Afirmó Soco.

Tal sugerencia surgió cuando Gibón le pidió una rebaja de 25 dólares de la renta, y Doña Soco ni quería ni podía, porque los 150 semanal que Gibón le pagaba, eran el completivo del monto de renta que ella pagaba.

Y Gibón pensó:

---- No hay manera de escapar a lo que tiene que ser, ella se negó a hacerme la rebaja, y tal acción ahora me ha conducido a ser mi propio jefe.

Y fue así como se inició Gibón en los deliberes de Bulley, donde se destacaba la jauría, aquel grupo micro empresarial.

CAPITULO 26

Convivencia

Aunque Gibón y Gary, Vivian en el mismo apartamento, en tres años estos nunca se habían dirigido la palabra, ya que Gary y Soco dormían en la sala, y Gibón en la habitación principal y él, sólo los veía, cuando salía para ir al trabajo, y cuando regresaba a dormir, hasta que un día le habló por primera vez, cuando Gibón llevó a uno de sus hermanos que como había llegado de la Republica Dominicana, quiso mostrarle cómo él vivía, compartiendo con desconocidos, con los cuales no se sabía si al dejar un galón de agua en la nevera y por capricho o por encargo lo inducían a envenenarla, si estos se hubiesen vistos precisado a aceptar algún soborno, el caso era, que Gibón trataba de mostrarle el por qué no pudo recibirlo donde vivía, teniendo que rentarle un espacio por un mes, en otro lugar, para que el entendiera cual era la realidad del inmigrante en la ciudad de nueva york.

Pues así, cuando Ferdinand lo visitó, Gary el enano se alarmó, al grado que lo hizo correr, lo que indignó a Gibón, que no estaba acostumbrado a pasar por ese tipo de imprudencia.

Pero Gibón que entendía que el hombre valora lo que ve, según su nivel de conciencia, le aclaró, que él le estaba mostrando a su hermano que había llegado de la República, el lugar donde residía, pero Gary por su condición de especial, se negó a entender, y le dijo:

----- <<Primo, usted no puede traer gente aquí>>.

Gibón, se la dejó pasar, porque muchos de esos especiales, eran más sinvergüenzas que locos, y por la condición que definía a Gary, él no le hacía caso.

La segunda vez que se dirigió a Gibón, fue cuando trató de venderle unos tenis, él no se lo compró, pero le regaló 20 dólares.

Él nunca le dijo a la jauría que Gibón y el Vivian en el mismo apartamento, pero una noche cuando Gibón regresaba a la casa, la organización del mal, había enviado a tres personas a que lo siguieran, para entrar al edificio, ellos hicieron creer que eran residente del inmueble, y el mayor de los que los seguían, fingía ser el padre de los jóvenes que eran una hembra y un varón, que obviamente, se estaban percatando a qué número de apartamento entraría Gibón, que siempre tomaba precauciones, pero que esa noche, no le importó.

Al otro día cuando Gibón se fue a trabajar, otros emisarios de la organización del mal, llegaron a sobornar a Doña soco y a Gary, a fin de que provocaran a Gibón para ver su reacción.

Secta oculta y la organización del mal, no dejaban de conspirar.

Desde que Gibón, vio la actitud de Doña Soco y Gary, ya él sabía que aquellos habían sido marcados, estaba entre Zombis y tenía que tomar sus medidas, y ser cuidadoso, no dejar nada destapado en el refrigerador, no fueran a envenenarlo o en última instancia, a agregarle algún somnífero para que se durmiera mientras conducía.

A partir del encuentro de secta oculta con ellos, se

generaron las pruebas de Doña Soco y Gary, se inició con que ella empezó a tomarse atribuciones que Gibón no le había dado, y Gary había empezado a alzarle la voz, ambos estaban combinado para encontrar un pretexto que generara una provocación, y para ello recurrían a cualquier calumnia, como motivo para echarle en cara, tal como que había entrado al baño y lo había dejado sucio, etc.

Pero debido a que Gibón sabía de qué se trataba, le hacía creer que ellos estaban en lo correcto, que como ellos decían era, y se mostraba de acuerdo a lo que ellos decían, como ellos esperaban, con la mayor cortesía, hasta que Gary, como enano desbocado quiso faltarle el respeto , y Gibón intencionalmente le dijo delante de Doña soco, que si él le tiraba un golpe se lo iba a devolver, y Gary intentó hacerlo, pero Gibón lo bloqueo y le dio una cachetada, en ese momento Doña Soco se introdujo entre medio de los dos, e insultó a Gary, principalmente cuando Gary le dijo a Gibón:--- ----- Esta no es tu casa.

Gibón le respondió:---- Esta no será la tuya que vive gratis, pero esta es mi casa porque yo pago la mitad de la renta, así que respétame, enano.

Doña Soco, corroborando con lo dicho interrumpió, le dijo a Gibón que se quedara tranquilo y él le obedeció, entonces le aclaró a su pequeño mamífero:

----- Si, esta es su casa, él paga renta, el único que no paga renta aquí, eres tú. --- Expresó Doña soco-

Gary estaba algo desconcertado, por primera vez en su vida, se había sentido abandonado.

En ese instante Gibón empezó a moverse a su habitación, pero antes de entrar miró a Gary y le sacó la lengua, ahí fue que Gary como un bebe refunfuñón, se irritó .

----- Mira, me está sacando la lengua, será mejor que limpie el cuarto ese sucio---- Afirmó--- Gibón lo dejó hablando solo, pero Doña soco que no esperaba que tal chistecito se le iría de las manos, empezó a regañarlo y a decirle:

----- Tú, si eres abusador ¿cómo tú te pones a tirarle a él? Me iban a romper los lentes.----- Dijo.

Gary guardó silencio y como un bebe grande, se acostó, boca abajo, y empezó a ver la pantalla de su celular, y deslumbrado por el brillo del artefacto, un poco más tarde se quedó dormido.

Unos días después Gibón olvidó una afeitadora en el baño, y él le tocó la puerta de la habitación tres veces, Gibón no le iba a abrir pero lo pensó mejor, abrió y al hacerlo, allí estaba Gary entregándole la máquina de afeitar a Gibón, como un bebe arrepentido, Gibón, la tomó en silencio le externó la gracia y cerró nuevamente su puerta.

La segunda semana de mayo se inició un viernes 13 donde los perros ladraban y los lobos aullaban, Gibón siempre pensó que la naturaleza del malvado siempre era la cobardía, la gente estaba muy sensible por el azote del corona virus o

Covid- 19, más la cuarentena forzada, donde la mayoría necesitaba "quedarse en casa", por lo que muchos andaban exasperados, manoseado por la violencia, la insensibilidad, y la soberbia, ese día tuvieron que recurrir tres patrulleros del precinto 50, requerido para imponer el orden, en esta ocasión no estaban allí porque alguien tratara de robar, sino por la condición de intolerancia de algunos.

Resultó que en uno de los tramos quedaba un último paquete de desinfectante y unos de los miembros del club lo agarró   primero que otro que también lo había visto y que había pensado agarrarlo, el segundo reclamaba que el desinfectante le correspondía a él, por lo tanto había que entregárselo, como Miquelón, el hijo de Don Crispín, uno de los de la Jauría, que trabajaba como empleados del club, Bulley, vio lo que aconteció, tratando de dejar su juicio sentado, dijo al segundo de los compradores:

----- Amigo, "el pez no es del que lo ve primero, sino del que lo atrapa, él lo cogió primero que usted".

El segundo de los hombres que había visto el producto sin tener tiempo de agarrarlo, ipso facto, sacó una navaja y se la puso en el cuello a Miquelón, al tiempo que le decía:

----- Qué pasa contigo, " jabado", porque ese es blanco como tú, y yo soy negro le está dando la razón a él, ¿tú quieres que te des de baja ahora mismo?

En ese momento se paralizó todo, muchos testigos veían lo que acontecía y llamaron la policía, que en poco tiempo estaba en el sótano del edificio donde operaba Bulley, varios le hablaron al mismo tiempo, le dijeron que si él tenía familia que pensara en ella, que todo pasaría, que retirara la navaja del cuello del empleado, y así el hombre reflexionó y retiró la navaja, justamente en el momento que la policía abordó.

Como habían muchos testigos wing, el administrador de Bulley, le explicó lo acontecido a la policía, pero como Miquelón   no quiso dictarle cargo lo esposaron, se lo llevaron al precinto 50 de donde lo enviaron al Centro Conductual del Bronx,, para una evaluación psiquiátrica.

Miquelón, siendo blanco, se tornó verde, acababa de sobrevivir al corona virus, él había infectado a su padre, y el padre infectó a Moraima, su madre la esposa del difunto Crispín, y podría decirse que por él, Crispín, su padre, había ido a parar al hospital, e indirectamente también Moraima, su madre, ya que los tres, habían sido internado.

Madre e hijo, habían sobrevividos, pero Crispín, su padre, había sucumbido, Miquelón recién regresaba de la licencia que por el covi- 19, le había expedido Bulley, para luego afrontar en el trabajo, otra prueba de esa naturaleza.

Ya le había dicho, que la jauría se guardó en la cuarentena, lo que había dado pie, a que secta oculta enviara un remanente de los de Garget a vigilar, provocar y manipular a Gibón, que era el único de los que operaban en

Bulley, que permaneció sirviendo, pero los de Garget que habían sido enviado para operar como grupo de presión, al encontrar a Gibón solo, quisieron imponérsele, darle los pasajeros que ellos querían para ver si se imponían, en cambio Gibón les decía:

----- Ustedes no pueden venir de Garget a dañarnos el negocio nosotros aquí, no cobramos precios tan altos como los que ustedes cobran, además, tampoco pueden pretender trazarme línea a mí, ni ustedes son amigos mío, ni yo soy amigo de ustedes, así que si pactaron con secta oculta para fingir que ustedes me controlan, se equivocan, a mí, solo me controla Dios.

En ese momento salía un pasajero y Rony que estaba de regreso, y vio que Cholinfe había pedido una suma que ahuyentó al cliente, dijo para ser oído, como siempre:

----- Cuando ustedes se vayan, nosotros vamos a tener que reformular los precios, que vinieron a dañar.

Aquellas expresiones de Rony, enojaron a Cholinfe y a Anjo, que se tomaron la demanda a título personal y comenzaron a alegar, y Gibón que hablaba por teléfono no se había dado cuenta que Anjo que era de los de Garget, iba primero que él, el árabe lo interrumpió para hacérselo saber, Gibón asintió con la mano que estaba bien, pero Anjo, comenzó nuevamente a tirar indirectas y Gibon le respondió:

----- No me dirijas la palabra, que yo no hablo con ratón.

Aunque Anjo, siguió refunfuñando, Gibón no le hizo caso, de todos modos, la discusión se disolvió por la aparición de Mark el sub administrador, que requirió silencio.

En realidad, en materia de sobrevivencia se había generado una teoría que decía: "Floja para que tu prójimo agarre, pero si tu floja y tu prójimo no agarra, entonces agarras para ti".

La permanencia de Gibón en aquel lugar, se debía a la disposición de Dios, que siempre buscaba la manera de que él se mantuviera, porque habían sido tantas la oposiciones, que si Gibón no hubiera contado con el apoyo del espíritu santo, todos aquellos demonios encarnados hubiesen hecho de él, lo que hubieran querido, pero no, no tenían poder ni fuerza para vencerlo, Dios estaba con Gibón.

Desde la llegada de Gibón a aquel lugar, era una guerra que parecía que no pararía, el primero en calumniarlo fue un moreno llamado Williams, eran aproximadamente las siete de la noche, y supuestamente una mujer había hablado con él para que la llevara a su casa, y él se fue a buscar algunas cajas, y la mujer estaba afuera y sin que gibón supiera que ella había hablado con Williams ella trató con gibón, y como el precio de él era más atractivo que el de Williams, dio tiempo a que gibón pusiera la compra en el carro y cuando Williams llegó , trató de sacarla, gibón no lo permitió porque la mujer cambió de mente y no quería irse con él, aquel quiso rebelarse y gibón le hizo frente y con cariño le tocó los hombros a Williams con las manos abiertas diciéndole:

------ Estate quieto Williams, deja eso así.

Siendo esto suficiente para que Williams llamara a la policía y le dijera que Gibón lo estaba ahorcando, siendo mentira, una semana después de eso, que pusieron a Gibón a ir a corte, Williams fue al aeropuerto a llevar un pasajero y en el Aeropuerto Kennedy, descubrieron que estaba manejando con la licencia suspendida, le quitaron el carro y lo pusieron a pagar un monto de dinero que él no tenía ahorrado, y de esa manera acabó pagando el error de calumniar a Gibón.

Después Williams se vio precisado a retirarle los cargos a Gibón para que aquel retire los de él, porque presionado por la policía, Gibón le puso cargo de que Williams intentó atacarlo con un cuchillo, y la policía le encontró el cuchillo encima.

Un poco después apareció Arnulfo, con dos propuestas, o le compraban una Jeepeta que estaba vendiendo o lo dejaban trabajar en Bulley.

Gibón le compró la Jeepeta, Burdock trató de robarle una bocina, pero Arnulfo lo denunció y Gibón se la quitó.

Pasado el tiempo Arnulfo volvió para que lo dejaran trabajar, había ido con un carro rentado por el distribuidor, e insistió, e insistió hasta que lo dejaron trabajar, pero luego más adelante, a petición de la organización del mal, Burdock los indispuso contra Gibón, y aquel también ya había dejado de dirigirle la palabra.

Un día Williams llegó con un arrebate de alcohol y drogas, Arnulfo discutió con él, y aquel le introdujo una llave en la frente, y Arnulfo lo persiguió con la policía y Williams se fugó para carolina del norte y nunca más volvió.

Todo esto condujo a que Gibón se distanciara de los miembros de la Jauría, y ya solo hablaba con Jóchelo, Fredesvindo y a veces con Rocko, los sobornos de la organización del mal para que aquellos le hicieran burla a Gibón, los fue distanciando, y él se había limitado solamente a contestarles a quienes le dirigieran la palabra.

La mayoría de los miembros de la jauría eran bipolares, pero los más alocado eran Cholinfe y Burdock, pensaban muy poco al hablar, todo lo que decían era voceado, y ladraban para aterrorizar, pero en el fondo, eran más cobardes que un linces, eran como el enano Gary, que siempre se estaba escandalizando para llamar a la atención.

El enano Gary, era como la mascota de la Jauría, el siempre visitaba, cuando salía de Stoping, un supermercado donde iba a empacar las compras a cambio de que le regalaran propinas que iban de un dólar, o más, esa era una misión de todos los días, entonces un día Alonzo el boxeador le propuso llevarlo a la Taberna, para que lo ayudara a vigilar. La taberna era un lugar donde se bebían tragos y Alonzo el Boxeador corría un juego de dóminos, barajas, y dados, por cada mano Alonzo cobraba 25 centavos, y los jugadores hacían sus apuestas por debajo.

Un domingo en la tarde, se juntaron los comensales, Alonzo el Boxeador invitó a Burdock a participar, y el enano Gary diligente y habilidoso, fue montado sobre el mostrador de donde vigilaría mejor y como un doctor Watson usaba unos binoculares con los que se deleitaba contemplando en la distancia, los movimientos de los involucrados.

La tarde parecía que sería maravillosa, pero una pequeña imprudencia de Burdock la malogró, resultó ser que montaron una mano de póker y cuando iban por el medio del juego, observó Gary el enano con los binoculares que Burdock, estaba sacando cartas debajo de la manga, y con todo el esplendor de la emoción ahuecando la mano como si fuera un alto parlante voceó:

----- Burdock está haciendo trampa, tiene otro juego de naipes debajo de la manga.

Todo el mundo miró en silencio hacia el mostrador donde se mantenía el enano Gary , y Mazan bula, un gordo que competía con los mapas , por los tatuajes que tenía, repentinamente viró la mesa, y al instante se armó un corre, corre, donde las botellas silbaban por los aires, y una de ella anduvo cerca de asestar al enano Gary que girando la cabeza a un lado la evitó, se desesperó, se sintió tan inquieto, que descubrió que el mostrador era muy alto para dar un salto, gritó con todo el estruendo de sus pulmones:

----- Bájenme de aquí, bájenme de aquí, "coooño" que yo me "conozcoooo".--- Dijo, con una voz más grave que la de un barítono por lo que el cantinero, que al comenzar la pelea estaba sirviendo una cerveza, de pronto se encontraba en el medio del salón ,y corrió hacia el mostrador, atenazando a Gary, y bajándolo al instante, pero al tratar de colocarlo en el piso, recibió un botellazo en el brazo, haciendo que le temblara la muñeca, sintiendo un desagradable dolor que lo indujo a soltar al enano en el aire, quien aún se mantenía flotando agarrado del brazo del cantinero sin poner los pies sobre el piso, cayó dando vuelta mientras se protegía a la sombra interior de una mesa, era una lucha de todos contra todos, al tiempo que otros rodaban por el suelo, Mazan bula estaba estrangulando a Burdock, quien con la lengua medio afuera clamaba por Alonzo , y decía:

---- Ay Alonzo, Ay Alonzo.

Alonzo que lo escuchó, acudió en su auxilio, y propinó por las costillas unos cuantos puñetazos a Mazan bula, que era como una mole, pero eso no le hizo ningún efecto, porque Mazan bula no solo era alto y gordo, sino que poseía un cuerpo como el de un elefante, Rupertico, uno de los que estaba perdiendo en el juego de naipes, y que se sintió resentido, se aproximó detrás de Alonzo y le propinó un silletazo que lo condujo a besar el piso.

Viendo Yayo el camarero, que todo se había salido de control, llamó al 911, que enseguida partió del precinto 34, por lo que no tardó en aparecer entre las calles Neagle y Thayer, habían llegado cinco patrulleros, y dos ambulancias de Bomberos.

Los jugadores al escuchar las sirenas de las ambulancias, y el ruido de la policía, intentaron fugarse por la puerta de atrás, incluyendo a Alonzo que se incorporó y casi arrastrándose junto a Burdock, también se salieron por detrás.

Pero los que no conocían el mecanismo de escape, fueron atrapados y los heridos trasladados al hospital, mientras Gary el enano no fue detectado porque se introdujo en el zafacón de la basura que estaba bajo el mostrador. Esa noche algo grave había acontecido, la taberna había estado marcada para el padecimiento, una fuga de gas generó un peligroso incendio que en el menor tiempo, redujo a ceniza al histórico antro, cuyas llamaradas expandidas se aproximaron al borde del edificio aledaño donde funcionaba una lavandería, causándole destrozos que por un tiempo inhabilitó los servicio de lavados.

El vecindario estaba alborotado, y muchos religiosos comentaron que aquello era obra del diablo, que siempre andaba golpeando con su cola a todos aquellos que pactaban con él, dándole un tiempo de felicidad, y el resto del camino generándole tragedia y maldad.

Unos días después, allí estaba Alonzo en la puerta de Bulley, en espera que saliera alguno para transportarlo, era su turno y con todo el esplendor del color, brillaba con los rayos del sol.

Era moreno de piel azulada, se deslumbraba por las mujeres blancas, porque él creía que una mujer hermosa siempre motivaría hasta a los chimpancés, y esa creencia la traía aferrada a sus psiquis, desde niño, cuando fue al zoológico, y vio a una niña blanca, hacerle gracia a un mono y descubrir que aquella presencia lo inducia a dar salto con algarabía, desde ese entonces, él había crecido convencido de que la presencia de una mujer blanca siempre induciría a que brotara la gracia de los monos al ser visitados en el zoológico, logrando fácilmente alcanzar su amistad, por lo que él había recurrido a tal estrategia, a fin de llamar la atención de las mujeres blanca, buscando moverse por donde ellas andaban, por lo que había formado un cordón de obsesión, y cuando veía a Bea trices o a Mary Ann, aproximarse a la puerta principal por donde se entraba o se salía de Bulley, se le dilataban las pupilas, al tiempo que se saboreaba, como si algo dulce hubiese estado en la ranura de su paladar, cerraba los ojos, como si orara por el favor de la concesión, de que su vista pudiese disfrutar de la presencia de tales beldades, pero Burdock, como imprudente, siempre estaba pendiente.

----- Abre los ojos, Alonzo y dejaste de hipocresía, que tú no eres cristiano para que finjas estar orando, además, esas mujeres no te van a hacer caso ni en sueño, despierta, no humille a tu raza, que tu desde que ves una mujer blanca te pones a soñar.--- Le especificó Burdock.

---- Burdock, no seas impertinente, que aquí uno no tiene un momento de descanso ni para admirar a la creación natural,--- Dijo Alonzo, y quienes lo oyeron se rieron.

En cambio Donko, que aunque las pruebas de la vida, lo habían endurecido, escuchaba en silencio, pero el tema lo indujo a opinar, dando muestra de su sensibilidad humana:

---- Háganme caso, que aquí no hay uno que sepa más que yo, Alonzo tiene razón, la mujer es una flor, cuyo perfume se aspira con emoción, así que dejen que reciba terapia en el corazón, es la muestra que aún vive, sintiendo tal vibración.--- Expresó, y sus adeptos de la jauría lo celebraron con ruidos.

---- Vaya, hasta poeta es.---- Dijo Petro, mientras los demás reían.

En realidad, la cultura carnavalesca del sistema inducia a que los pobladores hicieran de un pitito un trompetazo, secta oculta y la organización del mal, lo sabían, y siempre buscaban la forma de tener distraídos a los que podían pensar.

En cualquier circunstancia la tecnología había avanzado y era fácil detectar artefactos, o todo tipo de componentes que contuvieran explosivo, quedando los baños a merced de los usuarios debido a que estaba prohibido instalar cámara al interior de ellos para preservar la privacidad de los usuarios, se había creado el detector de hondas explosivas, que consistía en un sencillo artefacto parecido al detector de humo, y al detector de ozono, con la diferencia que este, al mismo tiempo era una especie de dron que al pasar frente a cualquier materia explosiva, inmediatamente enviaría una señal a una central, que indicaría la dirección de donde se tuviera manejando cualquier contenido explosivo, pasando la alerta a la unidad antiexplosivo del precinto más aproximado, lográndose de esa forma propinar un fuerte golpe al terrorismo, cuyo mecanismo le impedía actuar libremente, como lo hacían antes.

CAPITULO 27

Talento

En tal sentido se realzó la expresión de que "siempre habría personas más grande y más pequeña que otras", obedeciendo a la función de limitación que imponía la ignorancia, debido a que el conocimiento salva y eleva a las almas superadas.

Pero mientras los demás sufrían, Gibón se compadecía y cantaba:

"Espaminonda Eleodoro, guardó en su casa un tesoro, todos creían que era oro, Espaminonda Eleodoro, tenía un tesoro ideal la reina del carnaval, todos en el pueblo la amaban, y ella a ninguno miraba, Espaminonda era el duro, que la tenía cada día, todos aspiraban a ella, y ella era como una estrella, su luz irradiaba de noche, y el sol de día la tenía, ella se llamaba Estrella, de luz su naturaleza, era una Diosa encarnada, de tierna y grata nobleza.

Era radiante y excelsa, su condición era luz, y todo el que la veía, amaba su juventud.

Eleodoro la guardaba, como un tesoro en escala, su

condición de ternura, quebraba las ataduras, y Eleodoro conocía, que era gracia y armonía.

Por eso el pueblo la honraba, como su filosofía, porque en toda dirección, era la luz que querían, solo el titán Eleodoro, era quien la presumía.

Al concluir lo aplaudieron y algunos miembros del club se le aproximaban a felicitarlo y a comentarle que ellos no sabían que el fuera portador de ese talento, mientras que los indoctos se remordían de envidia y ni siquiera se le aproximaban, pues veían cómo otros lo admiraban y se prestaban a agudizar sus resentimientos.

El invierno aún tenía quemada las copas de los árboles, la primavera no despuntaba, y el sol se asomaba con cierta timidez.

Un nuevo día en la monótona melodía, y la Jauría en listada, esperando su turno, Rony que llegaba y boca abierta se expresaba:

-----" El único amigo que yo tengo aquí, es el pastor, los de más son unos traicioneros".---- Dijo refiriéndose a Gibón.

Él le hizo una reverencia sin decir nada, y los demás, una sonrisa fingida.

Y Gibón tarareaba:

"Las féminas americanas," yo si quisiera besarlas, con sus estrellas y sus barras, que bien se ven adornadas, y en la expresión del amor, queda la definición, de un arco iris de razas que me inspiran desde casa.

Todos anhelan su justicia, todos claman por su amor, ameritaban perdón, mostrando su abnegación, sus pechos vistos de lejos, te generaban consuelo.

¡Que hermosa es, la mujer de cualquier raza, es dulzura al despertar, es tierna para danzar!

Dejando ejemplo en su acción, de predilecto perdón, la mujer de cualquier raza, es tierna en su sensación, es grata muestra de amor."

Hábil como su expresión, ellas eran tan admiradas que Gibón la perdonaba, y por causa del perdón, nuevas pruebas enarbolaban en cada nota de amor.

Por otro lado, Estrace insistía en mantener la comunicación con Gibón, pues la Gata pagaba muy bien sus servicios y para evitar perder tales monedas, Estrace llamaba a Gibón y luego cerraba el teléfono y cuando Gibón devolvía la llamada, entonces se hacia la confundida, y como una loca respondía:

---- Hola, tú eres el sobrino de Charlo?---- Y como Gibón sabía que ella trataba de molestarlo, intencionalmente le respondía:

------ Lo siento, número equivocado.---- Y le cerraba el teléfono.

Todo obedecía a que la Gata tenía el teléfono de Gibón intervenido, y siempre que necesitaba saber su ubicación, ponía a que alguien lo llamara, y si el respondía el teléfono, inmediatamente tenía las coordenadas para ubicarlo y seguir sus pasos, con la esperanza de que Gibón cometiera algún error, para justificarse y tumbarlo, pero el poder de aquel, superaba las malicias de aquella., sin embargo, Dios estaba y seguía con Gibón.

Secta oculta y la organización del mal, como sabemos solían distribuirse las tareas y algunas veces, actuaban al mismo tiempo tras de algún objetivo.

Sin embargo todo estaba definido, mientras la organización del mal infiltraba a los gobiernos del planeta, obligando a los gobernantes títeres, al saqueo del erario público en sacrificio del pueblo, a fin de que les pagaran una cuota a ellos, dentro del refinado estilo de sacrificio, en aras de la corrupción.

Mientras el pueblo "cuchiclaba":

"Una nación que tolera e induce a la corrupción, es una impresión sin ética, sin razón y sin honor, que al no sembrar el ejemplo, lleva al pueblo a la opresión.

Y Gibón preocupado por la falta del amor, que perdía la población, se expresaba en su intención:

------ El dolor, esa entidad que se muestra a través de mis huesos y mi piel, frecuentemente suele decirme aquí estoy, y aunque me molesta su presencia, me he visto precisado a tolerarlo, porque detrás de cada acción de hostigamiento, yo le duelo al dolor, nunca me hace llorar, soy más fuerte que él. ---- Decía

Estrace después de sus intentos de hacer creer que Gibón era la definición de su gerencia de gatos, duró varios meses sin comunicarse con aquel, dando a entender que había recibido una tajada de los recursos datados del año 91, entonces después de unos meses que iba a Bulley como la esfinge de una aparición, hacía creer que todo estaba bien, y en lugar de buscar a Gibón lo evitaba, pues de pronto apareció con cierta condición de descaro, y como si nada hubiese pasado dejándole mensaje a Gibón, que pasara por ella, que necesitaba hablar con él, cuando Gibón fue por ella, le pidió que la acompañara a una iglesia católica de Yonkers, le dio una dirección extraviada y después de hacerle dar algunas vueltas, Gibón se detuvo a preguntarle a alguien en el camino, y ella sin conocer a las personas a quien se le preguntaba por la dirección de la iglesia empezó a hablarles de sus asuntos personales, y a pedirles números telefónico, que ipso facto le negaron, mientras Gibón por educación, para no dejarla con la palabra en la boca esperaba a que ella hiciera una pausa, y le decía :

---- Estrace, no seas loca, cómo tú te pones a darle tu información personal a personas que no conoces.--- Ella guardó silencio y gibón aceleró, cuando llegaron a la iglesia, debido a que no había parqueo él se quedó afuera en espera de que ella regresara y cuando regresó, apareció llorosa y deprimida,

Se besuqueó en las mejillas con Gibón, y después recostó

su cabeza sobre los hombros de aquel, quien sorprendido se la retiró diplomáticamente cuando ella le comento:

----- Voy a casarme contigo.

---- ¿Qué?... que vas a casarte conmigo, y que es eso, qué andas tramando?---- Le preguntó. Ella guardó silencio, luego lo tomó por una mano y lo condujo a una piedra ubicada detrás de la iglesia, ahí le habló de tody, de un supuesto novio que aquella tenía que la ignoraba a ella, etc.

Gibón la escuchaba en silencio, luego entraron a una bodega donde compraron refrescos y café que fueron degustando en el camino de regreso.

Al otro día misteriosamente el techo de la habitación donde Gibón dormía se derrumbó, y un día después, una camioneta tan alta como un camión le desbarató en un choque la parte trasera de su transportación.

La organización estaba accionando, insistía en ponérsela difícil a Gibón, mientras Estrace intentaba sacarlo de su hábitat, entonces, lo invitó para la playa, Gibón trataba de complacerla, ella entró la dirección errónea en el GPS, y se perdieron en el camino, Gibón se movía en círculo y ella se lo reiteró, y decía palabras de enojos, y culpaba a aquel de que estuvieran tres horas en el camino sin que pudieran encontrar la ruta de la playa, y se detenían a preguntar, pero la Gente no sabía explicarles, y ella entró en crisis comportándose de una manera descontrolada e insultando a Gibón, quien la amonestó de la siguiente forma:

----- Tu eres una mujer con un alto nivel de descontrol, que frecuentemente vive mintiendo, tratando de sacar a uno de su contexto de forma maliciosa, me dice que estamos yendo solos a la playa, y ahora en tu enojo me dice que tu mamá te estás esperando allá , y además de tu mamá, hay un grupo creyendo que al estar cerca de mí, podrá justificar pertenencias que me han retenido con la intensión de apropiarse de ellas, tú eres una mujer peligrosa y loca, que solamente te gusta usar a la gente para tu beneficio, pero conmigo te equivocas, y cualquiera que intente apoderarse de un peso de lo que me corresponde, vas a ir a la cárcel--- dijo.

No porque tú me tienes tres horas dando vuelta en el mismo lugar.---- Replicó.----

Gibón se río al tiempo que le decía:

----- No es mi culpa, tú entraste la dirección erróneamente.

Dios nos tiene como a moisés, caminando en círculo, porque no conviene que yo vaya para donde tú estás pretendiendo llevarme.

Estrace cada vez iba perdiendo el control, comenzó a darle golpes a los cristales, y Gibón la contemplaba con un alto grado de paciencia, mientras ella se irritaba y a todos a quienes le preguntaba quería hacerle creer como si Gibón estuvo tres horas llevándola y que se había perdido intencionalmente, por lo que aquel no le gustó el tono de la expresión , y vio un taxi de medallón verde lo detuvo, y le preguntó por cuánto la llevaba a cony Island, él dijo que por 30 dólares , y ella apresuradamente tomó su pertenencia de la parte de atrás del carro y se montó en el taxi de medallón verde al tiempo que le decía:

----- A mí no me llames más.

---- Gibón, pacientemente le respondió: ---- La que me llamas eres tú.---- Dijo

Mientras veía al taxi alejarse apresuradamente de aquel lugar.

Tres horas después, Estrace lo llamó con el mayor descaro de su existencia, para decirle que la recoja en Manhattan pero, Gibón que sabía que ella atravesaba por una alta deficiencia emocional le respondió que sí, pero la dejó esperando y no volvió a comunicarse con ella.

Entonces nuevamente en otra ocasión Estrace lo llamó y con ternura preguntó:

----- Querido, a donde tú vives?---- Cuestionó.

Y Gibón le respondió:

----- En la calle, y duermo en el carro.

Estrace sonrió, y guardó silencio, ella sabía que Gibón no confiaba en ella, porque ella solo buscaba beneficiarse de él.

Sin embargo, ella ignoraba que la jauría al referirse a ella la había nombrado como "la mujer de los gatos", porque siempre que ella veía un gato afectado se sensibilizaba tanto, que las lágrimas la asaltaban al grado de dejar claro, que más valía un felino que un humano.

Unos días después, la vio pasar frente a Bulley, iba distraída y Gibón llamándola por su nombre la saludó, ella volteó la cabeza, no lo estaba conociendo porque Gibón vestía una máscara que le cubría todo el rostro, pero al reconocerlo le sonrió sin decirle nada, y una vez más volteó a verlo, le sonrió nuevamente y siguió su camino.

CAPITULO 28

Desconfianza

La organización del mal no cesaba en sus maldades, y una vez más, tratando de quebrantar la salud de Gibón para deshabilitarlo, volvieron a chocarlo por detrás, mientras él esperaba el cambio de luz, el caso era que ellos buscaban ganar tiempo ellos no querían soltar el dinero, y habían empezado a presionar a Robert Wolff, el abogado de Gibón, para que aquel dilatara el proceso, pretendían confundir a Gibón.

Sin embargo Gibón continuaba la lucha y también presionaba a Robert Wolff y le decía:

----- Eres mi abogado, no el de la parte contraria, por lo tanto es tú deber mantenerme informado de lo que están tramando y de lo que te están ofreciendo porque ellos no tendrán paz, hasta que no devuelvan lo que me pertenece.

----- Si, yo estoy trabajando en eso, estoy esperando que me confirmen el día señalado para el litigio.

---- Tú tienes tres casos mío, así que comienza a solucionar el caso de 1991, que ya ese dinero está afuera, y hay que quitárselo a quien lo tenga, han estado conspirando

194

contra mí, en fragrante condición de discriminación y racismo, y no es bueno que se viole la ley conspirando contra mí, además he notado que tú está ganando tiempo con un propósito que yo ignoro, no quiero excusas, sobre ese caso, no le voy a permitir que nadie se Burle de mí más allá de lo que hasta ahora se han burlado, la policía me confundió con otra persona y me mandaron ilegalmente a la cárcel, y ahora es tiempo de la justicia, y lucharé con todos,   y contra todo aquel que pretenda tomarme de piadoso y perezoso.

---- No te preocupes Gibón, estoy trabajando para encontrar solución.---- Dijo.

------ Está bien Robert, espero solución, ya es tiempo, han pasado 29 años y ahora es el tiempo de Dios hacer justicia, y los demonios no tienen poder ni facultad para impedir la voluntad del divino.

---- De acuerdo Gibón, te llamo en dos semanas.

---- Bien Robert, eso espero, hasta pronto.

Se despidieron, y Gibón quedó un poco más tranquilo, ellos necesitaban tiempo para maquillar el fraude y hacerlo pasar como una prueba, a Gibón, para justificarse ante la justicia y la opinión pública, ellos sabían que Gibón articulaba los pasquines y que fácilmente podría denunciar sus crímenes, cuya temática podría inducir al Departamento de justicia a una investigación.

Obviamente, como secta oculta y la organización del mal, hacía tiempo que tenían en sus manos los fondos de la compensación de Gibón, y no se lo habían entregado, por lo que para justificar su condición sin poner en evidencia su corrupción, estando Gibón asegurado con la aseguradora granja del estado, habían los emisarios de secta oculta y la organización del mal, abordado acuerdo con ella, para justificar la distribución de esos fondos, para generarle algunos accidentes e ir pasándole parte de los fondos a Gibón, alegando que habían pasados 29 años de haberse generado el caso que indujo a la compensación, y que para la fecha en que se encontraban, era mucho el tiempo transcurrido, y por lo mismo a los políticos de la ciudad no le interesaba que se difundiera su negligencia en materia de racismo y discriminación para con los sectores de las minorías.

Fue así como la aseguradora granja del estado se involucró en los asuntos de Gibón, ya que aquel llevaba muchos años asegurados con ellos, quienes no solamente le cobraban el seguro del carro porque además, por mucho tiempo le cobraron un seguro por una casa que Gibón no tenía.

Después del accidente del 17 de octubre del 20016, que habían intentado usar para encubrir los fondos compensatorios del caso de 1991, accionaron para provocar una serie de accidentes donde involucraban a Gibón, alegando que era la forma de recuperar los fondos compensatorio de él, ya que aquel había sido objeto de un supuesto fraude.

Al descubrir Gibón tales propósito, pensó que ni aun siendo para su propio beneficio se prestaría él, a tal acto de corrupción.

Entonces al percatarse Gibón de lo que hacían y al no poder continuar con el encubrimiento de la compensación del 91 usando el caso del 2016, optaron por provocar el accidente del primero de julio del 2021, y la aseguradora granja del estado lo refirió a la clínica par chéster en el Bronx, donde desde que apareció en aquel escenario, asumieron una postura manipulativa diciéndole : ---Estos exámenes son con fines compensatorio.---- Al tiempo que le aplicaban radiación con la intensión de fotografiarle el corazón, mientras él alegaba que qué? tenía que ver su corazón con los golpes de su accidente.

Sin embargo la verdadera intención era enfermarlo

para deshabilitarlo, y de esa manera no pagar los fondos compensatorios.

Después el administrador de la clínica le dijo:

----Tiene que ponerte insulina de emergencia.

Gibón lo miró como si hiciera un escrutinio, y le respondió:

----Yo no me voy a aplicar insulina, yo no le tengo miedo a la muerte.

Entonces otro miembro del personal médico alegó: ---Oh, él se está resistiendo.... Se está negando.--- Dijo.

___ Yo no permitiré que ustedes me enfermen, ni me dejen invalido.---Dijo Gibón, al tiempo que se retiraba.

Unos días después se cambió de clínica, y tomó otro médico de cabecera, y empezó a tratarse con Alex Berstein, mientras por cuenta propia asumió limpiar su cuerpo con teses de raíces y hojas naturales.

La radiación le había afectado la circulación y los dolores en las partes afectadas se habían agudizados, luego intentaron operarlo de los hombros y de las piernas, recibió muchas llamadas y propuestas para que se deshabilite, pero el no hizo caso y dijo:

---- Solamente me retiraré cuando cumplas los años en que me corresponda hacerlo, tampoco aceptaré ninguna oferta tardía de empleo.--- Dijo, mientras asumía seguir haciendo delibere en Bulley, hasta el tiempo ameritado.

Gibon era fuerte y resistente, Dios lo había fortalecido, con su ejemplo el buscaba sentar el precedente de que ningún ser humano en ningún renglón del planeta, se dejara vilipendiar en silencio sin romper las ataduras del tormento removiendo de su cuello, el pie del opresor.

Gibón había aprendido que en new york, no se podía confiar ni en los dedos de sus manos, porque si por error tu sacabas un dedo, y el dedo sacado era un dedo equivocado, si el testigo presencial era violento, podría ser que asumiera la postura de golpearte, y era que la mayoría de los habitantes de aquel contexto, no tenían amigos, tenían intereses, todos andaban explorando el talón de Aquiles del otro, a fin de verificar si se podía conseguir algo del involucrado aunque fuera venderlo.

Ana P conoció a Gibón en la comunidad, ella era muy extrovertida y Gibón se enteró que alguna vez ella trabajo con un abogado en nueva york, él le pidió que lo introdujera con alguno, de ahí fue de donde apareció Robert Wolff, "al que ella le rogaba, para que ayudara a Gibón", sin embargo, Gibón le había entregado cuatro caso para que Robert los ventilara, Ana P, era notaria y lo notarizo, sin embargo, solamente escribió el mismo número de caso para los cuatro en la notarización, el número del caso de "brutalidad policial" que por conveniencia, lo había vendido aceleradamente, Gibón confió en Ana P, pero daba la impresión que los de más casos habían sido vendidos a espaldas de Gibón, y habían pasado casi ocho años cuando Gibón se había dado cuenta de la jugada, por lo mismo, Robert alargaba el proceso esperando qué acontecía de nuevo.

Debido a que el caso que llevaba la shick había sido pasado a Robert Wolff, después de aquel tener un año y algunos meses, convenció a Gibón para que lo vendieran en 35,000 y le juró que a pesar del intento de camuflajear ese caso por otro, era un caso del seguro "todo transito" que nada tenía que ver con la aseguradora Granja del estado, además le pidió a Gibón que llevara los documentos, para ver si lo podía ayudar con el caso del 91, entonces Gibón accedió aun a sabiendas que seguía pendiente el caso de Maxi Gómez, que era el caso del 91 donde habían confundido a Gibón con aquel, y que recurriendo a varias tretas trataban de dilatar la compensación hasta que se llegara el tiempo en que Gibón le tocara retirarse, ya que no habían podido deshabilitarlo, ni mandándole a causar accidentes.

Todo aquello era fácil de entender debido a que en los sistemas donde la mafia operaba y estaba infiltrada en los estratos gubernamentales, todo tipo de corrupción se enarbolaba, por lo mismo Gibón se mantenía estudiando la actitud de Robert Wolff, ya que él no estaba seguro si Robert había recibido algún tipo de saludo glorioso a espaldas de él, ya que secta oculta y la organización del mal, no dejaban pasar una, y siempre estaban prestos a sobornar hasta al gato, con tal de lograr su propósito.

Robert Wolff a pesar de ser un hábil defensor de casos de accidentes, de pronto y sin pretenderlo, se encontraba manipulado de forma tal que cuando intentaba decirle algo a Gibón, una secretaria infiltrada le decía:

---- No le digas nada, que aún no sabemos qué determinará   la organización---- Decía, y Robert se veía precisado a obedecer.

Pero Gibón no entendía, como era posible que si Robert sabía que le secretaria infiltrada le dictaba las normas a seguir, por qué se ponía a ofrecer información que luego no podría sostener.

Todo esto viene a referencia porque un día en que Gibón y el, sostenían una conversación telefónica, él le informó a Gibón que le había conseguido una oferta de sesenta mil dólares y que iba a tratar de conseguirle diez mil más, pero al parecer, sus orientadores lo amonestaron y después al otro día lo llamó y cambió de opinión diciéndole que él se había equivocado, que la oferta era de 35,000, de lo que él y la Shick tomarían el 33% y a Gibón le Correspondería el resto. Gibón se lo aceptó sin dejar de pensar qué detrás de ese cambio, estaba la manipulación de la organización del mal y secta oculta, por lo mismo, cuando un presidente o un gobernador se negaban a hacer lo que ellos deseaban, le enviaban una hermosa mujer a coquetearle, y "como la carne es débil", preparado el ambiente para tal reacción, aquellos correspondían al coqueteo, y un tiempo después, denunciaban el acto con un escándalo de opinión pública tan grande que muchas veces los involucrados tenían que dimitir del cargo cediendo espacio a los corruptores.

Se hacía necesario erradicar la cultura de la deshonestidad, en la tierra, para una renovación del espíritu, donde llegaran a plantearse otros patrones de conducta para un mejor equilibrio del planeta, y una mejor comprensión de quiénes somos y cuáles son nuestros orígenes, y el porqué del ensayo existencial, solía sostener Gibón..

En nueva york, aunque el gobernador había firmado las leyes de reformas fiscales, las protestas continuaban y parecía ser por no afirmarlo con radicalidad, que el poder policial seria reducido, y que los sectores minoritarios empezarían a tener la sartén por el mango, pero de hecho, no era así, porque una vez, dispuestas estas reformas, se disparó la delincuencia, y el caos era el avemaría de cada día.

Toda esta problemática se extendía por el planeta, ya la monotonía poblaba la conciencia de los pueblos que lucían estancados, muchos no sabían que hacer, y otros Vivian en la gloria del pasado, y vivir en la gloria del pasado cristalizaba al ser humano, debido a que nada debía permanecer estático, por lo que no había que aferrarse a nada para dejar que fluyera lo que habría de llegar, había que soltar para auto-liberar, lo que se experimentó ya se vivió, no era necesario que los eventos se repitieran, porque lo que fue ayer, no sería hoy, y aunque las cosas se parecieran, siempre serian diferentes.

Todo cambia en el devenir del tiempo, aunque se ame lo viejo, siempre llegará lo nuevo.

Esa era una de las verdades que hablaba Jesucristo, pero muy pocos lo entendieron, porque "muchos son los llamados y pocos los elegidos"!

En realidad el perdón de los hombres se genera en

el momento del despertar, en ese tiempo en que ya se ha entendido la vida, porque el ser experimenta todo lo que escogió para experimentar, por eso suele expresarse que no se debe decir "de esta agua no beberé" porque al sentirse la sed, toda agua se ha de beber.

Mientras todo transcurría, los trovadores cantaban: "unos decían que eran ladrones, otros que pruebas serian, esas voces agoreras, ¿A quiénes se referían?

Han perdido la bondad, ya ellos no tienen piedad, por privar en chicos malos, se tornaron en maldad.

A donde recurriremos, se han confundido los buenos, ahora hay que hacerle pruebas con salivas y con cabellos.

Nadie sabe a dónde vas, y al pasar por una esquina, te provoca la maldad.

Ya la juventud no piensa, como zombis vivirán, y si Dios no se aparece, con la fusta lo arrearan.

Es tiempo de despertar, dejen de vivir online, pues la tierra se aproxima al tiempo del qué dirán, y pruebas muchos más grandes, no muy tarde llegarán.

Ciertamente, todo traemos una selección, o una asignación, que al tiempo de revelarse, es en vano resistirse, porque sin que pueda controlarlo, camina hacia lo que huyes, y todo lo que despreciaste se te aproxima a abrazarte.

Muchas veces hay oportunidades disfrazada de error, y lo que te pareció maldad, se te convierte en bondad.

Por eso Kinkin José Valentín, desconsolado y sin clero, pronunció lo que vivió, y a aquellos que lo trataban, con gentileza le hablaba:

"Antes que ustedes me vieran yo era un hombre de poder, despúes que perdí mi puesto, ningunos me quieren ver":

Fue así como se expresó Kinkin José Valentín, el primo de cariñito, luchador y jodedor, vendió basura por kilo, e intoxicó a la nación, pero él no escogió riqueza, y actuó en el libre albedrío, y un día hablaba en las calles ahogado en el alcohol, américa lo sustrajo para una vida mejor, su mujer lo abandonó, la fortuna le quitó, diciendo que el patrimonio que en nueva york él mostró, eran botines de herencia que él nunca lo reportó.

El gobierno lo tomó, a ella le dio su parte, y de él que lo luchó, el gobierno se olvidó, le cambió la libertad tan solo por la mitad, y otra mitad que quedó, la esposa se la apropió , y cuando él quiso indagar, ni un centavo fue a encontrar, esto a él lo trastornó , que hasta Ruperto Rene Cariño su malestar lo   sufrió, experimentó una pena, que hasta diabetes cogió, se tomó un chance en Bulley, buscando de Dios piedad, pero su fe claudicó y vio a su primo Kinkin, que en alcohol se le ahogó, esto a Cariño apenó, Kinkin José Valentín, fue un luchador sin honor, a quien su pueblo olvidó. Mientras Cariño René en Bulley, se concentró tratando una nueva vida, mientras su primo Kinkin, se sintió discriminado como si fuera un relajo, hasta que se entregó al trago.

En nueva york padeció, y Vianela lo engañó, el asunto del dinero al pueblo se lo quitó, y haciendo honor a su causa, al pueblo lo devolvió, y a Kinkin que la regó, en la calle lo dejó.

Esto a Cariño apenó, Kinkin, si fue un paladín, de la venta de aserrín, a vianela impresionó, con dinero y sin amor, por eso ella lo vendió, cuando la DEA le ofertó, hasta cariño tembló. Él se jugaba la faja, fue un duro de las finanzas, y vianela lo vendió, cuando la DEA lo compró, en esos años de cárcel, Kinkin se regeneró, y en su afán de ser mejor hasta el piso aquel mapeó, un algo ya transformado, a su primo contactó, y Cariño lo aceptó, mostrando su simpatía en Bulley, por cada día.

La jauría lo vanagloria, Plutarco Rene cariño, vive haciendo su corito.

Mientras cariño afianzó, Kinkin todo lo perdió,   el dinero que alcanzó, Vianela lo derrochó, ella acordó con la DEA, y el dinero le entregó, cuando Kinkin se cumplió, los años que el juez dictó, creía que tenía dinero, y Vianela lo gastó, y la mayor cantidad, LA DEA se lo arrebató, fue tanta su decepción que borracho se volvió, fue como cogió las calles y hasta al barrio divirtió.

CAPITULO 29

Conspiración

La ponchera había sido reparada, ese fue el nombre que la Jauría le había encasquetado al vehículo en que trabajaba Burdock, ahora la carrocería se veía mejor, y como Gibón y aquel, no tenían buenas comunicación, Gibón le pidió a Jóchelo que le indagara la dirección de donde le hicieron las reparaciones a Burdock, para el llevar los carros de el a repararle algunos sabotajes generados por la organización del mal y secta oculta, que no cesaban en bandalizarle la transportación, como una forma de que no pudiera trabajar y se subordinara a sus ofertas.

Por tal razón Gibón había perdido la confianza de visitar a los mecánicos que el frecuentaba porque al tener detrás a los emisarios de la organización del mal, aquellos se adelantaban, para ofrecerle sobornos a cambio de que le arreglaran lo que él requería y dañaran lo que no requería arreglo.

En el periodo de pruebas Gibón había atravesado una Odisea, porque era seguido por los delegados de secta oculta, y de la organización del mal, y donde ellos veían que

Gibón parqueaba, le enviaban un mecánico a domicilio para que le dañara, el carro, al otro día cuando pretendía salir para el trabajo, solía perder altas horas varado, esperando que apareciera un mecánico que lo reparara, a esas técnicas de terrorismo doméstico solía recurrir la organización del mal, para sacar a Gibón de circulación, de forma que cesara de hacer delibere en Bulley, para ser ellos quienes recibieran el presupuesto de la ciudad para crear un posición para él , por lo que eran muchos los que andaban tras el propósito de ser jefe de Gibón.

La organización del mal, y secta oculta a veces fingían que Gibón no hablaba inglés , por lo que justificaban su larga espera, sin embargo Gibón hablaba leía y escribía inglés con fluidez, pero por la postura de racismo, pensaron que podrían re- violarle sus derechos, volviendo a equivocarse, porque Gibón lo dejaba quieto, y a veces, hasta le hacía creer que se saldrían con la suya, pero en un condicionamiento retroactivo, no era así, Gibón pensaba que ellos no se habían salido, ni se saldrían con la suya.

Eran magos de la malicia, pero el universo definía la cadencia de lo cierto, y nadie de los que estaban llamados a involucrarse, tendrían brechas para escaparse, porque hasta a una estimada sobrina de Gibón usaron para un experimento, pensando que podrían hacerlo caer, alegando ante ella que lo que estaban haciendo era una manera de esclarecer que él nunca había estado envuelto en ningún acto degenerativo como tráfico de drogas o algún tipo de adicción.

Zuly, convencida de la buena fe de aquellos accedió, pero como les había dicho, la organización del mal por más de 29 años, andaba tras Gibón sin que él se diera cuenta, y en la mañana del día que ellos habían contactado a Zuly, se habían percatado que Gibón iría al Departamento de vehículo de motores en Yonkers, y lo fueron siguiendo, al grado que a la hora de regresar, después de entregar las placas habían puesto a sus pasos, una bolsa plástica transparente repleta de cocaína, marihuana(cannabis sastabis) y otros adictivos, con la intensión de que él, al verla se doblara y la tocara para fotografiarlo y fabricarle un caso que lo descalificara de la compensación.

Debido a que Gibón pateó la bolsa y siguió andando, recurrieron a Zuly, para que lo llamara y le ofreciera una comida típica de su país de origen.

Para que se cumpliera la predicción de que en la era apocalíptica" no habría hijo para padre, ni padre para hijo, ni hermano para hermano, ni sobrino para tío",

Zuly se apareció en un carro conducido por un desconocido a llevarle un sancocho, algo que él se encontró raro, pero como ella tenía su dirección personal en el apartamento de Gibón mientras se quedaba en casa de su novio en Yonkers, Gibón desconociendo el propósito aceptó la oferta alimenticia.

El hombre que la acompañaba no se dejó ver el rostro, y tenía el frente del carro en dirección norte, lista para el regreso, Gibón le preguntó quién era su acompañante, ella respondió que era un amigo de su novio, a quien aquel le había pedido que la encaminara a dejar la ración alimenticia.

Gibón aún no se había percatado de lo que acontecía, pero al regresar, de la frontera de Yonkers y la ciudad de Nueva york, entre Broadway y la 261, había un autobús de la ruta 9 de la ciudad, esperándolo como para que él lo abordara, no había otro pasajero que no fuera el, daba la impresión que antes había partido otro autobús que llevaba los de más pasajeros, porque ese, estaba preparado para ser abordado de forma tal que como se esperaba aconteció y lo abordó , pero algo raro estaba sucediendo, y en los asientos de adelante, donde se suponía que él se sentaría, aparecieron diversas bolsas de marihuana, creando un supuesto ambiente de tentación, pero desde que Gibón la vio le dijo al chofer:

------ Oiga ¿qué está pasando con ustedes? Limpie este asiento que yo no fumo.----- Dijo.

----- Oh, ¿qué pasó?---- Respondió el chofer, fingiendo estar sorprendido, estando al tanto de lo que estaba aconteciendo.

------ Usted sabe, y está viendo lo que está pasando, esta marihuana no es mía, y la pusieron en el área donde me estoy sentando, con alguna intención, pero, yo no soy de ahí, recoja su porquería.— Le ordenó Gibón, con determinación.

El chofer se levantó y recogió tres bolsas que se habían distribuidos en los tres primeros asientos.

Después de eso Gibón, comparó   lo que había pasado a su regreso del Departamento de vehículos de motores, y lo que acababa de suceder.

Entonces se quejó con su hermana sobre las acciones de Zuly, en busca de ponerlo a él en evidencia.

Su hermana Lency, replicó, pateó y defendió a su hija, y siempre que Gibón trataba de referirle algo le cambiaba el tema, un día en que andaba en la 191 y saint Nicholas, vio que Zuly lo miró y trató de evitarlo, entonces él percatado la llamó:

Ehh, que pasa contigo, qué fue lo que hiciste en mi contra, que ahora me anda huyendo?----- Cuestionó Gibón.

Zuly al sentirse descubierta, respondió:

----- Yo no he hecho nada, pero como tú andas enojado, yo no quisiera tener confrontaciones contigo.

----- No es que estoy enojado, pero me da pena que mi propia familia me esté vendiendo por nada.

----- Dejas esa paranoia, nadie te está vendiendo.

------ está bien Zuly," no hagas a tu prójimo lo que no

quieres que te hagan a ti", porque cada cual, recibe lo que siembra.---- Replicó Gibón.

----- Está bien, no puedo seguir hablando contigo, tengo que irme.

-----Vete con Dios, y espero que recibas lo que mereces.

La Zuly no respondió y se le vio alejarse, en la distancia hasta que se perdió tras ingresar a la recepción de un edificio.

Unos meses después, secta oculta en pago a su dudosa conducta y a su accionar servilita, la alejó de nueva york, mudándola para los Ángeles california, donde pasaría a perseguir una carrera de actuación y modelaje para su hija Jais.

CAPITULO 30

Procesamiento

Decía cervantes que "el pueblo siempre estaba presto a tildar al sabio de loco y al ignorante de sabio" para la humanidad todo lo que ella no entendía, era locura, y lo que lucía diferente a su condición, era una aberración.

Aquella Jauría, la integraban perros que ladraban pero no siempre mordían, Aunque su mayor malestar, estaba en su economía, por lo que siempre estaban prestos a vender a sus tías, a sus madre y a sus más cercanos familiares, y hasta a los que no conocían.

En el caso de Burdock, antes de que desarrollara su malicia, su ingenuidad superaba, su inquietud, y como él era un provinciano de sabana de la mar, la primera vez que viajo a la capital, se había ido en la cama de un camión, y al desmontarse se encontró un hombre guayando frio frio, y rociándole frambuesa, y se impresionó tanto que quedó boquiabierto, entonces sin preguntar, se regresó a su pueblo, y cuando le preguntaron acerca de la ciudad capital, respondió:

----- Bueno Gertrudis, a esa capital, yo no vuelvo más.

---- Y por qué ?---- Alegó Gertrudis.

---- A Dios mujer, pero en esa capital saben tanto, que hasta van a fabricar gente, tú sabes lo último que yo vi?, ... Un hombre vendiendo s sal guaya, con sangre de vaca.- --- Dijo, refiriéndose al hielo guayado con la frambuesa.

Y todo aconteció cuando pasando de la ignorancia a la malicia, tendía a confundir la magnesia con la gimnasia.

Desde ese entonces, había pasado mucho tiempo, antes que aquel se embarcara hacia una odisea clandestina, pero de todos modos, había sido marcado por el destino.

Y en ese entonces, aquel mostraba la mayor soberbia hacia Gibón, su envidia a Gibón era tan grande que se le volvió admiración, desde la última vez que él quiso golpear a Gibón, y el espíritu lo derrumbó, desde ese momento él había asimilado la expresión de que "con los hijos de Dios, nadie se mete"

Pues unos días después Gibón visualizo a burdock saludándolo con cortesía y respeto, y así fue, de forma que hasta Gibón se sorprendió, de cómo había Burdock comprendido que jamás debería molestarlo, era bueno respetarlo, y así aconteció.

En cambio la organización del mal, como habíamos mencionado, indagando formas de como saquear una compensación que por concepto de violación a los derechos humanos se había generado a favor de Gibón, por lo que andaban tras de él, una serie de agentes encubiertos, y miembros de la sección de hostigamiento de la organización, habían recurrido para tal fin a una serie de acciones fraudulentas que iban desde robo de documentos, para usar su identidad, debido a que habían reclamado a su nombre sin hacérselo saber a aquel, pero haciendo creer en el reclamo de que Gibón los autorizaba a reclamar, para después quedarse con el dinero, o reclamar más y pagarle menos a Gibón.

Y como mencionamos antes, la organización del mal y secta oculta, habían recurrido al soborno de todos los que estaban próximo a Gibón para que actuaran como payasos del circo montado, y como la ciudad le había ofrecido un empleo a Gibón, y habían pasados muchos años y no le habían dado nada, después de 28 años, al cumplirse los 29, empezaron el proceso de una aparente justicia, con una carga tan intimidatoria, que hasta la secretaria de Homeland Security, se había apoderado o intervenido el correo electrónico de Gibón.

La organización del mal , pretendió usar a Gibón, ignorando que Dios hablaba con él, y que cuando intentaron formalizar el saqueo, Dios le informó a Gibón, el cual comenzó a indagar por su cuenta, pero un día la organización del mal, pensando que se saldría con la suya, planea provocar un accidente y tras tal acción envolvieron a un ruso para que se le atravesara a Gibón y lo chocara, pero como Dios velaba por Gibón, el espíritu aceleró el vehículo para que en vez de ser Gibón quien chocara al ruso, fuera todo lo contrario, y fuera el ruso quien chocara a Gibón, y así sucedió, pero luego la clínica donde Gibón tomó la terapia, le había asignado una abogada de dudosa reputación a quien el vecindario le llamaba "SHIKH", la cual se vio tentada y aceptó la mordida de los conspiradores para que dilatara el caso del accidente generado por el ruso Ilka, en el 2016, para disfrazar la compensación de violación a los derechos humanos de Gibón, para de esa forma justificar el desfalco, pero como Gibón estaba al tanto de lo que había acontecido, y él pensaba que si los conspiradores y la organización del mal seguían adelante actuando como una mafia, podría ser que en el sistema de Justicia de los estados unidos, cayeran presos por prevaricación , fraude y hurto, teniendo que gastar más para salir, que lo que le tocaría de la repartición, ya que tales acciones, eran propias de criminales investidos de poder.

Aquellos que aún no estaban seguros de lo que

iba a acontecer, seguían esperando el procedimiento, sin embargo, ya ellos no podrían hacer nada, porque Gibón tenía las pruebas a manos, y si ellos proseguían recurriendo a la bajeza, él iba a realizar una denuncia pública, donde compareciera la prensa y los conspiradores de la organización del mal, quedaran en evidencias.

Cuando Gibón se percató de la jugada de La SHIKH, la retiró del caso del accidente del 2016, y se lo entregó a Míster Wolf, quien tampoco pudo evadir el soborno y la manipulación de la organización del mal.

El señor Wolf, también ganaba tiempo para ver como presentaba su defensa, sin enlodar a los conspiradores, y quien estando al tanto del caso compensatorio de violación a los derechos humanos de Gibón, le asustaba tan solo traer a colación un pasado de dolor y traición, porque de alguna manera nadie estaba libre de culpa para lanzar la primera piedra, queriendo todos tapar el sol con un dedo, y como "entre bomberos no debían pisarse la manguera", ellos buscaban protegerse uno a otro, simulando, que todas las conspiraciones generadas, se enmarcaban a los niveles de simple pruebas! Cuánta hipocresía, disfrazada de ternura, cuantas traiciones que otorgaban decepciones.

Los que se mantuvieron alejados de tal conspiración guardaban silencio, sin dejar de experimentar una vergüenza ajena.

En ese entonces, el nivel de conciencia de la humanidad, se aproximaba más a la estupidez, que a la justicia.

Sin embargo Gibón pensaba que la mejor estrategia cuando alguien se encontraba luchando contra dos grupos de poder donde uno representaba al gobierno, y otro a los delincuentes, era mostrarse frente al gobierno como independiente, y frente a los delincuentes, como del gobierno, así ninguno de los dos adversarios, podría mostrar poder sobre aquel, a quien habían escogido como perseguido.

Gibón no siempre se llevaba bien, con los miembros de la jauría, esporádicamente, hablaba con dos o tres, tales como Fredesvindo, a quien la jauría le llamaba el suave porque supuestamente cuando alguien se descuidaba él le saltaba el turno y le llevaba el pasajero, y con Jóchelo, y obviamente, él le contestaba a quienes lo saludaban o le dirigían la palabra.

Algunos miembros de la jauría, eran bipolares, pero el más alocado era Burdock, que siempre vivía molestando a los de más, o lanzando indirectas.

Después que el presidente Donald Trump, había definido el paquete de carga pública, los negocios de consumo alimenticios habían mermados y para llegar a la meta económica del día, había que dedicar más horas, Burdock vio a Gibón en la mañana, y después lo vio nuevamente en la noche, y comenzó a lanzarle indirectas y decía:

----- Los sin familias no cogen receso, yo tengo familia y cojo mi receso, descanso y como en mi casa, pero hay otros por aquí, que solo duermen en el carro.----- Dijo.

Hacia unos días que Burdock, andaba provocando, pero Gibón no le hacía caso, sin embargo, ese día se vio precisado a responderle:

----- Hay personas deseosos de controlar a los de más, pero carecen de capacidad para controlarse a sí mismo, en tu ceguera te crees que puedes andar insultando y soltándole indirectas a los de más, pero, eso que acabas de decir, solo se te puedes aplicar a ti.----- Dijo Gibón.

Burdock guardó silencio, no se atrevió a responderle, muchos de ellos pensaban que Gibón era impredecible, y si ellos se ponían violentos, fácilmente él podría darle una pócima de su propia medicina.

Entonces salió un pasajero, el turno era de Yoryi, que muy pocas veces se expresaba en voz altas, aunque cuando se juntaba con la Jauría, no dejaba de murmurar en voz baja, y por la influencia de Burdock, el empezó a guardar silencio frente a Gibón.

El, solamente había tenido problema con un evangélico a quien él le había despertado los demonios, y aquel pidiéndole permiso a Dios, a bien decir de la Jauría "le dio a Yoryi, hasta con el cubo del agua"

Y parece que aquel encuentro de un ángel y un Demonio, había aportado algún resultado, porque antes de ese tiempo, Yoryi se vendía como ateo, y después se le oyó decir que creía en Dios, y uno de la Jauría a quien le decían Vilinsky que lo había escuchado le preguntó:

---- Oh Yoryi, qué pasó? Porque dizque tu no creía en Dios!--- Afirmó .

----- Antes no, ahora sí.----- Le dijo, Yoryi. ---- con plena determinación.

Todos el que le escuchó guardó silencio, nada opinaron, aunque otros cuchiclaban , que él había cambiado de forma de pensar, porque secta oculta le había concedido un crédito para cambiar el carro, porque tras el afán de persecución, los sobornos se habían expandidos.

Bueno, el caso es que después de Yoryi irse con su pasajero, Burdock, que había estado conversando con él, salió y se refugió en su carro, le tocaba el turno a Gibón.

Febrero era un caballero, un mes de amor y comprensión, el día en que amanecía era como una melodía, y hasta el sol se había desplegado con sus rayos, y la dulzura de su ruta.

Me había olvidado de contarles, que en la Jauría había una amiga íntima de la mujer de Burdock, quien la llevó, pero ignoramos si le cobró, se llamaba Kendra, pero además de Kendra, había un árabe, un nicaragüense y un mejicano que llegó, y poco duró, después que se fue él, no regresó, además, Kendra, era la única hembra entre un grupo de hombres machistas, y entre ellos, algunos "maricas".

Kendra no se exhibía mucho entre la jauría, tenía una edad aproximada a los 60 años, trabajaba distribuyendo alumnos en el sistema educativo, y en su tiempo libre como decía la jauría "se la buscaba en Bulley" también ella hacia delibere, gran parte del tiempo lo pasaba en el teléfono había estudiado con monjas y tenía un estilo muy particular de moverse entre todos, parecía tímida aunque la jauría a veces le hacía burlas, a la que ella no le prestaba atención, llegó a atribuirle un noviazgo con ojitos, uno que junto a don Franko movía los carros de las compras que desocupaban los miembros del club.

Don Franco vivía voceando para que todos lo oyeran, que "Gibón era rico."

Pero ese día, llegó gibón y estaba Kendra con Alonzo el boxeador, que desde el mismo momento en que lo vio llegar, abrazó a Kendra y dijo con todo el suín de la expresión, para que Gibón lo escuchara:

------ Aquí estoy con mi hembra Kendra, que nadie me hable pendejada.---- Dijo.

----- Ten cuidado, que ojitos no te oigas, para que no tengas problemas—Dijo Rony.

Los de más al escuchar tomándolo como un chiste, se pusieron a reírse, en ese instante salió un pasajero, era el turno de Kendra y ella se fue a llevarlo.

Ojitos era más joven que Kendra, tenía los ojos de color aceitunado, pero ese romance como empezó así acabó, y la jauría no cesaba de burlarse, y decía:

------ "Ese noviazgo no fue más que un par de revolcones".

Salieron dos mujeres y era el turno de Gibón, ellas preguntaron por Kendra, y Gibón le explicó la condición, ella valoraron su intención, y por hacer vacilón, se montaron con Gibón, cuando ya iban a mitad del camino, Kendra llamó con sigilo:

---- Hola, qué pasó que no me esperaron?---- Cuestionó Kendra.

---- Tuve que irme, sofí está en el hospital y tengo que ir a verla.

----- Oh si, salúdamela, que después yo te acompaño, y la buena para nada de su mamá, está ahí?----- Preguntó, Kendra.

----- No, esa "gueva" no está.---- Le respondió su amiga.

------Bueno, mejor así, te llamo después, que viene saliendo un cliente.---Dijo Kendra.

---- Está bien, hasta luego, ya nosotras llegamos.

En ese instante Gibón giró a la izquierda, como regresándose, se detuvo y procedió a desmontar la compra, ella le pagó 20 dólares, y después de dar las gracias, se regresó.

Al regresar a Bulley, encontró a algunos de la Jauría, y Rony que vio a Kendra llegar, dijo como una censura frente a los de más de la jauría:

------ Esa mujer no tiene oficio, esta desde las 11 de la mañana, ya son las 8:30 de la noche y aun no se va, no se cansa de" josear".--- Dijo.

----- También tú, esta como ella, ---Dijo vilinsky

----- Pero si esa mujer trabaja en la escuela, ¿que busca quitándonos estos chelitos a nosotros?.------ Agregó Rony.

---- Ah, ella piensa que también tiene derecho a unos centavitos extra.----Dijo Vilinsky.

Rony, esbozó algunas muecas, y un aguacero nocturno, los sorprendió a todos.

En otra ocasión aquel no pudo disimular por mas tiempo su condición bipolar, y había entrado una clienta a quien Gibon le canto, el himno de la jauría, como a aquella le gustó, con Gibón ella acordó, que al salir con él se iría, Jóchelo estaba de turno y el chamo le seguía atrás, cuando la chica salió con Gibón fue y se montó, el chamo fue y se alarmó, y Jóchelo reclamó , ya la vero con Rocko Vulcano, un poco lejos quedó , con diez entero de propina a Jóchelo ella calmó , y el chamo se silenció, a Gibón que la llevó , ella veinte le otorgó , y él satisfecho quedó .

Cuando Gibón regresó el Rony envidia sintió, y comenzó a difamar, y Gibón no lo troteó y decía desesperado y grabando.

----- Miren aquí, al que se pinta el pelo con líquido.

Y Gibón le respondió:

Hay un viejo en desacuerdo que no me inspira desvelo, es bipolar y envidioso, parece un perro rabioso.

Entonces Rony que le gustaba hacer burla a otro, cuando se lo hacían a él, se ponía como loco.

Y dos mujeres a quien él quería llevar al ver como aquel se puso, eligieron a Gibón, y el Rony se aceleró, y como un loco procedió, y aunque Gibón se alejó el Rony vociferó, y las mujeres dijeron, que aquel se descontroló, y envidia y celos sintió.

Había en Bulley un grupo de servidores que vivían en constante contradicción con sus egos, buscando siempre una razón para llamar la atención de Gibón, en una ocasión había preguntado a Katiana acerca de un producto desinfectante que era muy consumido durante la pandemia, y ella le había dicho que aún no había llegado, pero al mismo tiempo agregó desviando la conversación:

----- ¿"Qué van a decir los que me conocen, si me vieran aquí, como encargada de personal, hablando con ustedes?---- Dijo como si tratara de enterar a Gibón de su posición.

A lo que Gibón le contestó:

----- No creo que digan ni piensen nada, yo soy un titulado de altos estudios, y eso no me quita la condición de Humano.

Aquella guardó silencio, se sintió golpeada en su ego, y a partir de ese momento comenzó a ignorar a Gibón, y optó por no volver a dirigirle la palabra a aquel, y aunque él la saludaba, ella no le contestaba el saludo, entonces viendo Gibón lo que estaba aconteciendo, también empezó a ignorarla y dejo de saludarla, y era que el latino por cultura creía que cuando ocupaban una posición donde podían tomar decisiones, había que rendirle pleitesía, y esa no era la naturaleza de Gibón, en cambio Rene cariño, era un mago tumbando polvo, el mantenía buena relacione con Katiana y Mark, porque el siempre como un chiwaua , vivía lamiendo las manos de aquellos, que a pesar de ocupar posiciones de mando en Bulley, carecían de un liderazgo real que le permitiera ser queridos y admirados, pero a pesar de todo, el mismo Plutarco Rene Cariño trataba de introducírsele a aquellos por los ojos, por conveniencia, todo por hacerle creer a los miembros de la Jauría, que él estaba enllavado con los jefes, buscando ganarse la confianza de aquellos, para que al momento que necesitara manipular alguno , que los demás correspondieran a sus requerimientos.

En otra ocasión cuando se había iniciado el periodo de prueba para Gibón, donde todos querían exhibirse al lado de Gibón porque secta oculta y la organización del mal estaban otorgando sobornos y prebendas.

En ese entonces Mark y Gibón tenían una aproximación amistosa y aquel le había solicitado a Gibón que rescatara unos carros de compras que habían sido abandonados, y quería foto como prueba de que el lo había recuperado, una vez que Gibón había cumplido con el pedido de Mark, Gibón se iba a retirar, pero otra perteneciente al grupo administrativo a quien llamaban Mary Ann, intentó hacerlo salir por la puerta de atrás, pero Gibón se negó y le dijo a Mark en presencia de ella, que él iba a salir por donde mismo había entrado, y Mark le dijo que si, mientras que ella quedaba sorprendida, porque ellos no conocían a Gibón y creían que él era uno de estos simples miembros de la Jauría, sin embargo Gibón interactuaba con la Jauría, pero sus acciones eran independientes.

Después Gibón había soñado con ella de que en Bulley había una celebración y que Gibón se encontraba un escalón más arriba que ella, y que desde el escalón de abajo ella estiro sus brazos hacia él, y lo abrazó.

Después ella subía a mover los carros que los clientes dejaban afuera, y Gibón iba a ayudarla e iban teniendo un acercamiento amistoso, en cambio Mark, había empezado a dársela de capataz frente a Gibón, dando la impresión de que se sentía poca cosa y quería difundir sus aullidos para llamar la atención, y hacer creer que él era una fiera de honor.

CAPITULO 31

Indignación

La conciencia indignada de los pueblos no se aplaca con soberbia, el crimen se genera como mancha indeleble que nunca palidece, por eso de que la justicia ni siente ni padece, hiere sin inmutarse, con implacable equilibrio de sapiencia, aunque la tilden ciega.

Pues como les había comentado, sexta oculta y la organización del mal, como "Alibaba y los cuarenta ladrones" habían intentado distribuirse el dinero de la compensación de Gibón, pero al ser descubiertos tuvieron que retroceder, e incluso algunos de los que llegaron a gastar parte, se vieron precisado a reponerlo, y al ser sustituida Nona Shick, del caso que intentaron usar para encubrir el fraude, tratando de ganar tiempo acordaron con Robert Wolff, el nuevo abogado de la causa que sustituyó a la Shick para que dilate el proceso hasta que pudieran reponer los fondos faltantes.

Es verdad que "dos narizones no pueden besarse", pero entre perros y hienas hay poca distancia, no es raro que esporádicamente "bailen y se den las manos".

La aseguradora Granja del Estado le dijo a Gibón que

necesitaban un año para colectar el dinero porque por abrogación una corte lo había asignado a ellos para tal fin, las mafias del sistema estaban dadas al diablo, habida de saquear un dinero que le correspondía a quien Dios lo había asignado.

Sin embargo lo que la aseguradora Granja del estado le había dicho a Gibón sucedió antes de que el fraude se descubriera porque en los archivos ellos habían desaparecidos el número del reclamo de octubre 17 del 2016: y dejaron otro accidente que le habían provocado el 31 de mayo de 2017, numero de reclamo:32- 0538-D53, desapareciendo el reclamo de octubre 17 del 2016, sin que estuviera resuelto:

32-9H61-685, con ese número de reclamo habían tratado de camuflajear la compensación que databa de 1991, de un caso donde la ciudad había privado a Gibón de su libertad al confundirlo con otro juzgándolo en pleno proceso de ilegalidad, mandándolo a la cárcel sin identificarlo reteniéndolo por 9 meses aun teniendo sus huellas, lo retuvieron sin identificarlo, haciéndole honor al racismo al prejuicio y la maldad, y conociendo aquello todo el sufrimiento que Gibón había acarreado en su vida, aun así conspiraban para atarle más carga, y saquear sus beneficios, programando un fraude intencional cargado de malicia, como si Gibón con treinta años residiendo en la ciudad de New york, fuera un perro sin derecho humanos, a eso se le llama crimen de lesa humanidad, porque no es culpable aquel, que siendo inocente es hecho culpable por lo que tienen el poder, sino los que teniendo el poder permiten y se envuelven en esos actos de corrupción, y racismo, esos son los criminales investidos de poder, que no han desarrollado la conciencia para entender que el poder es para servir, no para servirse de él. Fue así, como sin identificarlo lo encarcelaron y como pasó el tiempo sin que le dieran el trabajo acordado que nunca le otorgaron y cuyos fondos del pago se acumularon, para ese entonces habían pasado 29 años, corría el año 2020   y en su lugar tenían otro accidente que habían mandado a provocar a nombre de Gibón desde el estado de Nueva York hasta el estado de Atlanta, Dios no permitió que su fraude prosperara y mucho menos, que se beneficiaran quienes no estaban llamado a hacerlo.

Gran parte de la jauría, carecía en absoluto de avanzada instrucción, por lo que no era raro que de un momento a otro, alguno saliera con una actitud de brabucón, teniendo los serenos que reprender en silencio, y orar por los impíos, para sugestionar la soberbia de tales espíritus, de forma tal que no fueran a provocar

Jóchelo era uno de los más moderado, y un día el estrés lo indujo a agredir a uno que le llamaban juan, para luego verse obligado a cubrirle los medicamentos, o a pagarle las heridas provocadas, con dinero, porque para que Juan, un veterano de guerra no le instalara un plan de violencia que lo indujera a perder la vida o a ir a la cárcel, el negoció lo que en un arrebato de ira ocasionó, porque juan había intentado tal vez sin ninguna intención de malicia, saltar el turno de Jóchelo, llevándose el pasajero que le tocaba a aquel, quien se enfadó tanto que sin pensarlo agarró una especie de pulla de madera y se lo introdujo por el intermedio de las cejas, Juan se desangró , y tuvo que acudir de emergencia al hospital, luego, un día después cuando jóchelo no lo esperaba, en la colina de 238 y Fort Independent,lo interceptó en plena calle, a tres bloque de Bulley, dispuesto a desquitarse, pero al momento de proceder, apareció Rene cariño, que en la intención de evitar una desgracia se ofreció como garante de que él se hacía responsable de que Jóchelo le aportaría cinco mil dólares por concepto de gastos de Hospital, y Jóchelo, para evitar algo peor, aceptó.

De ahí en adelante se percató de que la violencia salía

cara, y que" no era cosa buena, ya que mata el alma y la envenena".

Y él sabía lo que era el actuar en descontrol, porque lo había experimentado en un pasado de amargura y desamor, porque antes de hacer delibere en Bulley, aquel había atravesado por un momento amargo que lo indujo a dejar el oficio de taxista, y fue que la comisión de taxi y Limosina lo había hartado tanto que un día, se le sentó un inspector de la comisión de Taxis & Limosina en el asiento trasero del carro que guiaba y en un ataque de estrés, Jóchelo, aceleró a una velocidad de muerte, y mientras el inspector le pedía que parara él le decía:

----- No me voy a detener hasta que no te vea saltar por el cristal delantero.

Oye, no seas loco, yo simplemente quería saber si tu estaba en orden, y veo que sí, porque no te detiene y arreglamos esto de otra manera.---- Dijo.

---- De qué manera consideras tú, que vamos a arreglar esto, si ustedes son unos abusadores----- Replicó jóchelo al tiempo que marcaba el 911 y decía:---- Aló , mi nombre es Jóchelo Eleazar, un inspector de taxi & Limosina me acaba de secuestrar, el vas guiando desesperadamente y no hay manera que se detenga.---- concluyó>

----- Mentira, es todo lo contrario, es el quien me está secuestrando a mí.----- Replicó el inspector, pero cuando lo dijo el 911 no lo escuchó, pero le indicó:

----- trate de tranquilizarse que ellos no pueden hacerle nada, todo se solucionará.---- Le indicó.

Como la carrera se inició en la 95 y Broadway, la operadora del 911 le hizo saber que al pasar por la esquina de la calle 135, que sacara la mano que iban a ver dos policía esperándolo, entonces al obtener la información Jóchelo se desvió por la avenida Ámsterdam y en eso el inspector intentó nuevamente desmentirlo: ---- Es el quien está intentando secuestrarme.--- Dijo, pero cuando lo dijo ya Jóchelo había cerrado el celular.

En ese momento el inspector se pasó hacia adelante y movió la palanca del carro que estaba próximo a la pierna de jóchelo y lo dejó en neutro, y en el intento la placa de identidad del inspector se quedó bajo la alfombra del carro, y unos agentes de la comisión que estaban percatados de lo que acontecía a través del radio transmisor lo tenían ubicados llegaron a reforzarlo e hicieron que Jóchelo saliera del carro buscaron la placa bajo la alfombra, le incautaron las llaves le dieron un tique de 1500 dólares, y le quitaron el carro.

Cuando fueron a la corte de T&LC, Jóchelo estrelló la licencia a los pies de la jueza, y desde entonces dejó de ser taxista, no le valió hacerle oferta, el no aceptó ninguna, y jamás pensó en volver a enredarse con esa comisión, desde ese entonces decidió empezar a hacer delibere por cuenta propia en Buley..

El aguardó en silencio, a que aquel malestar que estaba adentro, se disipara, sin ser un tormento, para luego sacarlo con estruendo, para sentar las bases de cómo erradicó ese desaliento, para alegrar las penas, de una generación de libre condición en su accionar, consciente del deber de la justicia, ante la libertad, que traería la paz.

Después de eso, la jauría bajó la guardia, y fueron dejando de molestarse uno con otro.

Muchas veces, para confundir el aburrimiento, solía bromear con los seguidores de las cinco (S):

Decía: suave, sensato, sencillo, y sin sudar, la gente siempre se inclinaba a sus creencias y gustos, y decía que don miguel había logrado preservar una melena de dos mechones de variadas facciones, uno era blanco canoso, y el otro era negro oso, pero a don Miguel le encantaba consentir a sus dos enamoradas, y a la que le gustaba el pelo negro, el la dejaba acariciarle la melena, hasta que el pelo negro le desapareció, lo mismo sucedió, con la que le gustaba el pelo blanco, también él le permitió, juguetear con el mechón blanco, y jamás él se lo sintió, de esa forma tan jocosa don Miguel calvo quedó, es una forma apreciada de ver lo que puede ser, la gente siempre esta presta a encontrar una respuesta, y cuando nada le cuesta, fácilmente le hacen fiesta, conduciendo a los de más, a sufrir calamidades, satisfaciendo sus egos, a través de un mal rejuego.

Pero Jóchelo Eleodoro que creía que chistear de veces en cuando era una manera saludable de escapar de las tensiones, no dejaba de meditar sobre la maldad de los hombres, y buscando darle consuelo a Gibón, recordó ciertas acciones maliciosas de un vendedor sin pudor, Corría el mes de marzo, y aproximándose a la semana mayor, solían las almas cristianas sensibilizarse más allá de su condición, y así, haciendo honor a la semana mayor, algunos de lo que pensaban que podían salirse con la suya, se atrapaban en sus propias telaraña, y los falsos profetas, como era de esperarse, muchas veces decidían ensayar con el prójimo.

Sucedió que mientras Jóchelo descansaba hubo uno de esos vendedores ambulantes, que se apersonó tocar la puerta de su casa, para ofrecerle la grata oportunidad de adquirir la palabra de Dios a muy buen precio; muéstrale el abusivo una biblia de lujo, y enseguida planteó una condición y como la biblia traía un crucifijo en el centro, y las páginas y los bordes labrados en oro , y Jóchelo, tan solo de contemplar aquella condición de dorada expresión, se permitió entender la atracción del amor.

Y en una acelerada reflexión, vio la oportunidad de grata elevación, al disfrutar de las palabras del señor, para él sería un gozo de redención.

Quedó Jóchelo enamorado de tan tierno diseño, y por

tal condición pensó esa lectura asimilar mejor, por lo que aquella oferta de tal naturaleza, lo había movido a una compra sin resquemor, y sin pérdida de tiempo, aquel ya estaba listo para firmar la adquisición, no sin antes recibir la impresión del vendedor, que se había presentado con más mala intensión que amor, por lo que sin preámbulo le dijo que aquella Biblia era una prenda preciosa que solo se obtenía en el vaticano a un precio de cinco mil dólares, pero que por razón de la semana mayor, el consejo papal había decidido hacerla llegar a la feligresía por una mínima suma de 80 dólares, seguía aumentando aquel el interés en jóchelo que no tardó en ver la oferta como una oportunidad, y sacando de su bolsillo cuatro billetes de a 20, que extendió con desespero, para pagar con amor, intentó cerrar el trato con honor, pero el astuto vendedor, mirando el interés del comprador, en el ceremonial lo detuvo al azahar, y con premeditación se lo explicó mejor:

---- Hermano, realmente lo siento, no aceptamos dinero en efectivo, solo aceptamos cheques dirigidos a la iglesia "la pasión del perdón"

Y Jóchelo aún más motivado, fue a pagar sin reparo, y al hacerlo recibió como trofeo de guerra un hermoso bolígrafo para que lubricara en la chequera y llenó con aquella pluma que más bien parecía mágica, un cheque por 80 dolores, perdonen ustedes, quise decir ochenta dólares.

Juraba Jóchelo que en muchos años no había hecho un negocio del calibre y la bondad de ese que involucraba al clero.

Devolvió la pluma, como un honesto escribiente, y el vendedor, la atrapó con amor, y más cuando vio que Jóchelo un pozuelo de café le ofertó Pensó Jóchelo, y agregó ----

----- No se me vaya sin tomarse un cafecito.---- Dijo mientras servía de una cafetera de porcelana un chorro negro del tinto, en un pozuelo de florecitas, dispuestos para tal fin.

----- Oh, ¡que dadivoso ha resultado ser! Comentó el vendedor para sí mismo, en un soliloquio teatral, mientras elevando la voz afirmó:- Yo encantado---- Dijo, mientras atrapaba, sostenía y llevaba sin más preámbulo, el pozuelo a sus labios; tomó un sorbito para probarlo, y saborearlo y después que entro en confianza, se lo dejó ir de una sentada.

Que suertudo el vendedor, el café ya no estaba tan caliente, estaba tibio, suave, y con un toque de nuez moscada.

Habían pasados algunos días, antes de que Jóchelo notara alguna anomalía, y que esos momentos de alegría se le tornaran en decepción, había aquel, enviado a Cirilo su cuñado a cambiar un cheque de 120 de la misma cuenta de donde había realizado el pago de la biblia, y en el intento el cheque revotó, en el mismo momento de enterarse de lo acontecido se lo comunicó a Jóchelo quien con cierta decepción manifestó:

------ No puede ser que ese cheque haya rebotado, yo deposité antes de ayer cinco mil dólares, cómo es posible, si de ahí sólo se pagaron 80 dólares.

No tardó Jóchelo en recurrir al banco, donde explicó lo acontecido, y hasta la intervención del FBI se hizo notable, y al revisar los documentos del banco en su poder, vieron que todo estaba correcto, debido a que en el documento aparecía la firma de puño y letras de Jóchelo.

El buró federal de Investigaciones le explicó lo acontecido y le dejó claro que al ser aquella su firma original que en ningún momento fue diferente a la que el plasmó, no había prueba suficiente para proceder con ese caso.

Realmente jóchelo entendió que el mundo estaba lleno de malvados, y que aunque se escogiera la vida de dolor o alegría antes de encarnar en este planeta, era decepcionante descubrir que hasta los que parecían honestos en ciertos aspectos del libre albedrio, no dejaban de ser unos farsantes.

Lo que había acontecido giraba en torno a que el vendedor y sus cuadrillas de facinerosos, le habían otorgado un hermoso bolígrafo de tinta removible y en el espacio donde escribieron los ochenta dólares, ellos lo habían borrados sustituyéndolo por 4,900.00, dejándole la cuenta con cien dólares, y al ser el cheque que Jóchelo envió a cambiar de 120.00, revotó porque en la cuenta solo habían dejado cien, para evitar que el banco sospechara.

La frustración de Jóchelo le había enseñado a "no creer en aquellas personas, que al mencionar a Dios, tendían a cambiar el tono de voz",

Y muchas veces solía soliloquiar en el agitado curso de su cotidianidad:

"Señores tenemos que abrir los ojos, cuando Nueva York no duerme, los gánsteres andan despiertos".

Y Gibón que escuchó su expresión le tarareó una canción, al amor que él esperaba y no llegaba:

En silencio me despierto, para ver fluir la luz, la que alumbra en el camino, por donde transitas tú.

Hoy te quiero y en silencio, te percibo y nada digo, porque eres mi amor de esencia, y requiero tu presencia.

En silencio sólo pienso, y hoy estoy pensando en ti, porque sólo tu presencia me haces sentir feliz.

En silencio yo te quiero, y aún no sabes de mí, pero aguardo tu presencia, para así hacerte feliz, en silencio yo te espero, porque eres mi amor sincero.

Y una tierna morena que lo escuchó, casi se deslumbró, con sigilo se le acercó en silencio, lo contempló, la esfinge de Gibón descodificó <

Y él que la miraba de reojo, pensó:

< Que será lo que quieres esta negra?>

La morena, era una hábil, experta en prieto, pero Gibón era marrón, y le generó admiración. Tanta que ella siguió mirándolo con una sonrisa de ángel, pero como él estaba en silencio, no le preguntó ni le dijo nada, ella decidió hablarle y afirmó:

----- Eres bueno y hermoso, sigue como vas, no cambie de caballo ni te desvíe del camino.---- Le dijo y siguió andando, mientras su silueta desaparecía al llegar a la esquina del bloque.

En los días sucesivos comenzarían a acontecer cosas sorprendentes, él se mantenía alejado de la jauría, mientras ellos se escandalizaban el hacia su turno en silencio, el cantaba el mantra del yo soy, mientras el poder de Dios lo fue invadiendo, todo lo que había sido difícil, se le fue tornando fácil, algunos amigos y familiares que habían desertados de su lado , bajo cualquier pretexto, retornaban, la puerta de la misericordia lo enfocaba, y la llama violeta lo envolvía, y se proyectaba como luz en la oscuridad, el amor y la esperanza renacía, las pertenencias que parecían perdidas aparecían, la comunicación se reinstauraba y la paz del mundo se mostraba.

CAPITULO 32

Incertidumbre

La jauría accionaba en función de lo que se le daba, en ese entonces actuaban como una turba de ignorantes que obstaculizaban sin piedad a aquellos a quienes la organización del mal le asignaban para tal fin.

El sadismo era su ilusión y la maldad su perversión, siempre atraían a alguien que le contara sus problemas para luego burlarse, era el estilo predilecto de Burdock, y algunos de sus camarillas.

Fue de esa forma que Ruki Jetse habiendo sufrido una triste decepción, se aproximó a Gibón, le decía que su única hija y encanto de sus añoranzas, desde muy chica la había matriculado en el colegio santa teresa donde las monjas le habían trazado las pautas a seguir, logrando no viciarse en el convento, y aunque poseía un nombre chocante para una pichoncita de monja, cuando la madre superiora aceptó matricularla con la esperanza de que el nombre no influyera en sus devociones, y mucho menos en sus ambiciones, porque Matilde Clips no era un nombre para novicia y mucho menos para una posible futura monja, y al principio se mostró como una santa consagrada al quehacer, pero en los últimos dos años de escuela superior, empezó a sobresalir entre la fila, hasta que conoció a una búlgara que hablaba español y se inventó una escuela improvisada para enseñar búlgaro, así que ellas pusieron un letrero que decía que se enseñaba el Búlgaro por veinte dólares, Petro un dominico mejicano que vio el letrero le pagó el monto requerido, pero al entrar Matilde Clips lo mandó a sentar, Petro se sentó y esperó a que Matilde le diera la introducción, de forma tal que aquella no se hizo esperar y empezó :

---- Bienvenido, me he grato tener un compueblano interesado en ampliar su nivel cultural.---- Petro que aún no entendía lo que estaba pasando, se tornó boquiabierto hasta que Matilde Clips le agregó:

----- Bueno, vamos a empezar con la letra: "A"....

Petro en actitud irritante la interrumpió:

----- Eha nena, para ahí, de qué diablo tú estás hablando, me dijiste que me iba enseñar el Búlgaro, cuál es tu historia ahora? --- Cuestionó petro.

---- precisamente, eso es lo que estoy haciendo.

----- No, no, devuélveme mis veinte dólares, para qué me interesa a mi otro idioma, y menos el Búlgaro.

---- Oh, sí, y que era lo que tú pensabas que sería depravado?

-----Lo mismo que tú, estás pensando--- Dijo Petro.

----- Oh.......Te me vas de aquí, si no quieres que te llame a la policía, depravado.

----- Esta bien señorita, no es para tanto, cógete los veinte dólares.----Dijo--- al tiempo que salía refunfuñando, y mientras caminaba Petro pensaba en voz alta y decía:

----- Esa jodida "chapeadora", me tumbo mi veinte dólares, yo que pensaba que le vería el trasero artificial de clínica clandestina, oh, y qué pasó, veinte tulipanes me tumbó, y roncando me dejó.

Cuando Petro lo contó toda la jauría ladró:

Deambulaba el profeta de sendero en sendero y se quejaba en la expresión del yo, que ignoraba el destino que traía en su camino, y hablaba como Job:

---- Ya, no puedo percibir lo que he venido haciendo, que desde el vientre de mi madre Dios me amó, y después de que me ilusionó me ha soltado para que ande sólo en esta turbulencia de indecencia, a donde en cada esquina te aguardas la imprudencia, dador alegre, grato señor, esplendor de esencia y luz, hacedor del honor y la comprensión, desde que te conozco me ha visto como a tu hijo, y después de ilusionarme me suelta en el camino y ando como un perdido, en medio de cocodrilos, de malvados y atrevidos.---- Dijo, y luego de escucharlo, le respondió Dios:

----- Hijo mío, siempre estoy donde puedas mirarme, pero tú no me ves,

Tu siempre otorgas buena expresión, eres un pilar de liberación, fuiste escogido por el señor para que otorgue liberación, es profunda la lucha y muy alto el honor, porque en todos los tiempos, Dios escoge un libertador, para que atraiga liberación.

Entonces la tecnología había avanzado hacia los detectores de onda explosiva, y en la intención de confundir a Gibón, todos solían unificarse, y secta oculta y su pandilla de delincuentes y abogados, habían planeados socavar el legado asignado, y luchaban por no entregarlo y le hacían creer a Gibón que había un fraude, pero el silencio de Gibón los preocupaba cada vez más, porque ellos entendían que Gibón a pesar del tiempo no aceptaría por más tiempo sus abusos, ellos entendían que Gibón de alguna manera les iba a resistir, así, que aquellos encubierto en la táctica de la organización del mal, el tiempo de entrega le intentaron prolongar, y como era mejor ser honrado que abogado, Robert Wolff forzado por secta oculta no cesaba de mentirle, para ganar tiempo y prolongar la solución, pero Gibón que conocía el cinismo contextuar, y cada día recurrían a una evasiva buscando justificarse para encubrir sus fechorías, acomodando los parámetros para que se viera como pruebas para un niño malcriados, que no se dejaba azotar de sus tutores, y mostraban la intención de un castigo a Gibón, que nunca fuera a verse como una acción inspirada por el espíritu del ladrón.

Así, seguía girando nueva York, ignorando que el mal que le hicieran a Gibón, se la estaban haciendo ellos mismos, por eso de "mal de todos, consuelo de bobos".

Gibón, con la mayor serenidad aguardaba mientras le hacía creer a Robert Wolff, que él se estaba tragando sus justificaciones.

Algunos de los que creían que Gibón había recibido algo de lo que la pandilla de conspiradores hacía creer que le entregaron no cesaban de aproximársele a hacerle propuestas de negocios con la intención de engañarlo, o hacerle perder el dinero que ellos suponían que Gibón tenía en sus manos.

Ellos ignoraban que Dios, había vacunado a Gibón contra el mal, por lo que ninguna de las maldades que dirigían a él, podía afectarlo, y algunos emisarios que sabían que en una cita médica le habían inyectado radiaciones para enfermarlo y deshabilitarlo, se aproximaban a preguntarle:

----- Como estas?.....

----- Estoy bien y estaré mejor.------ Decía Gibón, y aquellos se desconcertaban.

Para Gibón el mundo empezaba a ser diferente, pero los de más, Vivian en medio de una sociedad en caos, donde los políticos se habían corrompidos, y donde por necesidad había que escogerse lo menos podrido.

Él pensaba que la conciencia debía florecer, para equilibrarle al mundo los sentidos, él quería rescatar a un mundo perdido, que debía encaminarse a la senda de la comprensión, donde se redefiniera el mor.

El mundo andaba confundido, la paz clamaba para ser instaurada, la violencia golpeaba en la cara, los abusos sobrepasaban, era necesario tolerar para que la justicia pudiera llegar.

Los sacrificadores, ignoraban que se llegaría el día en que recibirían el producto de sus acciones.

Y Gibón cantaba por la libertad y el honor de Dios, y decía:

----- Yo soy el que yo soy, yo soy la salud, yo soy la atracción, que genera amor, soy la juventud, yo soy la opulencia, que genera luz, yo soy la virtud, soy la eternidad que genera paz.

Soy el sanador, soy el que yo soy, yo soy la atracción, que construye en Dios, la llama de amor, yo soy la opulencia, que le otorga al mundo la paz y la conciencia, soy la brillantez, la llama de amor, yo genero el sol y la comprensión, yo soy el que soy, soy gracia y honor, yo soy el que curo, yo soy sanador, yo soy quien construye en Dios lo mejor.

Yo soy opulento, y la brillantez la llevo por dentro.

Yo soy el que soy, soy Dios creador, soy llama de amor que genero al sol, soy la eternidad que atrae la bondad, yo soy el amor, soy la comprensión, soy gracia y honor.

Yo soy la bondad, la felicidad, la sabiduría y la juventud, yo soy la salud.

En mí ya no hay cruz, porque ahora soy luz, soy transmutación, lo que antes fue oscuro, brilla como el sol, yo soy el que soy, soy salud y amor, finanzas y bondades se mueven conmigo, yo soy el camino, yo soy el destino.

Entonces hubo un momento en que la jauría estaba en silencio y Gibón llevaba hacia adentro un carro vacío que había dejado un cliente, y mirando hacia donde él estaba, comento vilinsky a Burdock:

----- Que gana Gibón, con estar lejos de nosotros?

El creyó que no sería escuchado pero Gibón que lo oyó le respondió:

Aunque no lo crean, gano todo y nada, nada, porque hay pocas cosas en común entre nosotros, ya que algunos de ustedes solo hablan de chismes y eructos anales, burlándose hasta del gato, sin aportar en sus actitudes, nada que contribuya a un cambio positivo, además solo están pendiente a dos cosas, a los pasajeros que salen por ahí, y a mirar quien deja el carro abierto para robarle desde un suéter, el gato del carro o una bocina mal colocada.

Y gano todo, porque viendo la condición de ustedes, sin hacerme víctima de sus pretensiones, me aproximo a donde están, y le doy gracia a Dios, por ponerme un paso delante de ustedes, porque así, encuentro superado el estrecho contexto donde se mueven, al tiempo de facilitarme alcanzar el grado de conciencia que poseo para reconocer que soy diferente, para poder expresar en la maestría del cristo: "Perdónalo padre, porque no saben lo que hacen.----- Dijo Gibón, con todo el esplendor de su honor.

La jauría asumió una actitud de gruñir, miraron se unos con otros, mientras expandían las mandíbulas, mostraron los dientes con intensión de ladrar

¿Qué ladrar? Mejor digamos con intensión de morderlo, pero al gruñir quedaron sin saliva y una ablepsia se apoderó de todos, y en medio de una consternación asfixiante, huyeron al bebedero, abandonaron el servicio de transportación, mientras empezaban a hacer fila frente a la neverita de Bulley, que estaba próximo a los baños.

----- Que raro que los trasportistas no están en su puesto---- Comentó una que salía, y exploraba con la vista.

----- Oh, que va a ser?--- comentó alguien de los que respondían sin que se le preguntara:

----"fue que un carro de taxis y limosina andaba por

ahí, y a unos le entró un deseo de defecar, y a otros de tomar agua.

--- Así es---- Respondió otra que salía sin nada en las manos, mientras seguía andando.

Al interior del almacén de comestibles, los miembros del club seleccionaban lo que consumirían juntos a sus familias, y para eso desafiaban la tempestad invernal que azotaba al exterior, dejando blanquecinas las aceras, como viejas encanecidas.

Los de la jauría después de tomar agua hasta saciar su coraje animalesco, comenzaron a salir, uno por uno al primer piso, pero no sacaban los pasajeros por el frente, lo subían al nivel dos, y lo sacaban por el parqueo, por la parte de atrás, evitando ser molestado por los hostigadores de T&LC.

En realidad, la jauría no tocia, simplemente gruñía, y como Gibón lo sabía, buscaba la manera de cambiar las condiciones evitando la violencia, y seguía cantando:

"Yo soy el que yo soy, yo soy la salud, yo soy la opulencia soy la juventud, yo soy el amor, soy la salvación, yo soy la atracción y la definición"

Algo raro acontecía, Gibón cada día se rejuvenecía, y como lo decía era, se estaba transformando, todos aquellos que una vez lo atacaban, habían empezado a guardar silencio frente a él.

Para los humanos lo no tradicional, era locura, pero mientras ellos envejecían, Gibón se rejuvenecía, y se enriquecía, al tiempo que la Jauría ladraba por su boca, la fatalidad de su corazón, mientras ellos maldecían, Gibón florecía, clamaba elevación, creaba bendición:

----- yo soy la opulencia de Dios en mis manos, y la uso hoy, yo soy la presencia actuando en todas partes, yo soy la presencia activa que trae el dinero a mis manos , y lo uso instantáneamente, yo soy la presencia de la salud perfecta, como aliento de Dios, actuando, yo soy la presencia del perdón en la mente y el corazón de cada uno de los hijos de Dios, yo soy la mente pura de Dios, transmutando la resistencia para que la vista y el oído se manifiesten, para sanar toda condición de enfermedad, por lo que yo soy mi vista y oídos perfectos.

Yo soy, el que yo soy, la ilimitada presencia de Dios, y por ello yo soy la única inteligencia actuando, yo soy la omnipresente e ilimitada opulencia del padre para mi uso.

Yo soy la victoriosa presencia en cualquier cosa que yo desee, yo soy la presencia en toda orden que doy cumpliéndola, llenándola, y yo soy ordenando que yo soy luz, poder e iluminación.

Yo soy la única presencia, inteligencia actuando dentro de estos individuos, transmutando su limitación , para evocar que yo soy la presencia activa de todos los canales de distribución de todas las cosas actuando para el bien mío y de los que se auto decreten la esencia de la atracción del bien, por lo que reitero que yo soy la riquezas de Dios fluyendo a mis manos y uso que nada puede retener, porque todo es gobernado en la presencia yo soy, que gobierna todo canal existente en manifestación, y gobernándolo todo absorbo en mi mente y mi cuerpo la fuerza de la explosión de luz, para decir y digo que soy luz, salud, opulencia y juventud, que recicla toda acción toda acción de obstrucción con la determinación de limpiar el planeta, mi hogar y mi medio ambiente, y yo soy la presencia aquí y desde ahora y para siempre, que mantengo inmaculado todo lo que me rodea o se aproxima a mi presencia.

Ordeno aquí y ahora que la salud no me abandone, ni nada que beneficie a mi eternidad, porque yo soy el que yo soy, y soy la definición que yo sé que está actuando con todo poder, para disolver las sugestiones negativas que invocare cualquiera, con la intención de afectar mi medio ambiente.

Yo soy la presencia anulando todos erróneos deseos,

para que ninguno puedan afectar ni a mí, ni a mi hogar, ni a mi mundo porque yo soy la presencia que hace cesar toda acción conspirativa, ahora y para siempre, y yo soy la presencia en mi mente, en mi hogar, en mi mundo.

Yo soy la presencia conquistadora, yo ordeno a esta presencia yo soy que gobierne perfectamente mi mente mi hogar mis asuntos y mi mundo.

Yo soy la presencia pensando a través de esta mente y cuerpo, yo soy la única presencia allí, aquí y ahora.

Y así, yo soy la única presencia y actividad en guardia y actuando.

Yo soy la poderosa presencia gobernando la actividad de cada uno, y a través de mi presencia yo soy, te doy el valor de controlar tus adversidades, porque eso que parece adverso, no es correcto, esto elimina el discurso que crece, porque yo soy protegido invenciblemente, contra toda gestión, imperfecta, por lo que yo acepto la actividad plena de mi poderosa presencia yo soy, ordenando el tiempo necesario para alcanzar el propósito.

Yo soy la poderosa presencia ordenando el tiempo, todo el tiempo que yo necesite para la realización y aplicación de esta poderosa verdad.

Yo soy la única inteligencia, presencia, luz y poder, actuando.---- Concluyó Gibón.

De pronto algo aconteció, Burdock quiso ir violentamente sobre Gibón, pero al intentarlo cayó sin poder levantarse.

------ riiiiiig catalepa.----Esbozó Burdock, en su trance.

Alonzo el Boxeador, que traía la piel morena, se tornó morado, y apretó los dientes, cerró los puños, y poseído por una ira común, también quiso irle encima, pero Gibón que se había percatado de la reacción expresó:

----- Yo soy la presencia disolvente de esa condición de violencia y opresión, por lo que decreto que sus actitudes y condiciones, sean gobernadas armoniosamente.

No olviden que yo soy la poderosa presencia que gobierna mi mundo y mi vida, yo soy la paz, la armonía y el valor auto- sostenido que me lleva serenamente a través de todo lo que pueda confrontarme.

Al momento de generarse los acontecimientos que acabo de exponerles, solamente se encontraban en la puerta principal de entrada y salida, los más violentos y perversos de la jauría, y se incorporaron como robots y se encerraron en sus respectivos vehículos que estaban frente a la puerta de salida, la lluvia ya había mermado, caían pequeñas gotas que apagaban el fuego generado del ex tres, y apareció Rony, a quien le decían el brujo, quien escuchó y vio lo que ocurrió.

----- Pastor, la bendición.-----Dijo aquel a Gibón.

----- Por la gracia del señor, que tenga paz y mucho amor.----- Respondió Gibón.

Rony se dirigió a la ventanilla de la guagua de burdock, a la que en ese entonces le llamaban la ponchera, no porque guardara ponche, sino porque la jauría creía que era como un lugar para orinar, por los tantos choques y remiendos que traía; pero no quisiera yo que crean ustedes que soy murmurón, veamos como entablan aquellos la conversación:

---- Qué pasó, que ahora andan ustedes escondidos?----- Preguntó Rony, a Burdock, quien bajando el cristal le respondió

---- No, es que ese tipo está como loco, y para evitar problemas es mejor así.---- Respondió refiriéndose a Gibón.

---- Ah, pero si es así, yo soy su amigo, déjame hablar con él.----- Dijo, pero cuando se movió Burdock lo detuvo:

---- Espérate un momento, disimula no lo hagas ahora, para que el no creas que yo te dije algo.--- Reclamó Burdock.

---- No te preocupes, él no va a pensar eso, yo lo conozco,

él es diferente.------- Afirmó Rony, y como si hubiese ido a llevar, un caso de redención, se aproximó a Gibón:

------ ¿Pastor, y que fue lo que usted hizo que sus amigos se andan escondiendo?--- Cuestionó Rony.

------ Rony, solo he mostrado la verdad del padre, pero como ellos no la entienden, me están viendo como a una aberración, lo que sucede es que el humano tradicional le quiere dar violencia a lo desconocido, simplemente pronuncié el mantra de la liberación, pero como ellos están atados a la carne, todo eso los irrita.----Dijo Gibón.

----- Y cómo es eso pastor?---- Preguntó Rony con una inocencia fingida.

----- Sólo les expresé lo que debe ser, y les hice saber que yo soy la presencia que gobierna todo lo que utilizo para mi más alta expresión y uso, yo soy la magna ley de justicia y protección divina actuando en las mentes y corazones de todo el mundo.

Yo soy la ley, yo soy la justicia, yo soy el juez, yo soy el jurado, yo soy es todopoderoso, solo la justicia divina puede hacerse aquí.

Yo soy la suprema inteligente actividad de mi mente y mi corazón.

Yo soy la presencia que ordena la energía inagotable, la sabiduría divina haciendo que mi deseo sea cumplido.

Yo soy la energía inagotable e inteligente sosteniéndome, yo soy la sustancia que está siendo utilizada, y ahora traigo mi deseo a la manifestación visible para mi uso.

En ese momento salía un cliente de Bulley, y se dirigió a Gibón pidiéndole ayuda para organizar una compra que traía en un carrito, Gibón, interrumpiendo su exposición se aproximó a la señora y la asistió como ella requería, y al concluir, la señora le otorgó cincuenta dólares de propina, Rony el brujo sorprendido por lo que acababa de ver dijo donde los de más oyeran:

------ Es verdad, el pastor tiene algo, esa mujer a quien

le ayudó, acaba de darle cincuenta dólares sin moverse de aquí, algo está sucediendo, por un acto de esa naturaleza lo más que dan es cinco. --- Dijo.

Los demás tenían caras de envidiosos, y Gibón volvió a transmutar.

---- Yo soy el poder actuante, yo soy la sustancia que está siendo utilizada, y ahora la traigo a la manifestación para mi uso.

Yo soy la riqueza de Dios y en acción ahora manifestada en mi vida y mi mundo.

Yo soy el amor divino que llena las mentes y corazones en todas partes, yo soy el poder de Dios, todopoderoso, la presencia yo soy me viste con mi traje de luz eterna trascendentemente protectora.

Yo soy el perfecto aplomo en mí hablar y actuar en todo momento, porque yo soy la presencia.

----- Pastor, yo lo felicito, esa es una nueva modalidad de predicación.---- Dijo Rony, interrumpiendo a Gibón, mientras la lluvia que antes se había disipado, reapareció en el contexto como una tormenta torrencial, los que estaban en sus carros, se quedaron adentro, y los que estaban afuera entraron a Bulley, en la lista estaba de turno Ricardo que antes de reiniciar la lluvia, montaba una compra en su vehículo blanco hueso.

En realidad, la jauría estaba dada al perro, Ricardo Calvo, había sido infiltrado por la organización del mal, y debido a que Gibón se negaba a obedecer las líneas trazadas, habían empezado a presionar a Ricardo, para que iniciara un siclo de provocación contra Gibón como solía hacerlo Burdock, que arrepentido había dejado de hacer trabajo sucio, contra Gibon.

Ahora Ricardo buscaba la manera de llamar a la atención y se inscribía encima del nombre de Gibon, para ver si aquel generaba violencia, y lo seguía tocándole bocina para que Gibon se moviera velozmente, para que por extress Gibon se cruzaba la luz en rojo, para encontrar alguna razón que indujera a secta oculta y a la organización del mal, a ponérsela más difícil a Gibón, en fin le estaban agregando chispa, a una nueva lección de hostigamiento.

Entonces una noche, Gibón trataba de localizar un parqueo, pero no se había percatado que Ricardo andaba detrás de él, entonces buscando acelerarlo, le tocó bocina, pero como Gibón no cogía presión de nadie, aquel se adelantó, se puso paralelo a él , y le dijo:

------ Tu pudiste pasar la luz, y por ir lento no lo hiciste.----- Dijo.

Gibón algo sorprendido de que a esa hora de la noche Ricardo le anduviera atrás replicó:

----- Qué tú haces siguiéndome, es que ni en la calle dejan ustedes a uno en paz? Molestan en Bulley, molestan fuera de Bulley, ya cesen de hostigar.

Quien eres tú para que yo ande detrás de ti?---- Replicó Ricardo.

----- Yo soy el que yo soy---- Agregó Gibón.

----- Ah, tú estás loco.

------ El que está loco eres tú, y los que te están pagando para que haga eso que tú está haciendo.---- Le indicó Gibón, mirándolo fijamente.

Ricardo que no pudo retener la mirada, aceleró y se fue replicando entre dientes.

En esa condición estaba la jauría, dispuesta a dar, el todo por el todo, en su intensión de desacreditar a Gibón, y el problema radicaba en que ellos estaban al servicio del mal, y Gibón al servicio del bien.

Dios estaba al lado de Gibón, pero ellos no lo veían, porque la ceguera causada por la ignorancia y la ambición, no lo dejaban ver.

Ricardo parecía una buena persona, pero las malas compañía lo pervertían, él era una persona boca dura, y no siempre sabia comportarse, o no siempre se dejaba entender, debido a su poca escolaridad, no siempre podía entender los valores de los demás, y sobre todo de Gibón, con alta educación, en medio del montón, y aunque Gibón buscaba la manera de darse a entender, la jauría, se negaba a entenderlo y obedeciendo al parámetro de la organización del mal, de alguna manera lo provocaban para luego llamarlo loco, que era la forma de desmoralizar a aquellos a quienes ellos tenían como piedra en el zapato, y como Gibón no se dejaba ni hacia lo que ellos querían, siempre estaban estudiando la manera de hacerlo sentir mal.

Gibón servía con amor, y algunos regaceaban el precio intencionalmente, para probar su corazón, sin embargo, cuando ellos eran rechazados por los de más, y Gibón lo transportaba por la oferta que ellos hacían, al llegar al lugar a donde se dirigían algunos solían pagar el doble o más de lo que habían ofertado.

---- Para dárselo a aquellos que no piensan en el servicio, si no en sacar el más alto monto que uno le pague, mejor se lo doy a usted, que se preocupa más por servir, y que siempre lleva a uno por lo que uno puede pagar.------ Decían.

Gibón asentía y daba la gracia por la disposición a su favor que expresaban los que recibían su servicio, sin dejar de expresar a Dios su satisfacción, y rindiendo honor al Dios de su ser decía:

----- Gracias señor por la salud, gracias por la juventud, gracias señor por la opulencia, muchas gracias por la ciencia.----- De esa forma el mantenía su estilo de sobrevivencia, para imponerse a la monotonía.

No obstante, algunos sectores de la minoría eran dueño de una mentalidad limitada y muy empobrecida, ellos creían que si pagaban el costo del servicio, perderían pero no era así, pero los que sostenían su fe en la limitación, frecuentemente se mantenían en su condición de pobreza, y la manifestaban en sus acciones por eso de que "por tus hechos os conoceréis, ellos ignoraban que era mejor dar, que recibir"

Ocurrió que la jauría después de la llegada de los de Garget, había perdido la reputación y habían empezado a experimentar lo que era la vergüenza, y cuando le hacían oposición a Gibón, Dios se la hacía a ellos.

Los Garteanos habían llegado con un propósito, imponerse para hacer la voluntad de la organización del mal, provocar a Gibón que era el centro de la atención, y tratar de tomar el control.

Los indicios de aquellos se definieron cuando Cholinfe esperaba a alguien, Gibón iba en la lista detrás de él, y Donko detrás de Gibón, y salió una pasajera que Cholinfe no iba a llevar, y pensando Gibón que Cholinfe se había ido, se programó a llevarse la cliente que salía, y Cholinfe que estaba fuera del salón donde se esperaba a los clientes que salían del elevador, buscando sacar a Gibon de su condición emocional, voceo:

---- Como es posible que si soy yo el que voy, el pastor entre en mi turno, a dar precio, cuando soy yo quien estoy llamado a hacerlo.---- Dijo.

----- Lo primero es que tiene que bajarle dos rayitas a tu ruido, por lo planteado por José Ángel Buesa en desiderata: "Evite a las personas ruidosas y agresivas, ya que son un fastidio para el espíritu" y por otra nueva razón de que no siempre el perro muerde como ladra, así que cálmate, sereno moreno, tiene que auto controlarte, está muy nervioso.

----- Mi deseo es quedarme de tercero, y dejar que usted la lleve.---- Dijo ganando tiempo porque él estaba esperando a alguien más, pero en ese momento salió otro cliente que le tocaba a Gibón, por lo que él respondió:

------ No es necesario, ya yo tengo el mío.---- Dijo.

En ese momento se aproximaba uno a quien llamaban

Anjo, y tocándole a Don, se la paso a Anjo, por lo que la jauría más tarde andaba protestando, y se oyó a Ricardo decir:

----- Tenemos que estar alerta, ellos están planeando repartirse los pasajeros entre ellos, por lo tanto, tenemos que llegar temprano, para que se cansen y se vayan.----- Decía Ricardo a dos o tres, de los de la jauría.

Los Gargeanos eran una especie de visitantes indeseados, que habían abandonados su escenario para ir a montar drama en Bulley.

Los niveles de justicia se perdían en la ignorancia, y era cierto que muchas veces habían vienes disfrazados de errores, y entre los Gargeanos habían llegado el gordo Mazambula, un personaje silencioso que había ido a Buley a pescar en rio revuelto, por lo que algunos miembros de la jauría no veían aquella presencia con buenos ojos, y reclamaron a Rene cariño que figuraba ante la jauría como el mediador, para que se buscara la manera de que los intrusos volvieran a sus lugares.

Cuando Rene cariño le reclamó al gordo Mazambula, para que regresara a Garget, este se justificó, alegando que si su sobrino Anjo, que también era de Garget, estaba tomando pasajeros allí, que también, él tenía derecho a hacerlo, se planteó una discusión de dime y diretes, que indujo a que Arnulfo que se encontraba escuchando, metiera su cuchara y dijera:

----- Oye, bendito Mazambula, si tú no eres de aquí, tú no tienes que discutir.

Al gordo Mazambula que tales expresiones le parecieron necedades respondió:

------ A mí no me gustan las personas como tú, que un momento esta con uno, y luego por tu condición inestable, como un camaleón vas y te cambia de opinión.---- Dijo aquel.

----- El problema es, que aquí no podemos tener tecato, y tú eres un marihuanero.---- Agregó Arnulfo.

----- Bárbaro, ya sí que se llegó el tiempo donde los pájaros le disparan a los cazadores, de qué tu está hablando? En realidad tú eres un capeador de manteca, que te la inyectas en las venas y ahora está en metadona.

---- Acaso tú quieres pelear?

Ven, sígueme.---- Alegó Arnulfo, mientras se encaminaba a la esquina donde se iba para el parqueo, seguido por el gordo Mazambula.

Una vez alejado de la puerta por donde salían los pasajeros, aquellos se batieron, y entre cara y vientres se trompearon hasta que otros miembros de la jauría se aproximaron y los separaron.

La presencia de los Gargeanos, estaba creando tensión entre los miembros de la jauría, y cuando Gibón alegaba que "el sol salía para todos", aquellos replicaban:

----- Mentira del diablo pastor, usted sabe que esto no alcanza ni para nosotros, para que esos tipos hayan llegados a invadirnos, para hacer peligrar nuestra comida.----- Decían los de la jauría, prácticamente a coro, como si hubiesen ensayado el estribillo.

----- Dios proveerá.----- Decía Gibón.

----- Bueno, pues si es así, dele usted su turno, pero yo no le voy a hacer turno a nadie.----- Decía Rony, algo irritado.

----- De todos modos, hay que tener paciencia, y darle gracias a Dios, el corona virus se ha llevado a muchos que no pudieron llevarse nada, y nosotros seguimos vivos. ---- Agregó Gibón.

En ese momento, llegó Cholinfe, miró a Gibón, y por molestarlo le dijo:

------ Lo anoto pastor?

----- Varón, hace rato que estoy aquí, quien tiene que

anotarte soy yo.—Replicó Gibón, mientras fredesvindo, los distraía, tarareando un estribillo.

---- "Ofrende hermano para la gloria del señor, ofrende hermano para que el pastor compre un motor"---- Todos se fueron en risa, y bajó la tensión.

CAPITULO 33

Control Y Manipulación

Había un diseño de esperanza en el camino,
Todos buscaban lo que habían perdido,
Pero ignoraban cual sería el destino.

Decía Gibón en su afán de contrarrestar la condición de los soberbios:

"si yo soy el que yo soy, no es necesario que yo crea todo lo que me digan, que la mayoría de las veces, se acomoda a la conveniencia del que lo dice!

Regularmente los políticos y algunos pastores, en ese tiempo eran vehículos de influencia y transformación, de acuerdo a los intereses que sustentaran.

Dios, el padre, siempre fue la matriz que generó todos los canales, que en los procesos evolutivos de los planetas limitados, mostrarían su individualidad, apareciendo como Dioses de adoraciones, que concedían bendiciones.

La palabra vendría a ser el pensamiento manifiesto, y el libre albedrio, era la justificación, en función de lo que se escogió antes de nacer, y lo que se quería hacer después de crecer, que no siempre estaba relacionado con lo que se había escogido, por lo que se generaba la lucha de lo contrario, que esparcía las confusiones.

Entonces a las experiencias radicales, le llamaban pecados, era una normativa de control del ente encarnado en la tierra, a quien se le juzgaba según sus acciones " Por tus hechos, os conoceréis ", y era que si aquel, interactuaba sobreponiéndose a las normas sociales pre-establecidas inclinando la balanza hacia la maldad, la sociedad, no aceptaría ese acto pecaminoso, y buscaría la manera de que dicha acción fuera castigada,en cambio sí lo hacía generando un bien edificante, tal acción induciría a otorgar un galardón.

Muchas veces los feligreses de las congregaciones no siempre obedecían a los dictámenes de los pastores, y se generaban conflictos en las congregaciones, que inducían a algunos pastores a expresarse en términos de radicalidad, amenazando con sacar de la congregación a los feligreses que no le obedecían, y era porque no todos entendían que la vida o era escogida o asignada y que cuando alguien tenía karma acumulado desde otra vida que había de ser resuelto en esta, escogían nacer o como hermanos, o como hijos, o como pastores, o feligreses, de manera que el que trajera la deuda Karma tica, pudiera solucionarla recibiendo los " azotes del cobrador" de forma que si en otra vida alguien había asesinado al "cobrador", en esta, el cobrador lo asesinaría a él," quien a hierro mata, que a hierro muera", y para equilibrio de lo que debía ser la justicia decía Jesús: "No hagas a tu prójimo, lo que no quieres que te hagan a ti". Razón por la cual cada uno recibiría, lo que diera.

Ese era el rejuego para el planeta tierra, en la rueda de la reencarnación.

Muchos escogían ser pobres porque el sufrimiento le daría mérito que a su regreso los elevarían, pero al estar en la tierra con la carga que generaba esa selección al ser despojado del poder real, el espíritu se sentía estrangulado por el sufrimiento, pero ese sufrimiento era lo que le generaba la grandeza a su regreso, porque cualquier vida de la naturaleza que fuera, era un grado más para la elevación a los altos planos de luz.

Era por eso que pronunciaba Jesús que su reino no era de este mundo, y aun al momento de la crucifixión él, desprendido del rencor de la pasión decía: "Perdónalo padre, porque no saben lo que hacen".

Todo aquello vendría a ser una demostración, de que la ignorancia siempre seria madre de todos los males, y que de

"Todo habría en la viña del señor".

La naturaleza se mostraba grata y sorprendente, los seres nacían, y entendían que Vivian, pero la jauría aun queriendo pensar, no definía, cuál era la razón de su filosofía.

Sin embargo Gibón se expresaba con la intención de redimir, y decía:

-----< Nunca me exaspero ni me desespero, lo que me corresponde llega a mi sendero, porque Dios es la luz, la virtud, el saber que eres tú, siempre hay que avanzar por donde se refleje la silueta de la luz, transitemos siempre por donde indicó Dios que vives tú, sigamos andando en el fluir del renacer de cada ser, porque la luz es la esperanza y la virtud, andaremos en el reflejo que eres tú, porque nada se ha de perder al intentarlo, nada se ha de perder al obtenerlo, porque el señor nos nutrió con la voz, nada se pierde si transitamos con honor, hacia el camino de la redención.

Aleluya gloria a Dios, aleluya canto yo,, el señor me redimió, ahora llego y canto yo. Aleluya gloria Dios, gracia por la redención, que en los cielos y en la tierra, el señor es mi pastor>.---- Concluyó Gibón.

Pero la jauría más intolerable que su condición de

perros, se descomponía, se exasperaba, y de pronto Burdock, asumía la palabra.

----- Coño, si nosotros no sacamos a ese tipo nos vas a volver loco.---- Dijo Burdock.

Pero Gibón que lo escuchó, aun sabiendo que era provocándolo, para callarle la boca, le respondió:

----: ¿Tú y cuantos más pretenderán o podrán sacarme de acá? Le preguntó Gibón.

Burdock, guardó silencio, porque él hablaba como un alto parlante, asumiendo que no sería escuchado, pero a veces guardaba silencio, y se hacía como el que estaba hablando de otro.

La jauría estaba integrada por hispanos de México, centro, sur América y el caribe, Árabe, Dominicano etc. por la misma naturaleza de la mezcla, algunos se toleraban pero no siempre se comprendían, y muy pocas veces había armonía, porque cuando comenzaban a chismear, solo se escapaba Dios, y los de más, ¡tenían que andarse con cuidado!.

Entre ellos existían unos Isleños que en su naturaleza evolutiva heredaron la malicia del español, y la ingenuidad del indígena, muchos eran sumisos lambiscones, siempre querían meter la cuchara a donde no se le invitaba, por lo que le era fácil meter al medio a sus paisanos sin reflexionar ni medir consecuencia, eran xenófilo, y casi siempre sentían amor por el extranjero, que venían siendo para ellos como un amuleto para exhibir y presumir frente a los de más, solían confundir la malicia con la sabiduría, y traían en la sangre la inclinación ancestral de "cambiar oro por espejos".

Eran ambiciosos y la ignorancia los inducias a ser cómplices de saqueos, que marcaban como objetivo al erario público, y a través de la política, estaban prestos a burlarse del pueblo y a abuchear a sus gobernantes, quienes a su vez, por ambición asumían compromisos ignorando los resultados, eran unas especies de municiones de fe ciega, que por un cuarto del tesoro perteneciente al pueblo, para ellos y sus familias, entregaban al mejor postor la tercera parte del tesoro de la población, sin ningún remordimiento todo por la intención de engrosar las cuentas bancarias de sus familiares más cercanos, es decir, por ambición de posesiones particularizadas, vendían al pueblo empoderador.

Solían hacer un favor con una segunda intención, si eran empresarios y otorgaban un empleo a una mujer elegante, pensaban que eso le otorgaba el derecho a hostigarla solicitándole favores sexuales.

Por idiosincrasia, esos fenómenos, eran machistas, enamoradizos, celosos y parlanchines.

"Todo pasa y nada queda, las tareas del sufrimiento, que hostigan tus sentimientos, también se las lleva el viento, las palabras que transcriben son muestras que alguna vez expresaste lo que es, pero si no las preservas, también las puedes perder.

Toda expresión es de cierto, como la arena en el tiempo, es la esfinge de un concierto, y si el amor es tormento, también se lo lleva el viento.

CAPITULO 34

Curiosidades

De manera pues, que la jauría en sus murmuraciones abordaba cualquier tema que se le expusiera muchas veces con lógica y equilibrio, y en otras ocasiones como disparatadas concepciones.

En ese momento de intercambio, hacían turnos esperando que los compradores del club salieran con las compras, pero mientras tanto sostenían una discusión de corte racial, generada porque fue una albanesa de nombre Albita, preguntando por Gibón, y como el andaba llevando a alguien al decirle que no estaba, ella dando las espaldas se retiraba, ellos contemplando la belleza de aquella escultura humana, se embarcaron en un comentario al respecto donde jóchelo apoderándose de la palabra dijo:

------ No hay dudas de que es un "mujeron" pero es que esas mujeres europeas tienen un plante, una hermosura y una condición, que hasta a un santurrón llaman a la atención, y si no me crees, pregúntale a Gibón, que tiene experiencias con las europeas, un amigo un día le envió a una española a conocerlo y cuando la española lo vio, le entrego una flor, y en el mismo instante un beso apasionado de más de dos minutos, y albanesa y españolas se parecen.

Que sabes tú de eso, Jóchelo?---- Cuestionó Petro.

---- Albania es un país situado por el Mediterráneo, al sur de Europa, en las proximidades de Grecia, limitado por Montenegro, Kosovo, y Macedonia, se habla el Albanes y dos idiomas más, además, es el principal productor de Marihuana en Europa, es decir, Albania tiene embale y desahogo.---- Dijo Jóchelo, presumiendo de catedrático.

------ Me imagino que el embale es la marihuana y el desahogo las mujeres, Guao, si! Qué bellas son! Esa blancura ebúrnea la hace ver rosadita.---- Respondió Petro.

---- Ah, espérate ahí, es que en Albania hay más blanco que negros, porque cuando una niña Albanesa comenzaba a crecer lo primero que se le enseñaba era que el negro era original de la tierra, y la teoría de Darwin de que el hombre era descendiente del mono, estaba basada en ellos, y si ella después de su mayoría de edad optaba por mezclarse o juntarse con alguno, le decían, te vas a juntar con un animal? .... No olvides que descienden del mono.------- Dijo.---Pero mientras hablaba, no se estaba dando cuenta que Alonzo el boxeador, que era negro como un azabache, lo estaba escuchando:

----- Coño Jóchelo, tu si hablas disparate, no andes falseando la realidad, que los negros somos más, y estamos en todas partes, de dónde diablos a esta altura de juego se te ocurre a ti, discriminarnos a nosotros, cuando en realidad, nosotros somos como fantasías erótica para cada mujer blanca.-----Dijo Alonzo.

------ No te metas Alonzo, que no estoy hablando contigo.---- Le dijo Jóchelo.

----- Cómo que no está hablando conmigo, tu está hablando de los negros, y yo soy negro, y tú también aunque tu piel se vea más clara, es por eso que dicen que el Dominicano es el único negro que se desprecia a sí mismo.---- Expresó Alonzo el Boxeador.

----- Si lo dices por ti, te creo, porque yo te oí diciéndole haitiano del diablo, a tu primo Palomino, que es negro como tú, además yo no soy negro, mi abuelo era de ascendencia española.

----- Que jodienda tiene el dominicano, es negro ladino, y negro bozales, y quiere dársela de sangre azul.---- Dijo Alonzo.

----- Por supuesto, es que tú para justificarte anda buscando compañero, es más el dominicano es blanco, moreno, cobrizo, cruzado, y sereno.---Respondió Jóchelo.

----- Ahí está el problema, es que no tenemos identidad.---- Afirmó Alonzo.

No la tendrás tú, que parece haitiano. ---- Replicó Jóchelo.

----- Ya dejen eso, interrumpió Rodo., un gordito que parecía una tinaja, pero que era más conciliador que un cura.

En ese momento salió Wing el administrador de bulley, a pedirle que el necesitaba que ellos colaboren entrando los carros de compras vacíos que los clientes habían dejado en las aceras, y entonces guardaron silencio y se pusieron a entrar los carros vacíos donde los clientes movían las compras.

Jóchelo siempre estaba pendiente, si había que mostrar los dientes, y siempre recordaba esos años de vida locutoril, cuando él hablaba en la radio, y complacía a los radio escucha con sus temas musicales favoritos.

Rony era una especie de adicto al trabajo, se le veía ir y venir de un supermercado llamado Stoping, que quedaba próximo al club Bulley, y recogía pasajeros en el supermercado, y recogía en Bulley, y se mantenía con una presión de vida, que los de más, cuando lo veían aparecer en el club, nada más decían sin que el escuchara:

------ "Mira, ahí viene agonía".-----Decía Vilinsky.

A Rony le encantaba hacer Burla, y el centro de sus relajos era Jóchelo, con quien el sin razón se había cogido, pudo ser que esa disputa la trajeran desde otra vida, porque Rony disfrutaba haciendo sufrir a Jóchelo que ya entrado en edad y afectado de la diabetes, muchas veces se dejaba abusar de aquel.

A veces Gibón cuando estaba a sola con Rony se le acercaba y le decía:

----- Rony, no seas abusador, no te pongas a hacerle burla a Jóchelo, él es un hombre que tiene su condición de salud, y no es bueno que se le esté agitando no vayas tu a provocarle un coraje del que tenga que lamentarte, mira lo que pasó con Juan, así que no sigas molestándolo.

Rony se desbordaba en risa y en justificación sin fundamento, hasta que un día, agitó   tanto a Jóchelo que lo llevó al borde de la desesperación y Jóchelo iba a agarrar una varilla para ponerlo en su lugar, pero Gibón, y los miembros de la jauría, intervinieron y evitaron un desenlace fatal, entonces Jóchelo algo iracundo dijo:

----- Si el me sigue molestando le voy a dar un reporte con el administrador, para que sepan si algo pasa, y luego voy a ponerle un reporte en la policía, porque él me tiene harto, él lo que quiere es desgraciarme la vida.---- Afirmó Jóchelo.

Después todos los que estaban presentes incluyendo a Gibón, se le acercaron uno por uno, y le hablaron de que no continuara molestando a Jóchelo, o que el sería responsable de lo que sucediera, luego de un momento de reflexión el prometió no molestarlo más, y así fue, aunque el sufría de una condición de bipolaridad, porque habían días que él estaba tranquilo, y otro día, llegaba dispuesto a ponérsela difícil a los demás.

De todos modos en la medida en que pasó el tiempo, hubo un momento en que se generó un cambio y las desavenencias entre ellos desaparecieron, se dijo que para tal fin se necesitó la intervención de Rosalba, la esposa de Rony, a quien Jóchelo conocía desde niña.

CAPITULO 35

Elevación

Había nacido Gibón en un mundo en convulsión, donde la confusión y el poco amor, hacía que los terrenos probaran el dolor, Dios los liberaría, y a un libertador encomendaría.

Como a un cordero entre las fieras lo soltó, y probó aquel la pena y el dolor, externando en el tiempo el desamor, mostrando las vivencias del corazón, le expresó Dios con mucho amor:

Hoy te concedo un cuerpo embadurnado de salud, como la esencia que muestras tú, por el poder de tu renacer, que emana de la esencia de mi ser, creador de conciencia que se transmite, para que borre tu sufrir, con una vida de alegría, en plena comprensión de tu filosofía!

Una nueva existencia te ha llegado, en un hermoso cuerpo renovado, ahora comienza a ser amado, por la mujer que siempre había esperado.

Dios te otorgó la esencia de su gloria, salvando en cada paso tu memoria, él te envió a liberar a los oprimidos, su palabra reguardas tu camino.

Siempre tú has sido luz, rayo encendido, y aunque

quisieron cambiar tu destino, tu eres el esplendor de un Dios vivo, y el padre a cada paso, reguarda tu camino.

Con el paso del tiempo no hay tormento, el poder, la salud, y la justicia, tú lo llevas dentro, y por cada intensión de causarte dolor, o por cada nueva conspiración, que fragüen contra ti, para quienes lo intenten habrá triple sufrir.

Cuando la voz de Dios se le expresó, el sintió que un rayo poderoso lo tocó, su cuerpo se elevó, y un poder prodigioso lo invadió. Por el poder y la fuerza de Dios, a quienes estaban enfermo el curó, y a los oprimidos libertó, la tierra con él se transformó.

Y lo que fue violencia erradicó, todo lo que era paz, se reinstauró, y en un mundo de amor, la humanidad se transformó.

El paraíso prometido había surgido, en un plano de luz y pulcritud.

Una nueva floreta, con un nuevo vergel, a otra generación dejó nacer.

Todos ignoraban lo que era la guerra, solo sabían lo que era el amor, y por amor, sintieron la paz.

Miró Dios, tan grato esplendor, e incrementó su amor, mientras regocijaba su corazón.

Y en medio de una turbulencia, unas voces agrupadas repetían:

----- Mira que bueno se ve el pueblo de Dios, mira que bello se ve el pueblo de Dios, ahora estamos divertidos y no sufridos, estamos divertidos y no sufridos, la gloria y la paz la da Jehová, aleluya gloria y paz, por donde camino veo felicidad, por donde me orillo respiro paz, todo es gloria y felicidad, aleluya gloria y paz, aleluya gloria y paz.

Y despertó Gibón de su revelación, siendo la 11 de la mañana fue para Bulley, y en esa tarde de noviembre aconteció que pasaba Gibón en dirección al baño, y un papagayo que estaba sobre el hombro de su dueño, con la intensión de llamar la atención de Gibón, se expresó en alta voz:

------ He aquí, ahora va pasando sereno y altivo un hijo de Dios.

Gibón siguió andando e hizo caso omiso, como que no lo escuchó.

----- De por Dios, Cleto, dejas de buscarme problemas!----- Le advirtió el dueño.

El papagayo sin darse por vencido, le susurro a su dueño, muy cerca del oído:

----- Es mejor que no trates de moverte de donde estamos, porque entonces sí que te vas a buscar problemas, tengo palabra profética para ese varón ---- Afirmó el papagayo, que más bien era como un cruzamiento entre loro y cotorra.

----- Ahora vas tu a hacerme perder tiempo----- Le replicó el dueño.

----- Es mejor que te quedes, porque si por desobedecer a Dios, me haces perder mi plumaje, imagínate, que pasará contigo.

-----Está bien, más vale que sea de parte de Dios, y que no sea un invento tuyo.

---- Dejas de ser como Thomas, ten fe, ah, miras ahí está de regreso:

Hola varón, dice nuestro señor, que no seas como Esaú, que por desesperación, por un plato de sopa, cambió su bendición.

Gibón no se inmutó antes la voz del papagayo, aunque quiso sorprenderse, pero él sabía que cuando Dios tenía un propósito, solía valerse de todo lo que los hombres creían inapropiado, gesticuló y hasta las pupilas abrió, pero el papagayo se le adelantó y agregó:

---- No te hagas el desentendido, que tú sabes de lo que te hablo.

----- Amen, especie divina, gracias, que el señor te bendiga.

----- Es bueno que me bendiga. ¡Esa es la garantía para que yo conserve mi plumaje, sigue andando y ve con el!

Gibón le hizo una reverencia, y tal y como se lo pidió el papagayo, siguió andando.

El dueño miró al papagayo como pidiendo una explicación, y el papagayo antes sus requerimientos replicó:

----- Oyes, qué te pasa? Estoy haciendo mi trabajo, además, hoy estuve mejor, y no le requerí dinero de ofrenda.---- Dijo, y se río.

El dueño que era un predicador de parques, siguió andando por el pasillo de la línea, y los que alcanzaron a escuchar al papagayo hablando con Gibón, quedaron maravillados, tan maravillados que una abuela de las membresía del club, soltando un silbido entre la caja de dientes, dijo:

------ "Carajo, es verdad que estamos en los últimos tiempos, un pájaro hablando con un hombre"!

De pronto intervino Romualdo, desfachatado y amanerado que en concentrada atención la escuchaba:

----- ¡Hay señora no nos discrimine por favor! Que también nosotros somos humanos.---- Dijo, con un jaleo de niña irritada.

----- Anda el diablo, ya viene este..... No te metas que no es contigo, hablo de pájaros naturales, no de aves artificiales.---- Dijo.

Los que se habían percatados de lo acontecido, rieron a carcajadas.

El homosexual, hizo una mueca caricaturesca, dispuesto a replicar, pero fue interrumpido por Nicole, uno de los que hacían la limpieza, en Bulley, que en ese momento retrocedía con la limpiadora mecánica, con la intención de secar un detergente que se había derramado en el pasillo, al tiempo que los compradores se dispersaban entre las líneas que conducían a donde estaban los productos, mientras ipso facto dejaban el espacio libre para que aquel transitara.

Noviembre traía frio y desvarío, la gente no reflexionaba, y el estrés le construía moradas, y todas las presiones, las inducias a ensayar locuras, pero todo obedecía a una causa, que no siempre era amor, ni esperanza.

Ahora era la seguridad de Bulley que observaba entre cámara, una acción de desamor.

Una mujer delgada, se inflaba como gorda y otra flaca como ella la indagaba:

---- Cuéntame, qué hiciste para engordar en tan poco tiempo, entraste delgada, y ahora te quieres retirar como una gorda.----- Decía la flaca, a la delgada.

La mujer sabiendo que había sido descubierta, trató de soltar todo, pero era muy tarde, ya habían observados por las cámaras que aquella había introducido una compra entre su abrigo, por lo que fue atrapada y despojada de lo que se llevaba, también fue amonestada para que no se atreviera a regresar a la tienda.

Un oficial del precinto 50 de los que reforzaba la seguridad, la condujo a tomarse las huellas, para llevarla a corte.

Aun no se había descubierto si el hombre robaba por maldad, o por enfermedad, sin embargo eran cosas que aun pudiéndose evitar, los que habían asumido aquella vida, la ejercían sin vergüenza, como algo natural.

Todo ese trajín de la cotidianidad, se generaba en el quehacer de la sobrevivencia.

CAPITULO 36

Maldades Contextuales

"Es que el beso de tu boca a mí me aloca, y me induce a darte rosas, de esas que tu corazón invocan."

Pensaba Gibón, que llegado el momento el espíritu le revelaría quienes eran y donde estaban los autores de tanta maldades, y así, sin intensión de venganza, a su tiempo, también ellos probarían una cucharita de su propia medicina, e inclusive, muchos de ellos como Judas, se inclinarían al suicidio, porque las maldades en el libre albedrio, inducen al arrepentimiento.

Y la organización del mal, y secta oculta, que se habían constituidos como grupos de inconscientes, se movían como una horda de locos, que recién salían del centro psiquiátrico.

Gibon no cesaba de pensar : "La organización del mal, ahora tiene impunidad, controlando a los gobiernos, ya el mundo no tiene paz, es tanta la coerción, que la ética del amor, ahora se ha vuelto dolor.

Están enfrentando a todos, confundidos en comprensión, que la esperanza aguardaba, la llegada del señor, que haría justicia de honor, y a todos aquellos que sufren, traerá liberación".

Regularmente el que es malvado por naturaleza, aunque finja ser bueno, a nadie puede engañar, nunca puede evitar que la malicia le brote por la piel, pues, tal como el espíritu muestra al santo, así denuncia al malvado.

Resultó ser que la organización del mal, había usado los servicios de Burdock y Gobi, que ambos eran más amantes del dinero que de las mujeres.

Aquel par, tan fanático como abusadores, llegaron un día después de aceptar la dadiva del soborno descaradamente a provocar a Gibón llevándosele los clientes cuando era el turno de él, o poniéndole conversaciones necias de esas que no eran del interés de Gibón, buscando el enojo de aquel, a fin de llevarlo a los extremos, supervisado por una bruja indescriptible, porque no se sabía si era una beata, una cristiana o una cienciologa, aquella siempre estaba tratando de marear a Gibón para debilitarlo para que Burdock y Gobi, pudieran controlarlo o dominarlo.

El 26 de mayo el día aclaró súbitamente, con la típica rapidez de un verano tropical sin aurora ni crepúsculo, pero con nubes dispersas que parecían tortas rociadas de espumas grisáceas, y el esplendor del sol rebotando en el colorido de flores primaverales.

Todo había estado sereno hasta que aquellos dos rufianes habían decidido cómo sería el resto del día para Gibón, y luego de esperar hasta que le tocara el turno a aquel, Gobi trató de quitárselo, pero Gibón le hizo oposición, el ni cuenta se había dado que cuando Gobi le jaló el carrito, se había cortado y luego Gibón molesto le pateó la Guagua y estaba arrinconado en un lado con la presión de la bruja que esa tarde había pagado el soborno, y en un descuido el Gobi y el Burdock se combinaron para que burdock cuando Gobi le tirara a Gibón que abriera para ver si podía acertarlo y que cuando Gibón le devolviera con sus puños bloqueara con su cuerpo de chimpancé resentido, así que esa tarde ellos estaban para Gibón y en un descuido Gibón estaba con unos tenis clavos, Gobi le dio un tope y Gibón quedó pegado a la pared y en ese momento con la participación de Burdock, Gibón tocó el suelo, luego en otra revancha Gibón le hizo entender que él no había acertado mejores golpes sobre Gobi, por la participación de Burdock, luego Gobi quiso desafiarlo de nuevo pero Gibón lo burló y se marchó a llevar su pasajero y los demás evitaron que ellos se enfrentaran nuevamente, luego automáticamente apareció la policía, al ver la sangre en las manos de Gobi, pensó que Gibón lo había herido, pero Gibón que no sabía lo que había pasado le explicó que Gobi le tiró y que él se arañó con sus gafas, entonces Gobi no puso cargo y la policía se marchó, en otra ocasión Burdock se enfrentó con Gibón, se tiraron algunos puñetazos pero burdock como un payaso le pidió una tregua, y por unos meses no hubo más mal entendido, hasta que le renovaron el soborno.

Cuando volvieron a conspirar contra Gibón, habían enviado a un taxista que se movía por Garget , cuando Gibón estaba sereno antes que el llegara no se percibía el más leve ruido al exterior de Buley, de pronto apareció el Saúco, era un hombre joven, moreno e irrespetuoso, que expresaba la soberbia en su fisonomía y su mirada, cuando gibón lo vio, descubrió su expresión fantasmagórica, enemigo despiadado, de odio imperecedero, llegó arremangándose la camisa en una acción provocativa que lo inducia a pelear.

Gibón con la mayor serenidad, lo enfrentó y sin saber cómo lo agarró por el cuello y le preguntó:

----- Tu viniste a buscar problemas?

---- saúco había guardado silencio, pero cuando respondió--- No-- era muy tarde porque ya estaba volando por los aires.

Inducido por Gobi y Burdock que estaban resentidos por lo acontecido, le hicieron un reporte policial, cuando Gibón llegaba, de una forma desesperada el Gobi lo llamaba por teléfono y le decía:

---- Oyes tú, ven que el hombre está aquí, si te duermes se va a pasar el tiempo de hacerle algo.

Y en eso estuvieron, hasta que un día la policía asistió lo encontró ahí antes que se cumplieran los tres días, y Gibón fue indignamente arrestado en un nuevo caso fabricado, donde los villanos de sexta oculta y la organización del mal, estaban falseando lo acontecido, saúco le tomó una foto en un momento en que él estaba siguiendo a Gibón, y aquel le dio el frente, y luego los villanos que tenían la intención de intimidar a Gibón le dijeron a la jueza que llevaba el caso, que Gibón había discutido con su esposa, y se juntaron como hienas sedientas, abogados, paralegales, ayudantes de la fiscalía conspirando para hurtar la compensación de Gibón, para luego disfrazarla como un accidente de carro.

Habían pasados nueve meses antes que le dijeran a la jueza, que no había sido una riña con su esposa, que había sido con otro hombre, ellos le habían puesto a Gibón un abogado pro bono de ascendencia árabe, al que llamaban "Odín".

Cuando le dijeron la verdad al respecto, la Jueza condicionó votar el caso si Gibón no caía preso, o no volvía a encontrarse un caso de riña.

Cuando faltaban dos días para que desecharan el caso, le enviaron tres pandilleros que lo seguían a donde él se moviera.

Entonces hubo un momento donde él se detuvo en un semáforo, donde aquellos aprovecharon para chocarlo por detrás, cuando Gibón salió a ver lo que acontecía uno de los tres pandilleros, lo golpeo en el rostro, primero le propino un puñetazo, esperando que Gibón reaccionara, con violencia, después al ver que no hacía nada, le propinó el segundo, pero Gibón seguía sereno, cuando le dio el tercero, entonces los otros dos tuvieron que llevárselo sosteniéndole el codo, llevaba la mano descompuesta.

Uno de los tres pandilleros le dijo a Gibón:

----- Vete, vete.

Gibón se mantuvo sereno, los planes de los malvados, no prosperaron.

Aquellos bergantes esperaban que Gibón le respondiera con violencia, para evitar que desecharan el caso y construirle otro, sin embargo, Dios seguía en control, porque el pandillero no Golpeaban a Gibón, golpeaba al espíritu santo, Gibón no sintió ninguno de los golpes propinados porque en ese momento, él estaba en la cobertura del espíritu santo.

El saúco le puso a Gibón una orden de protección, y no volvió a dejarse ver de aquel.

Y aunque Gibón no lo conocía, aquel había sido enviado a buscar problemas a bulley, para ver si lograban removerlo de su lugar de trabajo, pues como les había dicho, secta oculta y la organización del mal, lograron que pusieran una orden de alejamiento contra Gibón, querían dañar la reputación de aquel, haciendo victima al victimario.

Además, aquéllos habían enrolado a una practicante del Bronx defender, que en esa ocasión verificaría el estatus migratorio de Gibón, Rosa necesitaban tener la más clara información de él, pero que más tarde, cuando Gibón quiso comunicarse con ella no volvió a tomarle la llamada porque ya habían montados las acciones fraudulentas que habían programado, para hacer parecer a un inocente como culpable, con el propósito que fuera.

Todo lo acontecido había sido fraguado por secta oculta, y la organización del mal, a través de saúco, Burdock y Gobi, que al ser más amante del dinero que de las mujeres, habían aceptado soborno.

Con la intención de perjudicar a Gibón.

Unos meses después, la organización del mal envió otro emisario a sobornar a Burdock y a Gobi para que nuevamente trataran de sacar a Gibón de sus casillas, el drama en esa ocasión consistía en que al llegar Gibón y se inscribiera para el turno, Jesusito un recién llegado a la Jauría y sirviente de la organización del mal, lo borrara alegando que él había llegado primero y que no se había inscrito, como Gibón sabía lo que estaban tramando le dejó claro que todo el que llegara debía inscribirse para evitar confusión, y lo llevó a entender que ellos podían irrespetarse entre ellos pero no irrespetarlo a él, que era como una vaca sagrada.

El Gobi, que pretendía mandar a Gibón le dijo que ahí no había vaca sagrada, y Gibón le aclaró que él era como una vaca sagrada, porque él no dependía de la voluntad de ninguno de ellos, en ese momento el Gobi se le acercó mucho a Gibón amenazándolo, dejándolo saber que lo iba a reventar, cuando Gibón vio que aquel se aproximaba a él, cogió la llave del carro en su mano derecha, Gobi que notó la acción le preguntó si iba a usar la llave, Gibón guardó silencio y el Gobi se retiró unos metros de él, a lo que Gibón le echó en cara, de que el problema que él había tenido con saúco, había sido promovido por el, el Gobi le dijo que él estaba loco, y Gibón le dejó saber, que el loco era el, y le preguntó:

--- ¿Tú tienes revolver?

Gobi algo sorprendido le respondió:

---- Revolver?--- Entonces Gibón que se percató que lo había sorprendido agregó :

---- Porque si tú tienes revolver, yo tengo ametralladora, así que ándate con cuidado.

Tan pronto como Gobi escuchó aquella expresión, se alejó de Gibón y entró al salón de espera de Bulley, seguido por Burdock que le preguntó:

----- Que pasó?

Entonces Gibón que lo percibió, se percató que aquellos estaban combinados, habían recibido un nuevo soborno.

Una mujer de piel clara y pequeña estatura, que fungía de emisaria de sexta oculta y la organización del mal que esperaba que alguien la recogiera se dirigió a Gibón:

---- Ya señor, usted está empeorando la cosa, si la gente lo ve en esa actitud, no se va a montar con usted.

---- Gracias por su sugerencia, lo que está asignado para mí, nadie lo remueve, señora, y yo conozco mi historia, esto es una acción repetitiva con la intensión de desenfocarme, pero no lo van a lograr, resistiré, caiga quien caiga.---- puntualizó Gibón.

La mujer guardó silencio, y en ese instante, salió un cliente que pidió ser transportada por Gibón.

Como le había dicho, Gobi y Burdock, este par de siniestros personajes, habían pactados con la organización del mal, con el objetivo de ponérsela difícil a Gibón, pero como Gibón se interponía entre la razón y la prudencia, y sabiendo que tales provocaciones, obedecían a los planes de secta oculta y la organización del mal, que buscaban la forma de hacer que él   reaccionara con violencia para arrestarlo y entregarlo a psiquiatría, para después retirarlo con el seguro social suplementario, y luego sacarlo de circulación, en cambio él, como un cristo toleraba en silencio, esperando que las leyes de la naturaleza, algún día, otorgara a los malvados una toma de su propia medicina, para que entendieran que quien a hierro matara, a hierro moriría, como lo aseveraba la ley del talión.

Realmente, aquellos habían cometido tantos errores y maldades contra Gibón, que temían que aquel alcanzara una posición de poder, que lo indujera a vengarse, sin embargo, ellos ignoraban que nada dependía de lo que Gibón pensara en el libre albedrio, sino del compromiso que él había asumido frente a Dios, debido a que los hombres no tenían poder sobre Gibón, por lo mismo no podrían hacerle más de lo que Dios le permitiera en función de la vida que Gibón había asumido antes de nacer.

El 27 de mayo cuando ya Gibón se había retirado de las actividades en Buley, recibió una llamada sorpresa, Rodo quien unos días antes lo hubo chocado por no esperar que el acabara de parquearse, lo estaba llamando para pedirle perdón, y para que mejoraran sus amistades debido a que los de Garget estaban invadiendo su área de trabajo, y estaban mermando sus ingresos.

Gibón le dijo que buscarían la manera de solucionar eso, y que no tenía ningún problema con él ya que nunca le había faltado el respeto a él, independientemente del mal entendido por el accidente donde Don Páscualo le había hecho un reclamo a su seguro.

Ese día, Gibón además cuestiono a Páscualo sobre el número de llave que él había copiado del carro que el conducía, pues siempre se generaba un sabotaje que solo alguien que tuviera copia de la puerta podía generarlo, y Gibón pensaba que pascual, estaba de alguna manera involucrado con tales acciones, el creía que la organización del mal le había otorgado suficiente dinero a aquel para que aquel le facilitara los sabotajes con la intención de dañarle los nervios a Gibón, pero ellos ignoraban que Gibón tenía la fortaleza de tolerancia que traían los enviados de Dios.

Gibón solía decirle que aquellos que estaban detrás de tales maldades, se le llegaría el tiempo del arrepentimiento, y que muchos de ellos acabarían suicidándose, la última maniobra generada por aquellos, había sido un sabotaje al sistema de aire acondicionado para que lanzara el agua hacia arriba para que el carro permaneciera lleno de agua cuando el aire anduviera encendido, para que la alfombra se pudriera y cogiera mal olor, para que los clientes que Gibón transportara protestaran y no se montaran con él.

Por tal razón, cuando Rodo lo llamó en hora de la

noche, él pensó que lo hizo bajo las órdenes de secta oculta con el propósito de ubicarlo y una vez localizado, recurrir a sus maldades.

Gibón estaba tan sorprendido que pensó que si en tres años este nunca se había dirigido a él ni por teléfono ni de ninguna otra forma, por qué en ese momento?.

Entonces no dudó de que ciertamente, estaba siendo usado tratando de rastrear, a donde se encontraba Gibón a esa hora.

Al otro día cuando Gibón fue a Bulley y comentó lo acontecido la noche anterior, de una vez ladró Burdock:

---- Eso era borracho que estaba. --- Dijo Burdock.

Gibón guardó silencio, pero Jóchelo intervino y corroborando con Burdock dijo:

----- Lo que pasa es que Rodo sabe que no puede llamar a ninguno de aquí para que lo recojan en su borrachera, y ya está buscando otros a quienes molestar.

Bueno, él sabe que eso no va a pasar conmigo, nosotros podemos saludarnos aquí y colaborarnos, pero que yo salga a buscar a alguien fuera de aquí en esas condiciones, no creo que sea posible.---- Dijo Gibón, y todos se miraron entre sí, guardando silencio.

CAPITULO 37

Idiosincracia Del Folklore

Tarareaba Jóchelo el estribillo de una canción:

< Los animales fuman en los corrales, generan malestares, que hieren sus laringes y el humo le construye pedestales, bloquean sus genitales, golpeando su salud y construyendo su cruz.>

---- Y a ti que te importa, yo hago con mi vida lo que quiera.----- Replicó un hombre que estaba frente a él inhalando un cigarro y echando humo como una chimenea.

----- No, tú te equivocas, esto es una área restringida para fumar, los de mas no tenemos por qué tragarnos el humo que generen los otros, si tú quieres morirte, muérete sólo, no seas egoísta.----- Replicó Jóchelo.

----- No seas egoísta tú, que no sabes porque estoy fumando, es la manera de no volverme loco, me aumentaron la renta y sigo con el mismo salario, es pensando cómo solucionar las responsabilidades asumidas en esta ciudad, y ahora ni cupones puedo solicitar porque estoy pidiendo a mi hermano.

----- Coge ahí, no quieres estar opinando y lanzando

indirecta.---- Replicó Rony que escuchaba, con más malicia que solución.

El hombre que fumaba viendo que podía generar un conflicto, inhalo el último copazo del cigarrillo y lanzando la colilla en la acera, entró a Buley, dejando enfrentado a dos pugilistas.

Las lacónicas expresiones de aquella fiera herida, era como una inducción a la violencia, pero Gibón sabiendo qué encerraban aquellas provocaciones, se adelantó y le dijo a Jóchelo:

---- No le hagas caso, recuerdas que él lo que quiere es molestar.

Rony, con fachada de agitador, no perdía la oportunidad de tratar de sacar a Jóchelo de sus cabales, muchas veces llegaba inesperadamente, lanzándole indirectas de una forma que se inclinaba más a la perversidad que a la broma, todo con la intensión de hacerlo enojar sin motivo.

A veces llegaba con aguas de colores con olores para fingir que eran pócimas mágicas que atraían a los clientes con mayor facilidad, y provocadoramente rociaba esas aguas buscando que Jóchelo fuera salpicado para verlo enojado, y cuando sabía que había logrado su propósito se carcajeaba, sádicamente, disfrutando haberlo hecho enojar.

En una tarde de verano, se aproximó a Bulley llevando con él, agua florida, y pintura roja y amarilla y verde, privando en brujo las derramó en las aceras, Jóchelo que se percató de lo acontecido, estaba listo para informárselo al administrador, pero ya Wing lo había visto por las cámaras, y prohibió que Rony se aproximara a las instalaciones del club.

Los demás de la jauría, que no se quedaban atrás, luego andaban diciendo que Rony tuvo que ir a la oficina a "hacer la primera comunión", que consistía en ponerse de rodillas y rogar para que lo perdonaran y permitieran que el regresara a hacer los delibere frente a la puerta por donde salían las compras.

"Aunque se vista de seda, la mona, mona se queda"

El que es malvado por naturaleza, no importa que finja ser bueno, a nadie puede engañar, porque la malicia le brota por la piel, así como el espíritu muestra al santo, así muestra al malvado, es la forma como el espíritu denuncia, y las personas que perciben las condiciones hablan de que ciertas personas tienen "buena o malas vibraciones"

Todas las acciones realizadas por la organización del mal, obedecían a dejar a Gibón en un desequilibrio económico, porque ellos pensaban que podían controlar a todos los hombres que se movieran en este planeta, pero con Gibón era diferente porque mientras más maldad le hacían, aquel más se fortalecía y solo esperaba que Dios le indicara la respuesta que debía ofrecer a los villanos, en realidad, a Gibón le hubiera gustado darle un trago de sus propias medicina, pero como Dios tenía el control, él ni podía ni debía hacer algo si Dios no se lo permitía.

Un poco más tarde apareció Burdock, estaba exhibiendo las reparaciones que habían hecho a la "ponchera," Gibón le comentó a Jóchelo en el parqueo de Bulley que le gustaría obtener la dirección para el llevar a reparar uno de los carros que había parqueado en Bulley, y Jóchelo le prometió indagarla más adelante, ya que Gibón había perdido la confianza en los talleres que el visitaba ya que la organización del mal, solía seguirlo y adelantársele con el objetivo de que le cobraran de más, o que le dañaran algunas de las piezas que tenía buena, para que luego tuviera que volver a pagar para repararla, porque no había otro interés que arruinar a Gibón.

Burdock había visto a Gibón en horas de la mañana, y volvió a verlo en la noche, de una vez comenzó a lanzar indirectas y decía que había personas que no tomaban descanso, porque no tenían familias ni apartamento, por lo que no le quedaba de otra que dormir en el carro.

Como Gibón sabía que esas indirectas estaban dirigidas a él, le respondió:

----- El problema es que hay otras personas que pretenden controlar a los demás y carecen de capacidad para controlarse a sí mismo.

En ese momento solo estaban Yoryi, Gibon Y Burdock, quien al no encontrar como refutar a Gibón, Guardó silencio. Al otro día en la mañana había llegado el árabe que se había sumado a obstruir a Gibón con el apoyo de Rene cariño, porque muchos dominicanos eran xenófilico, y solían amar más al extranjero que a su propia gente, como el árabe sabía que Gibón era pastor, y los pastores en América tenían buenas relaciones con los judíos, el solo pensarlo lo hacía sentir irritado, y vivía tirándole a Gibón buscando la forma de conducirle a un espacio donde el pudiera resbalar y caer.

Borraron de la lista de turno a Gibón, para irse ellos primero que él, y cuando aquel se percató que lo habían borrado para que ellos se detuvieran de practicar lo que Gibón consideraba un abuso, cogió y rompió la lista, esto le molestó al árabe que se había vuelto muy amigo de Rene cariño y aquel apareció creyendo que Gibón cabía en su boca, se alarmó y aprovechó Burdock, que no dejaba pasar una para meterse en la discusión, y como Gibón no tenía buena comunicación con él, sintió que ya aquel había vuelto a perderle el respeto, le preguntó :

----- Tu, quieres que te mate?

Y ahí, comenzó a formarse una trifulca, la jauría gruñía y quería ladrar todos a un mismo tiempo, con intención de morder a Gibón, que estaba de turno.

Salió el árabe y tomó un pasajero que salía, diciendo que era su cliente, y como el cliente se lo confirmó, Gibón dejó que se lo llevara.

Al instante salió una señora que aceptó que Gibón se la llevara, pero cuando Gibón le estaba montando la compra aparecieron combinado Burdock y Arnulfo, mientras Arnulfo grababa, con un celular, Burdock provocando comenzó a tirarle puñetazos y hubo un momento en que Gibón se le cuadro, cuando Burdock le tiró , él lo bloqueo, le estudio el movimiento y le dio una patada en la pierna derecha, donde lo hizo tambalearse, luego le introdujo un Jack por el pecho y Burdock, cayó de Bruce, Golpeándose los glúteos, alguien que pasaba le voceó a Gibón:

------ E ha, tú eres un hombre fuerte y joven, a ti hay que darte con un tubo.--- Dijo.

Pero Gibón, no le prestó atención.

Burdock y Arnulfo querían interrumpir su delibere, pero no se atrevieron, ya Gibón había empezado a Guiar

Y sin hacerle caso, siguió rumbo a las torres Tracy, ubicada en los alrededores, la cliente le dijo a Gibón que aunque lo provocaran que no peleara, y le dio su número de teléfono, por si tenía que servirle de testigo.

 A su regreso ya todos estaban más calmados, habían ido a chismear con Wing, el administrador de Buley.

El árabe que se sentía muy apoyado Dijo:

----- Aquí somos 20 y ningunos te queremos.

----- No importa, a Jesucristo tampoco lo quisieron, y hoy es el rey del mundo.

----- Es que somos muchos contra uno.----- Agregó el Árabe.

Eso sigue sin importar, al árbol que da frutos, le tiran piedras, además, los Dioses son muchos y Jehová uno. ---- Dijo.

Se retiró a dejar otro pasajero, y a su regreso entró a un lugar donde acostumbraba a almorzar, ese día estaban programados a reservarle un tiempo difícil, por el almuerzo que acostumbraban a cobrarle un monto, ese día pretendieron cobrárselo al doble, pero alguien intervino y aclaró que esa orden costaba la mitad del monto que le estaban cargando:

----- Hay un error, esa orden no vale veinticinco, es una orden de diez.--- Dijo la que hacía de supervisora, mientras Gibón cantó alegre:

------ "Gracias a Dios, gracias a Dios, gracias a Dios, que hubo una voz, que me defendió".

En realidad, todo aquel condicionamiento y pruebas, obedecían a la disposición de secta oculta y la organización del mal, en sus funciones de comité de hostigamiento.

Y detrás de las perversidades de los hostigadores, en la nación estadounidenses, se sumaba la represión de inmigración, que se había desatado como perseguidora inclemente de indocumentados, no obstantes aquellos se las jugaban y buscaban la manera de sobrevivir al centro de la condición medioambiental, y algunos mejicanos que sustentaban tales condiciones, pero que traían rasgos orientales, habían empezado a aprender inglés desde sus hogares y casi no hablaban español en las calles, de esa manera se hacían pasar como filipinos o chinos, burlando a los agentes de inmigración, que llevaban el racismo en la sangre, y al ser confundidos con filipinos, no eran molestado, no obstante también ellos salieron perjudicados cuando comenzaron a atacar a los asiáticos por sus rasgos orientales, y muchos mejicanos fueron golpeados por activistas callejeros, al ser confundidos con aquellos.

Pero eran tantas las historias de esos tiempos, que si me dispongo a narrárselas, me faltaría tinta y papel para plasmar las líneas del contenido.

La organización del mal, había elucubrado en los más recónditos rincones, la pauta evolutiva de Gibón, y no le fue difícil constatar a Claudy, una de las madres de los hijos más pequeños de Gibón, a quienes le hicieron la historia de confusión y manipulación, a los primeros de los hijos de ella, que no eran de Gibón, lo estaban preparando para ser policías y aquellos controlaban a los hijos de Gibón.

Que eran los más pequeños, y esporádicamente solían usarlo a ellos para alejar a Gibón de sus actividades.

Gibón operaba en el Bulley de la 237 y Broadway en el Bronx, y la organización montaban espectáculos donde usaban a sus hijos, en una ocasión fingieron que May, el hijo de él que tenía 13 años, se había ido de la casa, lo llevaron a un parque de Brooklyn y pusieron a Claudy la mamá, a llamar a Gibón haciéndole creer que May, se había ido de la casa, y Gibón salió del Bronx a recoger a May en aquel alejado lugar de Brooklyn.

Secta oculta y la organización del mal, querían comprobar qué tipo de padre era Gibón, por lo mismo montaron ese tipo de prueba.

Después a principio del 2020, un mes después le hicieron creer a Gibón que en un supuesto ataque de ira, May había echado a rodar por tierra sus útiles escolares y la computadora por lo que se vieron precisados a llevárselo a un hospital de cuidados psicológicos a niños que habían procedido como supuestamente, May lo había hecho.

Lo dejaron para observación un par de semana, y durante ese tiempo, Gibón no salía del hospital al cuidado de su hijo, sin embargo el siempre creyó que fue, un montaje de sexta oculta y la organización del mal, en complicidad con Claudy, para ponérsela difícil, porque ellos andaban explorando el talón de Aquiles de Gibón, a fin de tratar de manipularlo.

Gibón amaba a su familia, pero como él conocía el propósito de la organización del mal, y secta oculta, el no permitiría que aquellos se salieran con la de ellos.

Claudy, obedecía al precepto apocalíptico de "ni hijo para padre, ni padre para hijo", y en ese entonces, aquel que carecía de conciencia y dinero, si le ofrecían algo, vendía hasta su tía, porque sobrevivir era la vía de la justificación.

CAPITULO 38

Pruebas Naturales

El siglo XXI había traído terremotos en distintos lugares del mundo, y en esos tiempos había surgido una enfermedad que había mermado a la población del planeta, los gobiernos se vieron acorralados, y hasta los impíos daban gracias a Dios por ser ateos, el corona virus- COVID- 19, que era el nombre de la enfermedad, hacia estragos en los escenarios del mundo, y el pánico se había apoderado de la humanidad.

Las escuelas habían sido cerradas y los estudiantes habían sido inducidos a continuar los estudios a través de las redes sociales y sus   correos electrónicos, clases virtuales.

El coronavirus, se refería a una familia de virus, descubierta en el siglo XX en la década del 60, sin embargo los orígenes todavía habían sido desconocidos, hasta que en el siglo XXI, para el año 2020, se había destacado como una epidemia denominada como síndrome respiratorio agudo grave SARS- cov2, o coronavirus Disease (COVID-19), estaba asesinando a la humanidad, y la vida de los habitantes del planeta había recibido un cambio radical en la existencia.

Sobre todo porque esa generación nunca había experimentado nada igual, sin embargo muchos pensaron que el virus era una conspiración anunciada a la que no se le prestó atención, debido a que ya se había anunciado algo igual en un texto del autor Dean Koontz, titulado: "los ojos de la sombra,(The Eyes of Darkness" y en la página 333,decía textualmente: " They call the stuff Wuhan – 400' because it was developed at their RDNA labs outside of the city of Wuhan, and it was the four- hundredth viable strain of man- made microorganisms created at the research center" pero además, en la página 312 se comentó que para el año 2020, aparecería una enfermedad tan grave como la neumonía, que se extendería por todo el mundo, atacando los pulmones y los bronquios, y resistiendo todos los tratamientos conocidos.

Y muchos estaban desconcertados, porque la enfermedad en sí, desaparecería tan rápido como había llegado, y luego reaparecería y atacaría diez años después, sería como para el año 2030, donde después de azotar nuevamente a la humanidad, la enfermedad desaparecería por completo.

Entonces, el corona virus fue la pandemia del 2020, que fue agrietando el planeta en los distintos renglones de la existencia, porque las economías se iban derrumbando tanto en los grandes imperios, como en las naciones minoritarias.

La organización mundial de la salud, había declarado la enfermedad, como una pandemia, muchas sonrisas se fueron borrando, y muchos de los que se habían "coronado con la cima, vieron a sus pies el abismo.

Sin embargo la opinión pública de ese entonces rumoraba e insistía que el corona Virus había sido fabricado en los laboratorios con la intención de eliminar a la población envejecientes del planeta, principalmente en la china donde las leyes draconianas de planificación familiar y la política de un solo hijo, eliminada en el 2019, había inducido a la población china a envejecer rápidamente, por lo que se esperaba que para el 2030 china seria el país, con más población anciana, con más de 40 millones de personas con más de 60 años, y se había prevenido de que las crecientes filas de ancianos en la región se convertiría en un gran problema para toda Asia, debido a que el costo de la salud de los envejecientes para el 2030, acumularía una cifra de 20 billones de dólares.

Jóchelo buscando la atención de la jauría, decía respecto a la población envejeciente de china:

--- Decía el sabio Confucio promoviendo sus ideas de la piedad filial: "cuida a tus padres y atiéndele bien cuando sean viejos" pero, después de la primera guerra mundial un emperador chino había dispuesto que todos los ancianos a los 85 años, fueran abandonados en una montaña, y eso era una triste práctica a la que se recurría cada año, pero resultó que a un soldado del ejército imperial chino, le tocó abandonar a su madre cuando cumplió los 85, y mientras se dirigían al lugar dispuesto para tal destino, su madre iba cortando ramitas por todo el camino, y el soldado le dijo a su madre:

----- Pero mamá, para qué tu hace eso, si tú no vas a volver.---- La madre mirándolo a los ojos le respondió:----- Hijo, esto no lo hago por mí, lo hago por ti, para que al momento de regresar no te me pierdas en el camino.

El soldado por primera vez se veía desarmado, y sin titubear abrazó y besó a su madre, la tomó por un brazo y se devolvió con ella, directo hacia el emperador, una vez frente al le dijo:

----- Su excelencia, disponga usted de mi como quiera, porque me ha faltado el valor de cumplir su condición, no he podido dejar a mi madre en la montaña de los condenados, porque creo que ella no merece que yo le pague con ingratitud, ella me trajo al mundo para que yo sirva a la patria, y a usted, por eso soy soldado, me cuidó y me educó , y con tal acción a la patria le sirvió, porque a la patria me entregó , por lo mismo yo aspiro a devolver a la gentileza de tal sacrifico un poco de lo mucho que ella me ha dado a mí y a la patria, quiero cuidar de ella hasta que la fuerza de la naturaleza la reclame.

El emperador conmovido ante la valentía de aquel soldado, se incorporó, se aproximó hacia aquel que había osado hablarle en tales términos, lo hizo general por haberle despertado en la visión de gobernar.

La montaña de los condenados se convirtió en el mausoleo del error, y los ancianos que aun perduraban en aquel lugar habían sido trasladado a la villa del amor, donde comenzaron a vivir con los parientes correspondientes, permanecieron aun las leyes draconianas de planificación que autorizaba a que cada familia solo generara un hijo, pero debido a la creciente ola de envejecientes, fue abolida en 2019, e instaurada la decisión de que las familias ya podrían tener más de un hijo.

La Jauría, que lo escuchaba con atención, guardó silencio, pero le tocaba el turno de un delibere, y cuando dio las espaldas, el primero en mostrar sus rasgos de cinismo fue Burdock:

---- Oye Rony, yo creo que tú vas a tener que echarle la agüita a Jóchelo, para que no sea "Hablador."

---- Oye Burdock, no podemos tirarle tierra a todo, pero la realidad es que el corona virus esta, y de la china vino acá.

La Jauría que estaba en contacto con las personas a las que les transportaban las compras, se cansaba de aquella estéril condición, y no dejaba de tener su preocupación, por lo que habían comenzado a desinfectar con alcohol, y algunos de los que lograban conseguir mascarillas se la agregaban al rostro, y seguían el protocolo de no hablar tanto con los clientes, a menos que no fuera necesario.

Pero algo había ocurrido, la ausencia de Crispín Rupert, había movido a las murmuraciones, su amigo, Plutarco René cariño debido a que él no se había presentado en Bulley por varios días, había llamado a la casa de aquel y su esposa Moraima le había reportado que Crispín estaba hospitalizado, debido a un problema de próstata, pero por la boca venenosa de la jauría, desfiló la ocurrencia de comentar que aquel había adquirido el corona virus.

Gibón pensaba que "esos demonios", siempre estarían prestos a referirse a lo peor, y empezaron a difundir que Crispín Rupert había sido afectado por el COVID- 19, el corona virus.

---- Vamos a ver ahora si va a seguir privando en bebe.---- Decía Burdock, con todo el esplendor de su maldad.

Crispín Rupert, tenía 74 años, pero no le rendía honor a esa condición, y solía dar saltos de cabras para llamar a la atención, y frecuentemente decía que su energía intrínseca, se la debía a los ajíes rojos, y al consumo de tomates, y algunos de sus ponderan tés consideraban que él era un viejo del universo, más zorro que consciente, buscador de oportunidades, sin que supieran que era oportunista, mientras que Gibón que era su admiración y su decepción, lo contemplaba en silencio sin emitir opinión.

Crispín Rupert originario de Nicaragua, paisano de Nicanor, fue un químico azucarero al servicio de los sandinistas, siempre presto a satisfacer los más dudosos servicios, por lo que era cualificado como uno de los dispuestos a entregar todo aquello que se le requiriera sin inmutación alguna.

Fue asignado por intercambio a la industria azucarera de cuba, donde un tiempo después, había conocido a Moraima, una cubana de santa clara, enrolada en la iglesia Bautista.

Moraima vendría a legalizar su estatus como residente de cuba, y más adelante surgió una oportunidad donde la iglesia Bautista, tenía una conferencia en los estados unidos, donde Moraima sería una de las expositoras, como aun no tenían hijos, el gobierno de Castro, permitió que Moraima recién embarazada saliera de cuba, por lo que Crispín pidió permiso fingiendo que iría a Nicaragua a resolver asuntos personales, y como matrimonio la iglesia le había conseguido una visa conjunta a Nueva York, y saliendo de la Habana, habían decidido refugiarse en nueva york, donde finalmente gestionarían su residencia como refugiados políticos.

Una vez respirando aire estadounidense, satisfecho de sus logros expresó:

---- Si Dios me ha conducido a la libertad, es porque sin duda alguna, yo me veré de frente con el libertador.

En realidad, las mentes inestables frecuentemente vivían en desequilibrio, y la jauría en su sobrevivencia, solía cambiar de parecer de un momento a otro y un día aparecía conflictiva, y otro día más tranquila.

Era difícil hablar de buitres crecidos en nidos de cuervos, pero después de todo, siempre alguien quería tornarse violento, Gibón oraba en silencio y decía:

"Con tres te mido, con tres te espanto, la sangre te bebo, el corazón te parto, detente animal feroz, que antes de tu nacer, nació el hijo de Dios, y delante del nací yo, y el dador alegre, reivindicador, dueño del oro y la plata es mi señor".

Y cuando Gibón oraba la Jauría se pacificaba, porque, en realidad él, no toleraba la maldad, porque él sabía que la maldad obedecía a la ignorancia que era producto del mal que emanaba de la entidad a la que llamaban diablo, y a quienes algunos miembros de secta oculta y de la organización del mal, rendían cultos.

Entonces ante la decadencia de la humanidad, Gibón mirando al cielo, clamaba:

------ Oh, padre, quiero la fortaleza del espíritu, con plena reconstrucción del cuerpo, de manera que la salud, la dicha y la juventud, intrínsecamente, se me manifiesten abundantemente, en el trayecto de mis acciones.----- Dijo.

Y automáticamente su cuerpo se transformó, y se volvió tan joven que las personas que tenían tiempo sin verlo, ya no sabían que era el, solo los hijos, la mujer asignada y algunos de sus parientes más aproximados que se habían percatados de lo acontecido, pudieron reconocerlo.

Para ese entonces ya Gibón se había alejado de la Jauría.

Quise hablarle de Gibón en una temática adelantada, porque mientras él se mantuvo próximo a la jauría, acontecieron cosas:

Sin embargo, nada más perspicaz que la trayectoria del alucinado Arnulfo requemes Fernández, egresado del vientre de una mujer inquebrantable como la fantasía de una barbarie, ya que su padre lo había abandonado desde la concepción en el vientre, como fiel delegado de la providencia.

Pero , sería aquel, un consagrado al quehacer del laconismo, y aunque alguna vez censurando la condición de la adoración, dijera Vargas Vila que "la religión y el servilismo, formaron un solo himno al despotismo y al vicio," porque para él, "los fanáticos y los ignorantes eran la mejor madera para hacer lacayos" Arnulfo estaba condicionando a ser, lo que tenía que ser, adepto de la causa por antonomasia y primogénito de su madre, Eustaquia Fernández, Beata del sagrado corazón, la cual había consagrado a su hijo, al servicio del clero, como una promesa de preservación, tenía un marido, golpeador de corazón y borrachón de carrera, por lo que tales razones lo indujeron a sucumbir en el camino, dejándolo al amparo de los favores de las monjas serafinas del calvario, que cuidaron de ella y de su prole a lo largo del embarazo, y después hasta los nueve años, hasta que por el tamaño de la edad, les era difícil mantenerlo metido en el convento, habiendo optado luego por confinarle en el seminario, donde a los diez años, haciendo funciones como monaguillo, para que se generara la lucha entre lo humano y lo divino, haciendo historia entre fulguraciones, para que luego fuera apostata sombrío, para ser sepultado bajo faldas de gloria.

Pero sin más preámbulo, dejen que se lo cuente con simpleza:

A los diez años, Arnulfo, interactúa con el padre Ambrosio, que lo eleva de puesto y lo hace su asistente personal, alternándose el tiempo de beato consagrado, y de masajista asignado, al grado de verse definido interactuando en el camino, hasta haber desarrollado aquel, hábito inadecuado.

Mientras pasaba el tiempo, Arnulfo crecía como un orangután, y a los 22 años, su tamaño sobrepasaba el de Goliat, de manera que algunos curas se sentían intimidados y no faltaron quienes sintieran el recelo de no ser asistido cierto día, porque el padre Ambrosio lo tenía como amuleto de su posesión personal, hasta que Judith, fue a perturbar la paz de su consagración.

Ya Arnulfo había superado la condición de monaguillo, y ejercía su cargo de asistente de Ambrosio, al grado que muchas veces se le permitía el inicio de la misa, todo estaban tan bien, que el padre Ambrosio y él, continuaban masajeándose las espaldas, hasta la aparición de la italiana, una beldad como caída del cielo y a veces parecía virgen, y un poquito después como si hubiese sido ángel, y Arnulfo la miraba en el horizonte de la historia, como la consagración de una aparición, o como el ala de su libertad.

Se llamaba Judith, Judith Bracamonte, la hermosa beldad de esas que donde apuntaban, aterrizaban.

Y ella se ponía en la fila delantera, con una blusa

ajustada hasta a donde había carne, y sus pechos parecían que al ser vistos desde el frente del pulpito, figuraban como dos petardos de dinamita que descontrolaban el celibato de Arnulfo, que mirándola con profundo deseos, mientras ella disimuladamente, se hacía que no veía, pero debajo percibía la expresión de aquel, que no podía evitar saborearse, como si fuera impregnado por el sabor de una fresa de dulce condición al paladar.

Ella, en cambio insistía en sus provocaciones, mostrándose con la intensión de hacerlo sucumbir, y así en su tarea de conquista, muchas veces llegaba ataviada de una camisita tan ajustada que el botón casi se reventaba, y Arnulfo percibía sus pechos, como dos peras recién cortadas, tornándose de llamativa a provocadora, mientras los ojos de Arnulfo brillaban más feliz que los de un colibrí, y admirado en silencio, se persignaba y pronunciaba:

----- Ay, santísimo, es verdad lo que dicen que las mujeres, son tan sabrosas como peligrosas, que son la mitad de la humanidad, y las mamás de la otra mitad, que nos educan para que la obedezcamos, que ellas son el sexo fuerte, y nosotros los débiles, perdóname señor, no me pongas a prueba con esa tentación, porque si esto continuara, fácilmente me haría perder el pudor y la razón, y es peligroso, porque no puedo contenerme, de aspirarlo en mi imaginación, y el solo saborearlo, me induce hacia el pecado.

Mientras pensaba cerraba los ojos, y los feligreses creían que el oraba, y cuando abría los ojos, se encontraba de frente a Judith con esa sonrisa picaresca que lo hacía temblar.

Pero aquella presencia intencional de Judith, que le inquietaba el corazón, había sembrado la condición de su definición, durante dos meses la italiana se había concentrado en atraer su atención, a los niveles que ya aquel sentía asco, y no quería masajear las espaldas del padre Ambrosio, por lo que esto había generado un dilema y un gran conflicto interno, en la extensión de esa localidad clerical, pues el padre Ambrosio hizo algo que nunca debió hacer... Se enamoró de su asistente, y aquel, de Judith, pero Ambrosio no se resignaba, excomulgó a Judith, y seguía hostigando a Arnulfo, para ese entonces Judith tenía 25 años, y Arnulfo 23, y aquel, por la fuerza del espíritu, tuvo que confesarle a ella, los pormenores evolutivos de su existencia, y aquella que pertenecía a una secta en expansión llamada " Atlantis redentora", que llevaba la intensión de robarse los feligreses de la iglesia católica y de otras sectas que competían con ella, no dejaba pasar una oportunidad, para imponerse.

Eran niñas hermosas, y entrenadas para dirigir a los hombres, que una vez, en manos de ellas, el que no trabajaba por fuera, se dedicaba a los quehaceres domésticos y obedecían a sus mujeres como a sus amas.

Arnulfo fue sacado de la religión, le tatuaron el cuerpo con más viñetas que a un mapa, cuando le dañaron la vida induciéndolo al vicio, Judith se mantuvo en control y mientras estuvo con ella jamás le permitió el consumo de crack, sin embargo, unos años después cuando la organización asignó a Judith, a otra víctima, Arnulfo quiso morir, Judith lo dejó sin un peso y en la calle.

Arnulfo cayó tan bajo, que olvidando su formación sacerdotal quiso dársela de chulo con fifí, una pobre mujer que lo ayudó, pero para que comprendan mejor lo acontecido, veamos cuan decepcionada lo murmura Fifí con Adela a través del teléfono:

---- Hola Fifí, háblame de ti.----- Dijo Adela.

---- Ay hija, y que te digo, Arnulfo me tiene preocupada, me enteré que me está siendo infiel, ahora disque anda con una dominicana.

----- Fifí, no seas tan insegura, ellos son, simplemente amigos.---- Dijo Adela.

---- Amigos?... "Amigo es el ratón del queso, y se lo come", casi todos los latinos son mujeriegos, y las Dominicanas, aprietan y no sueltan.---- Replicó Fifí.

----- Ya veo que te está llevando de Paulina, que anda diciendo que las haitianas y las Dominicanas, tienen algo que hacen que los hombres anden tras de ellas, pero no hay que alarmarse, Arnulfo tiene una formación clerical, ninguna mujer, lo va a sonsacar.---- Agregó Adela.

----- Si, tan clerical que antes de mí, tuvo a Judith, una que lo dejó en la ruina, y le enseñó toda la malicia, e inclusive, supe que el masajeaba a un sacerdote que le llamaban Ambrosio.---- Enfatizó Fifí.

----- Son cosas pasadas, piensa que al quedarse contigo, se ha regenerado.--- Dijo Adela.

Tendré que decírtelo todo para que me entiendas, Arnulfo no es el santo que creíamos, ahora anda con Margot, es Dominicana, y dicen que las Dominicanas a la hora del chapeo, no consideran a nadie, yo no quiero que el gaste los chelitos que me dejó papá, así que ese dinero voy a pasarlo a otra cuenta, por si acaso.---- Dijo Fifí.

----- Ahora entiendo, ya tú, no lo quieres, si no fuera así, no haría eso... el tiempo dirá.

----- Adela, no es cuestión de tiempo, yo tengo que hacer algo con ese hombre, él se ha estado burlando de mí, lo último que ha hecho ahora en su delirio de humillarme, es que agarrando veinte dólares, se pone frente al espejo y me dice: "Tú ves estos veinte dólares, estos son míos y los del espejo son tuyos, y quiero pollo. ¿Tu oíste eso Adela?---Decía Fifí.---a Adela que la escuchaba atónita al otro lado del teléfono.---

----- Si, te estoy escuchando, pero que atrevido, se ha vuelto ese hombre, bueno, siendo así, desnúdate, ponte frente al espejo y hazle lo mismo.--- Le dijo Adela a Fifí, como buena consejera, así fue que un día, siguiendo los consejos de su entrenadora, se desnudó, lo provocó, y cuando él se aceleró se puso frente al espejo y le dijo:

----- Oyes Arnulfo, no te atrevas a tocarme, porque la silueta de mi esfinge que tú ves en el espejo, es la tuya, y la original, que soy yo, es del pollero.--- Tal como fifís, lo expresó aconteció.

Desde ese día, Arnulfo quedó tan traumatizado que se dedicó a trabajar sin piedad, y a emborracharse por sacarse aquel dolor.

Fue cuando encontró unos amigos," porque salía de guate mala para meterse en guate peor," si, se había encontrado unos amigos que lo habían envuelto en la venta de pastillas en discotecas nocturnas, allí ya él había conocido a la Valentina, la valentina era una preciosidad de mujer, con rostro de desinteresadas, aunque en el fondo, le encantaba el dinero.

Si, había pasado un año del abandono de Fifí, cuando Arnulfo encontró a la Valentina, el continuaba haciendo negocios por abajo, seguía vendiendo sus pastillitas, pero como siempre, no faltaba un amigo de estos que le encantaba tirar al otro para el medio y le dijo que haría algo mejor, que haría un negocio con una mesa de villar adentro, a él le pareció divino, así que estando el villar en el piso de abajo el hacia su rejuego, cuando su amigo Alexis Bracamonte atendía la bodega, él estaba en el villar y viceversa.

Fue así como él veía a esa belleza silenciosa que iba a comprar productos de consumo cotidiano, y obviamente, ella también veía la presencia de Arnulfo, frente al negocio, y creyendo que era el dueño, le facilitó el acceso hasta que ambos entraron en confianza, ella tenía un novio elegante pero sin dinero, ella tenía que gestionar gran parte de las utilidades del consumo cotidiano, y además, ella buscaba ayudar a su novio, necesitando capital para una inversión, le abrió el corazón de su existencia y Arnulfo la encontró hermosa y en un acto de desesperación, usó   la mesa de villar como cama y la conoció.

Aquel encuentro a Arnulfo enamoró, por lo que después, Valentina que así la llamaban, recurriendo a sus encantos, por un préstamo le habló, le giró por setecientos dólares, alegando que lo usaría para la renta, pero de hecho, ella se lo entregó a Rudy, su novio, quien usó el dinero para la compra de estupefacientes, que distribuyó al detalle hasta hacerse un narcotraficante mayoritario, un día le tocó hacer una entrega, fue traicionado y lo asesinaron, como Valentina seguía relacionada con Arnulfo se cobijó en él, pero resultó que una noche en una de las discotecas donde el distribuía sus estupefacientes, le hizo una venta a un policía encubierto y lo arrestaron, resultó que el dinero al que ella tenía acceso de los ahorros de Arnulfo, se agotó , y durante ese tiempo, la Valentina había caído en desgracia económica y no sabiendo a quien recurrir vio a Gary como la posibilidad de sobrevivir, porque aunque Doña Soco lo había criado como especial, este tenía sus ahorros, y en su condición de feo y cabezón, encontrar una mujer de la condición física y la tolerancia de la Valentina, era como una bendición, entonces el enano consciente de los ahorros que lo respaldaban, aprovechando la condición de aquella se Dijo:

-----A esta mami si, que soy capaz de bajarle las estrellas del cielo--- Dijo.

Valentina era una mujer tranquila y le gustaba estar segura, pues rentaron un espacio en el alto Manhattan, antes que los judíos regresaran a Washington Hights e instalaron una cafetería donde vendían licuados, sándwich, refrescos y una sopa de pescados a la que le decían "siete potencias".

Entonces los amigos de Arnulfo que habían tomado confianza, comían y bebían, y no querían pagar, y ella le contó a Gary lo que estaba pasando, al ser aquel tan pequeño, lo que hizo fue pensar y aportarle una idea innovadora, que aunque a la Valentina le pareció una ridiculez, optaron por ponerla en práctica, no sin que ella le advirtiera:

----- Pero mi amor, tú eres tan pequeñito, crees que van a hacerte caso?--- Comentó aquella.

----- Mi amor, tú eres más grande que ellos, y me hiciste caso, deja eso de mi cuenta.------ Respondió Gary, y como lo acordaron, lo hicieron.

Dejando claramente definido que las circunstancias del libre albedrio, muchas veces colocaban a los hombres, en lugares donde ellos no pertenecían, ya sea como lecciones karma ticas, o como pruebas mundanas., Gary el enano, ni en sueño , habría de imaginarse que interactuaría con una mujer del calibre de la Valentina, sin embargo, ahí andaba, como la mascota "del mujeron" como lo atestiguaba él, de modo que se introdujo en la antesala del negocio y cuando los confianzudos consumían algo y decían que no iban a pagar, Gary desde la habitación interior le respondía, inflando la voz, que resonaba más   potente:

------ Eehey, que fue lo que oí. Tengo que salir?----- Decía Gary, tras bastidores.

    Mientras los consumidores le respondían: --- no, no, no salgas, que vamos a pagar.

Todo estaba funcionando de maravillas, hasta que Arnulfo salió de la cárcel y se aproximó a la Valentina, ya él se había enterado que ella estaba acompañada, pero por curiosidad él fue e hizo un consumo y a la hora de pagar dijo a la Valentina que después él le pagaba que como ella sabía el acababa de salir de la cárcel, y estaba corto de dinero.

Cuando Gary escuchó esto, se confundió y no sabía cómo actuar pues optó por hacerlo como estaba acostumbrado:

------ Eeh., qué fue lo que oí, tengo que salir?-----Dijo,

mientras Arnulfo le respondía:------ No, no, no salgas que yo entro.

Le dio una patada a la puerta, él se había crecido en la cárcel, y seguía viéndose como un orangután, y cuando entró al ver la estatura de Gary, se asombró y le preguntó:----- Dónde está tu papá?--- y Gary ahuecando los labios sin saber qué hacer le respondió, reduciendo la voz :

------ < Se fugó por la ventana >.

Arnulfo salió desconcertado y le preguntó a sus amigos que quien era un niño que él había visto en la antesala de la cafetería, que si acaso valentina además de trabajar allí, también cuidaba niños, y ellos le respondieron que no, que ese a quien él había confundido con un niño, era un enano que se desempeñaba como marido de Valentina, él se decepcionó tanto, que unos días después cuando volvió a ver a Valentina le dijo:----- De verdad Valentina que ustedes las mujeres no tienen piedad, tu no encontraste a alguien mejor por quien sustituirme?----.

----- Mejor que ese ninguno, yo te dijes que te alejara de las drogas, ese fue el que me quitó el hambre cuando tú te fuiste a la cárcel. ---- Le respondió.

Arnulfo se sintió tan avergonzado, que salió sin decir nada y no volvió por ahí, porque sus amigos querían empezar a hacerle burlas.

Después empezó a decaer, de una forma que hasta manteca

por las venas se inyectaba, y después que un primo lo condujo al programa "metadona", comenzó nuevamente a limpiarse, fue pasando de manos en manos, consiguió un vehículo que acabó vendiéndole a Gibón, conoció a otra Dominicana que lo encaminó y cuidó de él, hasta que acabó incrustado en la jauría.

CAPITULO 39

La Decepción

En cualquier circunstancia, no hubo un renglón de la vida de Gibón que no fuera explorado por esa mafia hambrienta, habida y sedienta de maldad, porque ellos no reflexionaban en función de lo que hacían, y hasta el seguro médico se lo tocaron para justificar su fraude usaron gente que trabajaban en "Healthfirst" para que le mudaran la dirección para hacer creer que todo lo que involucrara acción de redención se hacía con la autorización de Gibón, y hasta el correo electrónico de Gibón lo controlaba una directora de "Hommeland security" a la que llamaban Elaine Duke, y buscaban justificar todo con acciones intimidadoras de forma tal que ellos se beneficiaran y Gibón se perjudicara, Gibón entendían que ellos por encima de lo que hicieran no tenían poder sobre él, sabía que ellos lo hacían porque Dios se lo permitía, y él seguía sereno porque fuera como prueba o por maldad, él sabía que ellos no se saldrían con la suya, hicieran lo que hicieran, buscaban moros donde no había costas para nada, porque tendrían que regresar a donde empezaron y sin poder tocar lo que le correspondía a Gibón, pero además, ellos ignoraban que Gibón pertenecía a un renglón que aportaba a la economía estadounidense 2. 3 billones de dólares.

La organización del mal, no teniendo nuevos mecanismos a los cuales recurrir, empezaron a sobornar a los empleados del correo, o de la oficina postal a donde Gibón había definido su dirección, de forma tal que cuando le llegara un paquete a Gibón lo retuvieran hasta que llegara el momento de devolverlo, para hacer creer que aquel no lo recogió a tiempo, y por lo mismo había que devolverlo, porque le ponían el aviso muchas veces faltando un día, y cuando el encontraba el tique de información entonces decían que el paquete no estaba ahí, para hacer creer al emisario que Gibón había cambiado de dirección, y cuando le ponían la notificación a tiempo y Gibón llegaba a recogerlo había alguien que estaba último que él y lo llamaban juntos para que el que estaba detrás de él recogiera el paquete de Gibón como suyo, entregándolo a la organización del mal, como si Gibón fuera un muñeco sin derecho a quienes ellos podían controlar, todas aquellas acciones de bajeza, estaban dirigidas a provocar a Gibón, porque ellos seguían interesados en crear testigos comprados para venderlo como violento.

En otra ocasión sucedió algo parecido, le llegó una notificación a Gibón de unos libros que había pedido, después de hacer una larga fila, uno de los empleados del correo, a quien llamaban Pits, le pidió el comprobante para el retiro del paquete, y aun estando Gibón frente a él, pidió el comprobante al que estaba atrás, buscó el paquete del que iba de último y se lo entregó, el que iba de último le aclaró que Gibón iba primero que él, pero el empleado de correo respondió que él no veía ningún paquete ahí, pero Gibón le respondió, que lo buscara bien, porque si el comprobante estaba en la caja, era porque algo había llegado. Pits, el empleado del correo replicó, que no había nada, gibón insistió y al momento apareció, ellos no entendían que no debían provocar a Gibón, sin embargo, aquellos insistían en ponérsela difícil, porque aun así, cuando el empleado entregó el paquete, le preguntó :

----- Qué es eso?----- cuestionó Pits.

Gibón le respondió: no son tus negocios, por qué debo yo darte información a ti de mis actividades, y esto que acaba de acontecer, va a ser incluido en un pasquín, lo que indujo a que el empleado asumiera un rostro de sorpresa.

Pero esa era la segunda vez que sucedía, porque la primera vez, se trató de una empleada, combinada con otra mujer que le atenazó una correspondencia a Gibón, quien por no forcejear con ella prefirió que ella se llevara la correspondencia, todo por no entrar en una disputa, la organización del mal y secta oculta estaban tan desesperados por justificar el fraude, que a ellos no le importaba recurrir a lo que fuera.

En otra ocasión enviaron un paquete a Gibon que una de las ejecutivas de la aseguradora granja del Estado no quería que cayera en manos de Gibón, y a la hora de recogerlo en lugar de Pits, usaron a una empleada de origen Hindú para que hiciera la operación, y en esa ocasión lo hicieron firmar dos veces para recibir una carta donde el seguro decía que no iba a pagar, que se la habían enviado antes de la entrevista para el H-50 del accidente provocado a Gibón el primero de julio del dos mil veinte y cuando llevaron el paquete la ejecutiva entró la mano, se y apoderó del paquete, mientras a Gibón para justificar, le entregaron una carta que ya él había recibido cinco semana antes, mientras de una manera maliciosa, lo pusieron a firmar como recibido el paquete que se llevó la emisaria de la aseguradora granja del estado mientras él retenía una carta caducada.

Todos combinados, usando los servicios de la empleada sobornada.

Cuanta desfachatez!--- pensaba Gibón.

Secta oculta y la organización del mal, se habían combinado en localizar evidencias que pudieran contrarrestar los derechos de Gibón, y estaban recurriendo a todo tipo de trampas, provocaciones, que no dejaban otra opción a pensar que aquellos sátrapas, con tendencias de insectos, sin alas propias para volar, por momento dormitaban como habitantes del fango, mostrando sus temperamentos de cerdos.

Y así estaban secta oculta y la organización del mal, combinando acciones de golpe bajo contra Gibón, y muchas veces el solía preguntarse cuál de los dos cuervos ha incurrido en más bajeza?

Sin embargo, mientras más maldades le hacían Dios mayor fortaleza le suplía, y aquellos villanos vampírico, de colmillos afilados para chupar la sangre de inocentes, al no poder salirse con las suyas, habían empezado a caer en grandes depresiones, que lo habían conducidos al uso de estupefacientes, y a decepcionantes suicidios, porque con " los hijos de Dios, nadie debía molestarlo".

Ellos sentían un miedo natural de Gibón, e inclusive lo consideraban peligroso, porque podría convertirse en alguien que frenara su continuismo en la opresión, y manipulación a los sectores minoritarios, hienas y lobos unificados con tres objetivos:

Saquear obstaculizar y manipular.

Entonces dijo Gibón con toda la entereza de su conciencia:

------ Muchos son los inconscientes investidos de poder, que han abusados de él, usándolo contra mí y los sectores minoritarios, pero que llegado el momento de la justicia, aunque se nieguen a reconocerla, Dios la reconocerá, y hay de aquellos que hayan conspirado contra la justicia del divino, aun sea en el pensamiento--- Afirmó.

Para ese entonces cave decir, que el sistema se alimentaba del chantaje y la manipulación, y sus esbirros, buscaban siempre, tener de rodillas, o bajo la suela de sus zapatos a quienes ellos consideraran que tarde o temprano les darían agua a beber, pero Gibón era un luchador natural, él no había nacido para hacer la voluntad de los hombres, sino, la voluntad de Dios.

De todos modos, la sociedad había generado un crítico estado de justicia, donde los defensores se habían convertido en rufianes, y Gibón era una especie de presa, a los que todos querían morder.

Nunca las leyes en nueva york, habían llegado a los niveles de descaro como en esa ocasión, cuando leguleyos y putrefactos se unificaban para conspirar en contra de las minorías, fraguando apoderarse de los beneficios de aquel sector, manipulando la verdad en torno a lo que estaban llamado a otorgar sin resistencia alguna.

El descaro era más grande que la sensatez, el deseo de poseer había obnubilado la conciencia de aquellos zopilotes que habían perdido el equilibrio de la adecuada reflexión, ya que ellos no se detenían en hacerle creer a Gibón en su juego de hipocresía que lo despojarían.

No obstante, estaba la fe de Gibón por encima de la conciencia de tales timadores, que se negaba a creer que aquellos en su dictadura de ambición pudieran apoderarse de lo que él había pactado frente a Dios mucho antes de nacer, por lo que el concebía tal conspiración como una asociación delictiva donde por libre albedrio, los hacedores de justicia, querían imponer la injusticia, creyendo que la conciencia no lo inquietaría, por lo que continuaban recurriendo a tácticas dilatoria para verificar si Gibón se cansaba, y lo dejaba así, Pero aunque él, se negaba a estresarse, pensaba que tal villanía no podía quedar impune, por lo que su alma clamaba justicia, ya que en aquel lugar, no siempre se podía ser prominente, que digamos, y estar en desacuerdo con los procedimientos del sistema, porque para ellos hubiese sido un placer perseguir y destruir a su victimas si podían, pero se acomodaba a sus planes, jugar con su cabeza.

A los deudores del sistema se les exigía que pagaran, aunque para ello hubiesen tenido que recurrir a empeñar a su madre, pero si era el sistema quien te debía, a la hora de la transacción tu tenía que exigirle tu pago a través de un abogado para forzarlo a que te reconocieran tus derechos, y orar a Dios para que el abogado no se vendiera, haciendo un trabajo fuera amañado, contra ti, a lo Nona Shick.

Porque la democracia del sistema les permitía a algunos de esos abogados ser una especie de gánsteres con licencia para engañar y manipular.

Pero Gibón le creía más a Dios que al hombre, porque él sabía que lo que él había asumido frente al padre, se cumpliría por encima de lo que pensara la organización del mal, que no había escatimado esfuerzos para arruinarlo, y en su desesperación y con el mayor descaro, había recurrido a la comisión de Taxis y Limosinas, la cual también quiso pescar en rio revuelto.

Además habían recurridos a los tickeros, y a otros tantos mecanismos que incluían como les había dicho, el seguro médico de Gibón, ellos querían debilitarlo, acorralarlo, dejarlo sin aire para asfixiarlo, pero ellos ignoraban que Gibón se movía con la fuerza de Dios, por eso ni aun intentando envenenarlo, lograron salirse con la suya.

En lo relacionado con el seguro médico había puesto Gibón una tarjeta de crédito para que le dedujeran el pago del seguro médico, y no lo hacían para que luego apareciera Gibón con el seguro suspendido, por si tenía alguna emergencia, que tuviera que pagar la totalidad de las facturas, alegando que él había cambiado de vida, cuando en realidad, nada de eso había sucedido, era una conspiración racial donde todos se habían combinado, con un sólo propósito, decepcionar a Gibón, para ellos satisfacer sus egos, por eso la organización del mal le había dado una limosna a Arnulfo, para que provocara a Gibón Arnulfo cayó en un estado de depresión, al grado que se envolvió en el consumo de antidepresivo, y cuando lo hacía llegaba descontrolado subiendo el carro por la acera de la calle de Bulley, al principio Perfecto René cariño buscaba la manera de que él se fuera pero después que se integró el cuadro de conspiradores contra Gibón, el pastor del señor, buscaba la forma de que los de más a quienes la envidia habían enfermados provocaran a Gibón, para generar peleas que justificaran que la administración de Bulley, lo decretaran persona no grata, para que así Gibón no pudiera hacer delibere de las compras de los miembros del club, y aquel se viera precisado a aceptar la oferta de la organización del mal, que pretendía manejar ciertos recursos económicos pertenecientes a Gibón, y que a espaldas de este, mediante un fraude habían reclamado sin que aquel se enterara.

Pero resultó, que Dios amaba a Gibón de una manera especial, por lo que le avisó de lo que estaba aconteciendo, motivando que Gibón se negara a aceptar la condición de malicias que aquellos habían asumidos ensayar con él, por lo que la organización del mal, optó por involucrar en la persecución, a todos los que se encontraran en los alrededores donde Gibón se movía, por eso pagaba a los de la jauría en Buley, para que aquellos provocaran actos deshonrosos contra Gibón, a fin de que aquel, abandonara el lugar, y se mezclara con ellos.

Debido a tales acciones, ese viernes, que no era un viernes cualquiera, porque el número 13 se mostraba hasta en la camisa que vestía Arnulfo, quien habiendo inhalado un cigarrito de marihuana, sintiose como un oso, invadido de soberbia y radicalizada violencia, porque Gibón le dirigió la palabra a un cliente que el llevaba, le había introducido la punta de una llave próximo a las cejas izquierda de Gibón, minutos antes de llevar una compra, todo porque por orden del listado donde ellos se inscribían, a Gibón le correspondía detrás de él, y habiendo Arnulfo salido afuera y el cliente con quien él había hablado se había quedado adentro del establecimiento, Gibón le había preguntado si ya tenía transporte, y Arnulfo que vio a Gibón hablarle, se molestó de una manera descontrolada, y empezó a insultar a Gibón, y él le pidió que no le dirigiera la palabra, pero Arnulfo seguía violento, Gibón quiso bromear y sonriendo le dijo acercándosele:

---- Tú quieres que te muerdas?

Pero Arnulfo intensificó su violencia, y mientras Gibón buscaba la manera de bloquear sus manotazos con la mano izquierda, porque con la derecha agarraba sus lentes, al no ser la intensión de Gibon responder con violencia a Arnulfo, porque él sabía que violencia generaba violencia, por un momento no entendió Gibón, que la confianza era el camino más corto para cometer un error, y se descuidó, cuando Arnulfo moviendo la llave de abajo hacia arriba, logró arañarlo con el metal, un poco más arriba de la ceja izquierda, haciendo que Gibón, derramara sangre a borbotones, al tiempo que buscaba la manera de hacerse un torniquete.

Arnulfo se retiró a llevar su compra, pero al regreso ignoraba que la policía esperaba por él, habían llegado dos carros de policías y dos ambulancias de bomberos.

Arnulfo aun sabiendo en qué había incurrido, se sorprendió de encontrarse con la policía, el cual al ser cuestionado sobre lo acontecido respondió:

---- Oh, pasamos algunas palabras, yo me alteré, y él se elevó.--- Dijo, aunque él sabía que cumplía órdenes de la organización del mal.

Cuando unos de los oficiales se aproximó a Gibón, Dijo:

----- Quisiera usted que lo arrestemos?.... Porque si usted decide lo hacemos.

A pesar de la propuesta, Gibón vio en la semblanza del oficial, un poco interés en hacer justicia

para ver si él le respondía con violencia para agarrarse de ahí, ellos ignoraban que Gibón sabía todo lo que ellos pretendían y que no se prestaría a facilitarle el camino, aunque Arnulfo intentó mostrar su obra de arte, sus tatuajes verdes y rojos, para intimidar e impresionar, atacó a Gibón pero Gibón como si aquel hubiese sido un muñeco bloqueó sus golpes con la mano izquierda y no le respondió, tenía en la mano derecha unas gafas y solo evitaba que Arnulfo le asestara con sus golpes y en un descuido aquel le introdujo

la llave entre medio de las dos cejas desbloqueando la vena óptica que aceleró la salida de la sangre, Arnulfo pensó que lo había vencido porque aquel no le respondió, y hasta se mostró ante la jauría como el Goliat que se la pondría difícil a David, pero Gibón sabía que si respondía los villanos se saldrían con la de ellos, entonces aparentemente lo dejó todo así, cuando la policía y la ambulancia llegaron Gibón se negó a darle cargo diciendo:

---- No, yo no quiero que él vaya preso, porque él tiene familia si va a la cárcel, sus hijos perderán su sustento y su familia va a sufrir.---- Dijo.

Al escuchar estas palabras expresada por Gibón, el agente lo miró con cara de incredulidad, pero Gibón sabía lo que hacía.

El oficial le preguntó que si el aceptaría que Arnulfo le pidiera una disculpa, y Gibón le dijo que sí.

Entonces el oficial se aproximó a Arnulfo y le sugirió que le pidiera una disculpa a su contrincante, y aunque la pidió sin mucho deseo como una disculpa forzada, Gibón, con calmada paciencia se la aceptó.

Arnulfo no le quedó de otra porque si se negaba frente al oficial, el quedaría perjudicado.

Redujo la frecuencia de su presencia en Bulley, él

pensaba que la estrategia de Gibón de no aceptar que el fuera a la cárcel, pudo ser una condición secreta para algún propósito, sin embargo el propósito de Gibón, no iba más allá que la que un trabajador social le daría a un paciente, o la que un enfermero otorgaría a un trastornado emocional.

Así fue como 15 minutos después la ambulancia había decidido salir, no sin que antes de ese momento Gibón insistiera en que el paramédico le dieran un recipiente para orinar, o lo dejara ir al baño, pero su negativa fue total, ellos querían ver si Gibón se hacía en los pantalones, pero Gibón le advirtió que eso no sería posible, y que si no lo dejaba usar el baño, se haría en la ambulancia, una de esas que usaban los bomberos.

Como lo dijo lo hizo, Gibón se incorporó y orinó por la rendija de la puerta trasera.

Luego que la ambulancia partió, el paramédico le preguntó que si acaso el, solía orinarse en su carro.

A lo que Gibón le respondió que todo dependía de las circunstancias:

----- Depende si se presenta una emergencia como esta, ya que yo dispongo de un recipiente para hacerlo, pero en este caso, tú me indujiste a tal extremo. ---- Dijo.

El paramédico guardó silencio mientras la ambulancia se movía, unos minutos después llegaron a la emergencia del parvilion en la 218 y Broadway.

Al momento entraron la información a la computadora, al momento apareció una pasante llamada Nicol, a quien Gibón le recitó un poema de amor.

Lo tarareo con una melodía tan profunda que la indujo al movimiento, al ritmo de la melodía, como si hubiese sido un clamor al corazón, porque ella lo vivió con esplendor.

Después de disfrutar la muestra del humor de Gibón, se sentó a su computador, y concluyo la introducción de datos.

La deuda acumulada por concepto de tal agresión

incluyendo la ambulancia, y la asistencia medica sumó un monto de 2 300. 00 dólares, pero Gibón tampoco le pasó factura, él siguió pensando que todo aquello era obra de secta oculta y la organización del mal, él sabía que tarde o temprano todos los villanos pagarían, sin importar las posesiones de poderes materiales que sustentaran.

Habían pasados unos días, en ese entonces Vilinsky y Rodo estaban enmudecidos con Gibón, y aprovechando el percance entre Arnulfo y aquel, insistieron en que aquel desafiara a Gibón, quien era dueño de una serenidad propia de las que traen los asignados del cielo.

El pretexto usado fue que un miembro del club hizo una oferta a Arnulfo que estaba de turno y aunque el la rechazó y los demás que seguían en la lista de espera, y Gibón la aceptó por una donación voluntaria como aquella pudo aportar, cuando Gibón se fue todos empezaron a murmurar de manera que cuando Gibón regresó Arnulfo estaba en la puerta de entrada y Gibón le paso por el lado, y Arnulfo dirigiéndose a él, se tornó algo agresivo y le dijo:

---Sigue provocando, que tu veras que te voy a partir de nuevo.---Dijo.

---- Aunque no es mi estilo porfiar contigo, Suelo parodiar a Bosch, " el que me engaña una vez, sinvergüenza es, el que me engaña dos, sinvergüenza yo", no quiero que te confundas porque aquella vez me indujiste a derramar una sangre necesaria, en esa ocasión ni te ataqué   ni me defendí, solo te bloqueé con la izquierda pudiendo defenderme con la derecha, no lo hice por eso de que la violencia no es cosa buena mata el alma y la envenena, pude mandarte a la cárcel, y cuando la policía me dijo que si yo quería te arrestaban, preferí no hacerlo, sin embargo aunque yo no soy violento, si me ataca nuevamente, va a resultar herido. Dijo---

Ya Arnulfo se había cuadrado para echársele encima y Gibón condicionado a cortarlo, pero antes de que aconteciera, Rodo y Vilinski cambiaron de opinión e impidieron la agresión.

Pero por Dios, permítanme retomarle la historia de Arnulfo y Judith, la cual lo había conducido de clérigo amamantado, a huérfano desolado, pues podríamos decir, que aquel héroe se había atacado en su retórica y faltaron le palabras en su expresión.

Así, pues, debido a que Judith había sido formada como un cuadro de la referida organización que promovía a las mujeres como Diosas, y le daba derecho a tener tres maridos bajo techo, y a ponerse en lugar del hombre haciendo todo lo que aquel le hacía a ellas, unos meses después, Judith sin perder tiempo había logrado un anillo de compromiso de Arnulfo, y ella le dijo:

----- Mi amor, ahora que asumimos el compromiso, debemos fijar fecha para matrimoniarnos.---- Expresó.

----- Cómo es eso Judith, yo no estoy preparado para casarme.----Replicó Arnulfo.

----- Precisamente, porque no está preparado, es que te hago la propuesta, te gusta que te besen, y te amen?.... Para que nadie nos obstruya, debemos casarnos, ya yo estoy preparada y por lo tanto, también tu.... Verdad?...

----- Si tú lo dices!---- Respondió Arnulfo con más miedo que vergüenza.

No se habló más, y dos meses después, se matrimoniaron, pero eso no pretendía quedarse ahí, porque la excomulgación y el hostigamiento, generaron motivo para que Judith acusara a Ambrosio de pedófilo, y a la iglesia de encubridora, y por el sufrimiento que todo esto había causado a su marido, reclamó una compensación a la iglesia, la cual por antonomasia se vio precisada a pagar, al tiempo que le ofrecía una disculpa pública.

Había pasado mucho tiempo desde que peregrinó, y por todo lo que ha sido le damos gracias a Dios, démosle gracias a Dios, démosle gracias a Dios.---- Cantaba Judith, unos años después de haber abandonado a Arnulfo, cuya terrible experiencia lo habían dejado con cierto trauma que esporádicamente lo inducían a probar la (marihuana), mucho tiempo antes de que fuera admitido en la Jauría y de que se marcara el cuerpo con más tatuajes que un mapa.

CAPITULO 40

Justicia Y Resistencia

---- La cuarentena tenia aislado a los ciudadanos del mundo y especialmente en Estados Unidos, que sobrepasaban los cuatro meses y aun los estados no habían abiertos el cierre en su totalidad.

Y aconteció que una llamada al 911, condujo al arresto de un hombre de las minorías, un sobreviviente del encasillamiento generado por la pandemia del corona virus, tras presuntamente pretender usar un billete falso de 20 dólares para pagar en un supermercado de nombre " Antena".

George Floyd, a pesar de ser sometido había sido asesinado por asfixia, generando gran indignación en las masas populares del pueblo de los Estado Unidos, que indujo a algunos activistas, a salir a la calle a dejarse sentir, tras elevar su voz de protestas, la muerte de George Floyd, se produjo el 25 de mayo del 2020, en el vecindario de Powderhorn, en la ciudad de Minneapolis, Minnesota (Estados unidos)como resultado de su arresto practicado por cuatro policías locales, entre ellos el agente Dereck Chauvin, quien fue detenido y acusado de homicidio, en tercer grado (involuntario) y posteriormente de homicidio en segundo grado (doloso) porque a pesar de haber sometido al prisionero, aparecía en un video con la rodilla sobre el cuello de George Floyd, dejándolo inconsciente, a pesar

de que aquel expresara para ser oído:" No puedo respirar" ..

También fueron acusados de cómplices e instigadores en el homicidio Thomas Lane, J. A.Kueng y Tou Tho U, quienes además fueron arrestados, y puestos a disposición de la justicia.

El pueblo se indignó, a las calles se lanzó, y fueron muchas las unidades policiales que quemó, aquellos interpretaron que la supremacía blanca seguía poniendo la rodilla sobre el cuello de la minoría negras, como una simbología que las cadenas nunca se romperían, y entonces demostraron que las conquistas alcanzadas, nadie las harías retroceder ni con el simulacro de la muerte.

La primera semana de junio, algo había acontecido que indujo a la gerencia corporativa de Buley a trasladar a Wing, por lo que había arribado otro administrador, durante la administración de Wing, en horas de la noche, se estaban generando una serie de robos, y muchos de los involucrados, no había podidos ser capturados, entonces llegó Wong de ascendencia filipina, y se esperaba un mejor resultado.

Así pues, que Bulley continuaba su agitado curso.

La organización del mal, integradas por demonios apocalípticos, se ufanaba de tantas maldades, y no cesaba de seguir probando, y seguía recurriendo a todos los mecanismos a su alcance.

En realidad, daba la impresión que la organización del mal y sus dirigentes habían enloquecidos, cada día ellos creaban mecanismos de ataques, y ya Gibón, estaba decidido a hacer lo imposible para que aquellos no se salieran con las suyas, ellos usaban dinero y el poder del hombre para ultrajar a los que no se dejaban, y Gibón recurría al poder de Dios para contrarrestar sus intentos.

La organización del mal, buscaba entre su membresía a los que tuvieran una trayectoria de abusos, y Kom Crawn era una de sus distinciones, presto a hacerle trabajo sucio a todo aquel que ameritara el honor, Kom Crawn tenía condecoraciones de hábil servicio a la brutalidad policial, cinco años antes, había roto la cabeza de un activista que protestaba contra el incremento de la renta a los apartamentos en el Estado de New York.

Kom Crawn había sido solicitado por la organización del mal, para probar a Gibón, y ver su actitud al ser sorprendido, todo aconteció el martes dos de junio, enviaron un miembro de secta oculta fue a Bulley con el propósito de abastecerse de alimentos, mientras aquel solicitaba los servicio de transportación de Gibón, un carro funerario estacionado en el parqueo del frente, observaba los movimientos de aquellos, al grado que una vez percatado de los movimientos se encaminaron a seguirlos, salieron de la calle 237, y Broadway y se introdujeron, por Avenida Kings bridge, regresando a Broadway en la calle 225, luego se desplazaron por la décima avenida hasta alcanzar la autopista federal conductores de Harlem, desde donde corrieron hasta la octava avenida con la 155, antes de salir de la autopista, desde el carro fúnebre con placa de New Jersey, el conductor le daba instrucción al oficial Kom, respecto a la aproximación de Gibón, y allí estaba el oficial Kom, con la patrulla con la cara de frente esperando a Gibón, quien iba a una velocidad de 25 millas por hora, y el oficial Kom dio vuelta a la patrulla y viendo Gibón que iba detrás de él, se detuvo y aquel con todo el esplendor de su descaro se aproximó y Gibón bajó la ventanilla y le preguntó:

------ ¿Qué pasa oficial, algún error? Vengo a 25 milla por hora qué sucede?

---- Tú vienes a 41, dame tu licencia de conducir y la registración del carro, perdona la demora pero tengo que proceder.---- Dijo Kom al pasajero.

___----- Si, yo llevo prisa. --- Dijo el pasajero.

----- Yo me daré prisa,---- Dijo el oficial Kom con toda su cortesía.

Yo no entiendo, yo venía a 25 millas por hora---- comentó Gibón.

----- No pague nada---- comentó el pasajero.

Tengo que revisar a ver lo que procede.---- Respondió Gibón.

Un momento después trajo el oficial Kom una contravención, al tiempo que recomendaba.

----- Si no respondes este ticket en 15 días, tu licencia podría ser suspendida.---- argumentó.

---- Está bien.--- Dijo Gibón, mientras veía a la patrulla alejarse, dejando claramente entendido que su misión del momento fue esperar a Gibón y fabricarle una contravención.

Gibón sintió, que una serpiente pasaba bajo sus pies, en realidad el, no respetaba al hombre que portaba el uniforme, Gibón respetaba al uniforme, porque muchos de los hombres que llevaban ese uniforme, él creía que eran indigno de llevarlo. Porque el hombre poseedor de tan digna insignia, debía actuar con profesionalismo, cortesía, respeto, además, de que debía ser misericordioso y orgulloso de su investidura, --pensaba Gibón.

Donde la ética aun perduraba, y la corrupción no estaba enlazada, se galardonaba a los merecedores del honor, pero a los indignos, se le avergonzaba públicamente, eso era lo que la comunidad pensaba de oficiales como Kom.

Porque aunque Gibón hubiera deseado enfrentarlo y vencerlo físicamente, no era recomendable, porque aunque el oficial Kom, no estuviera cumpliendo con su deber al perseguir y hostigar a los contribuyentes minoritarios, era necesario que se le rindiera honor, al poder del uniforme, hasta que Dios, dictaminara lo contrario.

Y ciertamente, el oficial Kom, no era de lo mejor, abusaba a su hermana, también a su mujer, por ser un policía, con él no había porfía, él era violento sin regeneración, era represivo también abusador, y su naturaleza era de lo peor.

De todos modos, los Estados y sus ciudades embadurnadas de paciencia recorrían con coraje las historias de violencias, en búfalo los oficiales miembros de grupos contra motines: Aarón Torglaski y Robert McCabe habían empujados a un anciano de 75 años, llamado Martin Gugino que participaba en una jornada de protestas por la muerte de George Floyd, y quien había caído de espaldas golpeándose la cabeza en el concreto que lo condujo a sangrar por los oídos ,lo que había generado una disputa entre el Gobernador del Estado de Nueva York en ese entonces Andrew Cuomo y el presidente Donald Trump, quien había alegado que lo acontecido al anciano de 75 años "no era más que una teoría de conspiración sin fundamento"

Muchos solían preguntarse por qué no había suficientes organizaciones de prevención de la violencia, y por qué eran ignoradas las organizaciones existentes que buscaban prevenirla.

Aunque a decir verdad, el vicio y la violencia, era el encanto de aquellos insensibles que veían beneficios en todos los renglones, aunque cayeran quienes tuvieran que caer, Para ellos nada importaba y decían: " El muerto al hoyo, y el vivo al bollo".

Para tales sátrapas, la humanidad no era más que un número para la explotación o la destrucción, por eso solían ver como un peligro, por no decir como sus peores enemigos, a aquellos que creaban organizaciones para alivianar las penas de las minorías.

"Luchar contra la prevención del vicio y la violencia" era luchar, contra el consumo de drogas cigarrillos, y contra las armas de fuego, y contra el narco tráfico, permitir esta lucha, era como reducirle los ingresos a los sectores que se alimentan del dolor humano, era la razón por el cual, en ese entonces habían muchos obstáculos para que las fundaciones dedicadas a luchar contra el vicio y la violencia, alcanzaran los fondos para tales objetivos

Entonces como Gibón, era un abanderado de la causa de no vicio y no violencia, la organización del mal se negaba a admitir sus propósitos, y siempre estaba buscando un motivo de provocación que indujera a Gibón a rebelarse, para ellos justificarse, y por tal razón, frecuentemente, renovaban las acciones de sobornos a la jauría, para que le gritaran o le levantaran la voz frente a personas desconocidas, por si Gibón ponía a algunos en su lugar, pues ellos tener evidencia de que aquel estaba descontrolado, o no tenía el equilibrio facultativo para asumir ninguna asignación, para ellos seguir en posesión de los recursos que por ley, correspondían a Gibón, y todo esto se sumaba al racismo, al abuso sistemático del poder, que estaba encaminando a sectores interesados en el caos, a patrocinar una rebelión, y era que la tolerancia se había vuelto ficción ,y las masas anhelaban que todo cambiara, y lanzaban epítetos de ardua petición:< Todo ha de cambiar en la sociedad, racismo y brutalidad, tienen que parar.

Era la razón de aquellas protestas, para que cesaran las acciones abusivas y de brutalidad policial contra las minorías.

El oficial Kom, era un minoritario uniformado, inconsciente de su gente, pagado por los pobres para servir a los ricos, el largo tiempo de abusos, lo había tornado soberbio, y la soberbia lo indujo a la incomprensión, y estaba tan identificado con sus hechos, que ignoraba que la muerte lo tenía en acecho.

Dos semanas después de que aquel miembro de la fuerza del orden que andaba provocando desorden, asfixiara a George Floyd, Hardy y pardy dos miembros de la pandilla internacional XZ, fueron de compras a Buley, aquellos seres estaban fungiendo como grupo de presión que habían ido a abastecerse de provisiones para suplirle alimentación a los integrantes de las protestas por la muerte de George Floyd, que se elevaban en la calle 42, ellos tenían instrucciones de romper vitrinas y sembrar el caos, escogieron a Cholinfe para que los llevara, se desplazaban de norte a sur haciendo un recorrido similar al que había realizado Gibón dos semanas antes, pero en esta ocasión Cholinfe el conductor, había sido encañonado con una vareta con silenciador, precisamente cuando comenzaba a cruzar el puente de las 225 y Broadway rumbo a la décima, al verse encañonado con una vareta con silenciador, sintió un terrible terror al encontrarse frente a tal realidad:

---- Qué pasó? Me van a asaltar, yo solo he hecho cien dólares, mírenlo ahí, cójanlo---- Dijo Cholinfe con más miedo que vergüenza.

-----No necesitamos tu dinero, lo que necesitamos es tu transportación, así que si coopera con nosotros, nada vas a sucederte, detén el carro, ponlo en neutro, y pasaste para atrás.-----

Cholinfe no le quedó de otra que obedecer, estaba siendo encañonado y la pistola tenia silenciador, si disparaban, no se oiría la explosión.

----- Por favor no me vayan a hacer daño, que yo tengo una hija a quien sostener.---- Dijo, dejando en evidencia que no siempre < muerde el perro como ladra>.

----: Date rápido y cállate la boca, que te convienes más.---- Dijo Hardy, mientras seguía amenazándolo con la pistola.

Cuando ya estaba en la parte trasera del vehículo lo tiraron boca abajo, le cubrieron la boca, y lo amarraron de las manos y los pies, Hardy sostenía la pistola mientras Pardy conducía.

Al llegar a la avenida Ámsterdam con la 179 avanzaron unos metros y cuando se acercaron a un triángulo que permitía el acceso a la autopista, lo sacaron del vehículo y lo echaron a un lado, mientras abordando nuevamente el vehículo avanzaron en dirección sur por la autopista conductores de Harlem, hasta llegar a la 155, mientras reducían la velocidad se fueron desplazando, y Kom y Keyla, estaban patrullando, pero como Kom no dejaba pasar una, le encendió las luces mientras Hardy y pardy se detenían. La patrulla se detuvo detrás de ellos, Keyla estaba distraída jugando Nitendo, Kom se fue aproximando a donde Hardy Y pardy aguardaban.

----- Ahí viene la policía, tenemos que llegar antes del toque de queda.-- ----- Comentó pardy.

----- Déjalo que se acerque.-----respondió Hardy.

Cuando ya Kom estaba frente a ellos, Dijo sin preámbulo.

----- Dame la registración y la licencia de conducir.----Expresó.

----- Por qué? --- preguntó Pardy.

---- Quiero hacer una verificación ----- Agregó Kom.

De pronto e inesperadamente, Hardy, sacó la vareta con silenciador, y un disparo en la frente le otorgó, de rodillas y con los brazos abiertos Kom se quedó, sin que Keyla se enterara qué pasó.

De los dos, aquel que ocupó el asiento de atrás, disparó, y a Kom, una marca incrustada en la frente, sin vida lo dejó, ya no importaría lo bueno o lo malo que él hiciera, su regreso lo definiría frente a una vida de mayor expresión, donde gran parte de las maldades de su corazón, se volverían amor.

Esa fue la partida del oficial Kom, Keyla ni se percató jugando nitendo se quedó.

Entonces, en la pausa del juego vio Keyla que Kom se tardaba, y cuando salió y el juego interrumpió, sacó su arma reglamentaria miraba por todos los lados, pero más nada vio, Hardy y Pardy, se habían esfumados, en un instante la noche llegó, y el panorama se oscureció

La oficial Keyla, llamó a la central, y al momento helicópteros ambulancias y Patrulleros, habían poblado la zona, eran las siete y quince de la noche, los azules tenían cercado a Harlem.

Los reflectores de los helicópteros se deslizaban sobre las copas de los árboles, hacia el asfaltado de la autopista, buscando velar la presencia de las almas asesinas

Cuarenta y cinco minutos después, un taxista se percató del Bulto próximo a las aceras de la carretera creyó que era un hombre muerto, y llamó al 911, le dio los detalles, y fueron por Cholinfe, tanto el precinto 33, como el 34, hicieron acto de presencia, Cholinfe fue interrogado, y aquel dijo que fue asaltado por dos hombres y se apoderaron de su vehículo.

Al otro día, apareció la van de Cholinfe, pero se la retuvieron como evidencia, un tiempecito después fue a Bulley a provocar a Gibón, por orden de la organización del mal, y aprovechó que Gibón fue al baño y a su regreso le mostró un drama de desamor, como Gibón iba primero que él, de pronto le gritó como pocos locos gritan:

----- Yo se la voy a dar porque yo quiero, usted no estaba aquí y me toca a mí.

Gibón con toda su calma. Experimentando un acto de vergüenza ajena le dijo:---- Bajas la voz, los clientes pueden asustarse.---- Entonces el intensifico su necedad, delante del cliente, que parecía estar combinado con él, para hacer que Gibón pase por un mal rato.

Gibón le preguntó a la mujer, si estaba preparada para irse, y ella le respondió:

------ No, lo siento, no quiero tener problemas.--- Dijo, mientras llamaba a una base de Taxis.

Gibón le dijo a Cholinfe, te das cuenta lo que ha provocado tu actitud de locura.

Cholinfe, volvió a alzarle la voz, y Gibón le advirtió de si le seguía gritando lo iba a derribar, en eso, apareció Ricardo tratando de que la "sangre no llegara al rio, y Jóchelo dejándole saber que aquello era un complot tratando de manipular su verdad y dejarlo mal parado.

En ese momento salió alguien que se dirigió a Gibón para que este lo transportara, y él se fue, y dijo todo encendido, porque él le dijo a Cholinfe una oración de desiderata: < Evita a las personas ruidosas y agresivas, ya que son un fastidio para el espíritu>

Y uno a quien le decían Moreno le dijo a Gibon:

----- Pastor, no hay nada contra usted, el que se ponga a contrariarlo, puede tener problemas conmigo.----- Dijo, Gibón lo miró, y se fue.

Es cierto que interrumpí, pero permítanme decirles qué pasó después, de la muerte del oficial Kom:

La policía improvisó una búsqueda intensa, sobrevoló a Harlem y a Washington Higts, para nada.

Nunca se supo quién asesinó al oficial Kom.

Esa misma noche, la organización del mal, y secta oculta, habían sacado a Jardy y Pardy en un avión privado para Francia, ellos eran dos cicarios internacionales, reclutados para el trabajo sucio, ya Kom sabía bastante, y decidieron matarlo.

Esa faceta de secta oculta y la organización del mal, para los hombres simples, parecía peligrosa, ellos sabían que tenían que cuidarse, ya que tales organizaciones hacían que su membresía se vigilara uno con otro, porque secta oculta y la organización del mal, solían usar a las persona, incluyendo a los niños hasta que le estaban siendo útil, pero después buscaban la manera de enloquecerlas o asesinarlas, para deshacerse de ellas, se nutrían de la maldad, del robo y la infiltración de los gobiernos del mundo, incluyendo a la policía, andaban tras un soberano, daban dinero a todos los sectores para controlarlos para luego hacerle creer, que cualquier regalo que tomaran eran un compromiso tan imborrable, como la marca de la bestia.

Cholinfe, había sido infiltrado en Bulley para hacerle burlas a Gibón, él era dueño de una condición acelerada, bipolar e irrespetuosa, por lo que su comportamiento muchas veces tendía a ofender a personas que se sentían maltratada ante sus desquiciadas expresiones, y su actitud de necedad.

Aunque Gibón había tratado de cortar la comunicación con él, aquel había buscado la forma de llamar la atención de él, diciéndole:

---- Pero cómo es posible que usted se mida con un joven? para usted enfrentarse conmigo tendría que buscar a uno de sus hijos.---- Dijo, tratando de sacar a Gibón de su casilla.

Gibón lo miró le sonrió, y le dijo:

----- No te equivoques conmigo, no vaya a ser que mueras en el pasquín.

---- Pero si usted me pones a morir en el pasquín, eso no vas a tener ningún valor.---- Dijo Cholinfe.

----- Son tantos los seres de valor en esta vida, que tú eres una simple hormiga reducida, carente de conciencia, la peor de las basuras de quien me haya enterado.---- Dijo Gibón tratando de darle un trago de su propia medicina.

----- Ah, mire los músculos que yo traigo, venga, vamos a echar un pulso----- Dijo aquel tratando de fingir su vergüenza, estaba haciendo el drama frente a una chica que estaba de observadora para ver la actitud de Gibón, quien había pasado por las peores pruebas y provocaciones impuestas por secta oculta y la organización del mal.

Gibón le aceptó el desafío, pero cuando pulseaban con las manos derechas sobre un carro parqueado, Cholinfe se detuvo alegando que se estaba quemando los codos por el caliente generado por el sol sobre el metal del vehículo.

Luego sin saber qué hacer, seguía provocando a Gibón, por lo que aquel le expresó a Rony, y a Fredesvindo que en ese momento se encontraban ahí, que ellos eran testigos del comportamiento de aquel.

Luego dijo que Gibón no parecía religioso, y Gibón le dijo que ciertamente él no era religioso, que él era un ser espiritualizado, ya que los religioso regularmente eran fanáticos que no admitían en sus congregaciones personas que no pensaran como ellos, y que eran los que más se aproximaban a ser falsos profetas como el, que predicaba ser cristiano, y no controlaba sus chismes y emociones.

Entonces aquel, se puso a hablar con Fredesvindo, con indirectas de ataques, pero Gibón sabiendo el propósito, no le hacía caso, le sacó en cara de que Arnulfo lo había partido, todo con la intención de sacarlo de su equilibrio.

 Gibon le dijo que estaba bien, que él era un coge golpe y que si también el, podía pegarle que lo hiciera que él, cogería sus golpes..

Pero para callarle la boca, hubo un momento en que Gibon lo agarró por las dos muñecas y lo apretó a tal grado de que Cholinfe experimentara el dolor para que entendiera lo que iba a pasar si seguía faltándole el respeto, hubo un momento en que Cholinfe quiso desesperarse porque sentía dolor, y se aproximaron Fredesvindo y Rony cuestionando.

------ Es de verdad? --- Preguntó Rony.

----- No, es jugando!---- Respondió Gibón, soltándolo.

No jueguen de manos----- Dijo fredesvindo.

:----- Ten cuidado, tú hablas demasiado.---- Dijo Gibón a Cholinfe, al momento de soltarlo.

Cholinfe guardó silencio, y como era el turno de Gibón, aquel se retiró, Fredesvindo y Rony se quedaron con él, dándole consejo de que no provocara a Gibón, porque si hacía que surgiera lo que Gibón llevaba a dentro, él podría llegar a experimentar un momento de pleno arrepentimiento.

Cholinfe era otro de los que había llegado de Garget, era agitador como un molondrón, su condición de extrovertido lo inducia a pedir precio muy elevado, para la transportación.

Siempre al tanto de lo que pasaba y dispuesto a tergiversar lo que escuchaba, era confianzudo, pedía a los clientes que le regalaran productos de lo que integraban sus compras, pedía propinas, como un niños que carecía de lógica para entender que tales actitudes no eran propicia en el servicio

En una ocasión Gibon le dio una máscara protectora contra el COVi--19 a uno que le decían Chamo, pero como no habían más, no se le dio a Cholinfe, que le había pedido una, y aquel no pudo guardar silencio antes tal condición, entonces le sacó en cara a Gibón su proceder:

-----Pastor, usted me conoce a mí, y no me ha dado nada, en cambio, usted no conoce a Chamo y le dio una máscara.

----- Cholinfe, no te andes comportando como un niño refunfuñón, hay más mérito asistiendo a tus enemigos y a los desconocidos, porque tal acción es reflexión y motivación del señor, no hay merito cuando existe una amistad, porque si tu sirves a un hermano, o a un amigo, lo haces por los lazos familiares que te unen a ellos, así que cuando yo reciba otras que habrán de llegar, te conseguiré una.

Gracias pastor, espero que así sea.----- Expresó.

---- estaré Pendiente!---- Respondió Gibón.

En cambio Rony que había recibido una, pidió para su mujer, pero Gibón se la dio a Jóchelo, que había visto el movimiento y reclamó la suya.

Y Rony que andaba merodeando insistió en que Gibón buscara una para su esposa, pero Gibón le dijo:

----- Rony, la que había se la di a jóchelo, dale esa a tu esposa, y espera a ver si me llegan otras, para sacar una para ti.---- Dijo Gibón.

----- Para que le dio nada a Jóchelo, ese es un envidioso que quiere de todo lo que ve.---- Expresó Rony con resentimiento, debido a que en ese entonces Jóchelo y el, estaban incomunicados.

De todos modos, Gibón sonrió y le dijo:

----- No te preocupes, yo revisaré a ver si conseguimos una para tu esposa.

Está bien pastor---- Asintió Rony con cara de conformidad, mientras se alejaba a entrar un carro de compra que había vaciado un cliente.

De pronto, se aproximaba una chica a engrosar la línea que conducía al interior de Bulley, le llamaban la vero, llevaba un moño encaramado de esos que le llamaban "cebolla" se le acercó Cholinfe, siempre presto a opinar aunque no lo invitaran, y dijo:

---- Me gusta tu cebolla para hacer un buen guisado.---Expresó.

---- Y a mí me encanta tu cara, para darte una galleta,(1) que te borre la malicia, disfrazada de sonrisa.---- Dijo, con ánimo de ponerlo en su lugar.

----- Oh, me salió poetisa, mire pastor, con una mujer como esa, yo me hago rico!---- Agregó aquel, con todo el esplendor de su descaro.

Gibón fingió que no lo escuchó, y guardó silencio.

----- Bueno, pues te vas a quedar pobre, porque yo

soy alérgica a los hombres ruidosos como tú, tu no me gusta.---- Expresó ella como una experta del quehacer.

---- Pero mi amor, que te hice, porque me tratas así, dime a ver?----Replicó Cholinfe.

---- Ya veo que tú eres patético, para con eso de mi amor, porque no soy tu amor, no seas confianzudo..---- le reiteró la Vero.

---- Está bien, ni tanto huelen tus flores, si es así, no te molesto.---- Dijo, al tiempo que se alejaba de ella.

(1) Cachetada.

----- Bien hecho reina, a esos frescos no se le puede dar confianza.---- Dijo Rocko Vulcano, buscando la manera de que la vero lo tomara en cuenta.

La Vero lo miró y le sonrió, ese día se hicieron amigos intercambiaron número telefónico, y siempre que iba a Bulley, se iba con él.

Esta amistad, entre aquellos seres puesto de frente por el destino, generó que la jauría cuando ella llegaba le cantaran un estribillo prefabricado en la inquietud, la envidia y la malicia, que decía:

"Rocko juraba que estaba acabando, la Vero creía que estaba chapeando".

Habían pasados algunas semanas en que el corona Virus estragaba, y algunos necesitaron la necesidad de ser auxiliado, la ciudad a través de los bancos de alimentos, distribuía raciones para aquellos que necesitaran comida, Rocko colectaba alguna bolsas y se la llevaba a la jauría por disposición de secta oculta, la jauría que había empezado a bajarle algunas rayas a los ataques que le hacía a Gibón, insistía para que Gibón tomara algunas de las bolsas, en una ocasión Rocko le ofreció un paquete de comida para calentar, Gibón le dio las gracias y le dijo que él comió, que no la necesitaba, pero aquel insistía en que Gibón la aceptara, por cortesía el decidió aceptarla para dársela a los desamparados, al momento de atraparla una especie de paparazis de esos enviado por secta oculta lo fotografió atrapando la bolsa, y aceleró el carro y salió huyendo para que Gibón no le pidiera cuenta de porqué le hacía foto sin su permiso, tal vez pensando que no era comida y era otra cosa, por eso de que el malicioso frecuentemente ve moros, donde no hay costa.

Para quitárselos de encima tomó cuatro bolsas y se las llevó a unos desamparados que tenían como techo las aceras de un puente seco en las proximidades de Kings bridge.

Había partido Gibón de New York, en una trayectoria de exploración, y durante su estadía descubrió cosas insólitas, tales como intentó indagar sobre los precios de los apartamentos para ver si cualificaba para girar un préstamo a unos de los Bancos del sistema, pero como secta oculta y la organización del mal lo seguían a donde quiera que se movía, también allí, en el país a donde había nacido le serrucharon el palo y no pudo hacer la operación aun teniendo el dinero para el inicial, no era que se fuera a quedar, si no, que le interesó tener algo para veranear, entonces se acordó de Estrace cuando en una ocasión le dijo:

----- "Si a ti se te entregas ese dinero ahora, te atreves a desaparecerte y no volver jamás a nueva york".

Gibón la miró con cierta decepción y le respondió:

----- Lo primero es que si yo traigo una asignación que me ha causado dolor, no es prudente que si algo me pertenece se me ande controlando sobre lo que debo hacer, o lo que debo comer, o acaso soy yo un esclavo de ustedes?

Estrace sonrió y guardó silencio, y Gibón entendió por qué le obstruían que el comprara propiedades fuera de Estados Unidos.

La jauría se había adentrado a obedecer los nuevos dictámenes de secta oculta y la organización del mal, y ahora habían cambiado el estilo de dirigirse a Gibón, se habían puesto a una y después que Rodo le pidió que fueran "amigos", los de más también buscaron la manera de no seguir chocando con él, sin embargo, con todo lo que había pasado Gibón, a ellos les sería difícil confundirlo, Gibón no confiaba ni en su sombra, y siempre que coincidencialmente , se encontraba con Estrace, que en el tiempo que quiso utilizar a Gibón, iba a Bulley, y si no era con él no se movía, luego que habían recibido el acumulativo compensatorio que habían retenido de 1991, a 2020, al comité de hostigamiento, intentó lucrarse con la atractiva suma, y parece que habían decidido usar a Estrace para el retenimiento, y ahora ella, siempre que iba a Bulley, buscaba la manera de irse con Vilinski, estaba evitando a Gibón, parece que tenían un secreto que no podía ser revelado, además, porque siempre que Gibón la veía, le preguntaba que donde estaba su dinero, porque ella en una ocasión le insinuó que tenía algo que ver con eso, entonces en lo adelante ella se le estaba escondiendo a Gibón, y aquel, como Tody y Mary, le habían comentado que ella tenía expediente psiquiátrico, no insistía mucho con ella, y esperaba que se reiniciaran las actividades de servicios en la ciudad, a fin de presionar al abogado Robert Wolff que también estaba dándole largo al asunto con algún propósito aunque Gibón sospechaba que él podía estar involucrado en el complot, había decidido aguardar con paciencia, ya que el sabia, que en cualquier momento se enteraría de lo que estaban fraguando, y cuál era el secreto que guardaba aquella cuadrilla de maliciosos.

En verdad, ellos en aras de manipular a sus víctimas se valían de todo y recurrían, o a indagar si eran legalmente admitido en el país para ver a qué tipo de chantajes recurrirían.

Su gran error era su ignorancia, ellos creían que podrían dársela de chicos malos con Gibón o que podían intimidarlo, ellos necesitaban entender, que cualquier ser humano que habitara en el planeta, podría ser llamado indocumentado, pero nunca ilegal, todo el que habitara este planeta, traía el mandato de Dios, y cualquiera que en el libre albedrio, hubiese sido afectado en cualquier circunstancia tenía el derecho Humano de ser indemnizado según lo ameritara la circunstancia.

Es cierto que la creación había sido inspirada en acciones de conjunto en la socialización comunitaria.

CAPITULO 41

Engañadores

Eran rufianes disfrazados de empresarios, trabajaban al servicios de algunas corporaciones que ya estaban reconocidas como tramposas, y cobijaban bajo su sombrilla, a algunas pequeñas empresas con nombres diferentes, que le permitía engañar a las mismas personas por dos o tres veces, algunos de ellos habían tejidos una cadena conspirativa contra Gibón, y algunos esbozaban más malicias que piedad.

La misericordia era gracia de Dios, y las maldades, el Diablo la asumió, por los que los marcados por la bestia, no reflexionaban a la hora de perjudicar al prójimo.

La ciudad había sido invadida por tonos de violencia, y crímenes irreflexivos.

Muchas de las personas que se acercaban a Gibón, iban con una marcada intención, de estampar su decepción, sin embargo, ninguno habían interactuado con el descaro que interactuaron los engañadores , y fue así como a medidas que avanzaba la existencia de Gibón en nueva york, aparecieron engañadores de distintos renglones, ofreciéndoles inversiones de elevación, debido a que Gibon redactaba pasquines, le ofrecían ayudarlo a publicarlos y difundirlo y o a comercializarlo, y algunos de ellos a quien Gibon optó no llamarlo por sus nombres, optaron saquearlos con descaro, apoderándose de sumas de dinero de consideración , bajo ciertas promesas, que no cumplieron , al tiempo que otros se iban en banca rotas, para no pagar, la ética no equivalía a nada para tales rufianes.

Muchos de ellos constituyeron negocios de la misma naturaleza, para escudarse tras de ellos, y buscar engañar de nuevo, victimas a quienes ya habían engañados.

Tales acciones, obedecían a los dictámenes de secta oculta y la organización del mal, que habían generados una fobia contra Gibón, y recurrían a todos los mecanismos a su alcance para derrotarlo, a pesar de no haber logrados sus propósitos con aquel.

Algunos hombres creían que dentro de un conglomerado integrado por entidades misceláneas, a la hora de una acción radical que afectara a algunos sectores, creían ellos que solo se debía beneficiar a las víctimas de su etnia preferida, pero, estaban equivocados, porque desde el principio de la creación, el sol había sido concebido para que alumbrara a todos.

Pero debido a la condición de racismo, sectarismo e ignorancia, se había generado la intolerancia que inducia a la discriminación y a las violaciones de derechos humanos, que creaban las acciones de brutalidad policial, debido al mal uso que se hacía del poder del uniforme.

Veintinueve años reteniendo el beneficio de Gibón, era una clara muestra de discriminación, que después quisieron enmendar, generando más pruebas de dolor, porque los inducidos a producir la indignidad, no conocían otro mecanismo que no fuera la maldad, para satisfacer sus egocentrismos.

Una discusión etnográfica entre Vilinsky y Jóchelo había acelerado el ritmo, mientras caldeaba los ánimos:

----- Coño, yo no sé qué está pasando con el Dominicano, tú lo lleva al quinto infierno y muchas veces quieren pagarte lo que le da la gana, de forma que tú no puedas cubrir ni la gasolina, no niegan que son descendientes Africanos.----- Dijo Vilinsky.

---- Ya viene la lluvia al rancho, descendiente Africanos serás tú, ya lo dejé   claro antes, no me anden repitiendo las mismas pendejadas, porque también me inducen a que yo les repita las mías, mis abuelos eran españoles de ojos azules.---- Respondió Jóchelo, con todo el orgullo de sus orígenes.

----- Oh, ahora entiendo, el por qué tú tienes esos ojos grises de ahorcado, dice el pastor, a mí no me creas, pero también dice que el Dominicano es el único negro que se desprecia a sí mismo, aman a los extranjeros más que a sus paisanos, y mientras más prietos son, mayor es el anhelo por una mujer blanca.---- Afirmó Vilisky.

---- Hay excepciones a las reglas, pero no todos somos como tú dices, es verdad que nos gusta el dinero, pero los que vivimos aquí, trabajamos para conseguirlo.---- Dijo Jóchelo.

¿Y los que están allá?---- Preguntó Vilinsky.

---- También trabajan para sobrevivir, a excepción de los que saquean el erario público, que al ser peones de opresores, carecen de conciencia, empobrecen la nación tomando lo del pueblo, para ellos y sus familias.----- Afirmó Jóchelo.

----- Esas son otras temáticas, pero digamos que sí, es verdad que amamos el dinero y lo buscamos a donde esté, y eso no está mal, pero no es propicio que un Dominicano que vive en Washington hights por cuarenta años en un apartamento, se los devuelva al dueño por una indemnización de veinte mil dólares y que en vez de dar un avance para una casa, lo mande para la República y luego pase a engrosar la lista de desamparados de la ciudad de Nueva York.----- Dijo Vilinsky.

----- En eso, estoy de acuerdo contigo, hay que invertir donde uno vive, y disfrutar todo lo que se pueda.

La salida de unos morenos, interrumpió la conversación captando la atención de aquellos, que ipso facto se enmudecieron, buscando la forma de ser seleccionado por aquellos, que aún permanecían indeciso, Gibón empezó a entonar el himno de la jauría que decía:

"Car service, told me the lady, and I respond ready to go, if they no came for you, I ready to bring you, if they no came for you, I ready to bring you."

< servicio de carro, dice la dama, y yo le respondo estoy listo para irme, si ellos no vienen por ti, estoy listo para llevarte, si ellos no vienen por ti, estoy listo para llevarte>

Ese era el Himno de la Jauría, y de ahí pasó a tararear un estribillo relacionado con aquellos, y decía:

----- Garífuna choechoniga, negros de lucha y honor, la creación te entinto para diferenciación.

La aureola de redención su trabajo generó, y fueron causa y razón de la inspiración de Dios, generaron para otros riquezas que se expandieron, y al planeta definieron en las pautas libertarias, que no habría repetición de la causa de opresión >

Entonces aquellos admirados y regocijados, les pidieron a Gibón que los llevara, Jóchelo y Vilinsky se introdujeron a la sala de espera, tratando de localizar alguno de los de ellos, que ameritaran de sus servicios.

De pronto irrumpió en la calle el capitán Peter Gamboa atraído por la fama de la jauría, él tenía a su cargo el precinto cincuenta, y buscaba la manera de mantener buenas relaciones con la comunidad, por lo mismo muchas veces se presentaba en persona para atraer el orden en el camino, de forma tal que todo aquel que tuviera en un parqueo doble, el buscara la manera de que se moviera antes de que los tikeros lo escribieran, y tal acción le generó el respeto de la jauría que muchas veces al ser sorprendida infraganti, ameritaba de un chance para no tener que pagar un tique del monto asignado al parqueo doble, para ellos resultaba la bendición y la distinción del día, y así ellos, le tomaron gran aprecio, y él era el gran amigo que aparecía organizando el tránsito en la calle de bulley.

En una ocasión, Gibón esperaba que alguien dejara un parqueo para parquearse, y estando en parqueo doble, salió del carro y el capitán que conversaba con Wing, se movió hacia donde estaba Gibón y le pidió la licencia de conducir, Gibón poco dado a ciertos estilos se distrajo y él se la pidió de nuevo, Gibón le pidió un chance, y le dijo:

---- Dame una oportunidad, estoy esperando que él salga, para tomar el parqueo.---- Dijo refiriéndose a Vilinsky que estaba montando una compra para irse.

y le dijo el capitán:---- Te he pedido la licencia dos veces, y no me la has mostrado.

Gibón sonriendo la mostró: ---- Aquí la tiene.

----- Sostenla para verla.---- Dijo el capitán.

Gibón obedeció, el capitán la miró y agregó:

----- Gibón Ravelo?---- Esbozó.

------ Es correcto, luego vio la registración del carro que estaba a nombre de Don Páscualo Alcanforado, y regresó a donde estaba Wing, y siguieron hablando.

Gibón pensó en qué estarían planeando aquellos, ya que Wing, unos minutos antes le había preguntado a Gibón, de que país provenía.

Gibón que había sido asediado por muchos, no siempre estaba presto a dar información sobre él, por lo que pensó que tal vez aquellos necesitaban confirmar información sobre él, de forma tal, que se despejara cualquier duda conspirativa.

Daba la impresión de que secta oculta había pedido

a la administración de Bulley club probar la honestidad de Gibón, y muchas veces estando Gibón en la sala de entrada subían carros con compra y aparentemente la sacaban, pero dejaban algo para ver quien lo cogía y no lo reportaba, mientras los administradores monitoreaban por las cámaras, para ver si Gibón, que era el objetivo de interés o de investigación en ese entonces, reportaba lo encontrado, o lo retenía para quedárselo, para luego usar tal condición como pretexto que condujera a desacreditarlo. Como se puede ver, la "lucha no era contra sangre y carne, sino contra reino y potestades"

CAPITULO 42

Infiltrados

La organización del mal no cesaba de molestar, había empezado a usar los servicios de Cholinfe, que esporádicamente solía provocar a Gibón, aunque aquel carecía de control, Gibón buscaba la manera de no perder los estribos, pero por auto-protegerse y no darle el gusto a que secta oculta y la organización del mal lograran sus propósitos, ellos no se cansaban y enviaron a un griego a que se le plantara atrás y así fue, mientras Gibón transitaba desde el este de Kings bridge road en dirección West, al llegar a la calle 225 y Bailey, se detuvo en espera de que cambiara el semáforo, pero el griego que guiaba una camioneta color turquesa que se encontraba aproximadamente a ocho metros de Gibón, aceleró y lo chocó por detrás, destruyendo toda la parte trasera de la Jeepeta, ese día Gibón no fue al hospital pero al otro día se fue a una clínica comunitaria, tratando de palear los dolores que le habían resurgido, pero vigilando para que no fueran a inyectarlo para paralizarlo, porque el descaro de la organización del mal, estaba provocando accidentes innecesario para justificar su ola de bandolerismo ocurrido contra Gibón en la ciudad, era la era apocalíptica donde el gobierno de la bestia buscaba cambiar de forma radical, el estilo existencial de cada cual, tratando además de hacerle creer a la humanidad que Dios no existía, y que ellos eran la causa de lo que acontecía, comenzando con la implantación mundial del corona virus, que procesado en un laboratorio, se le había ido de las manos, destruyendo a un gran número de los integrantes de la humanidad, como habíamos dicho antes.

En esa ocasión seguían vigilándolo para ver si él levantaba alguna caja pesadas en los deliberes que hacía desde Bulley, se aparecían en la clínica donde aquel tomaba terapia con la intensión de impresionarlo.

Una semana después del accidente, Donko se le aproximó y le dijo,:

---usted ve ese accidente, puede ser que eso le cambie el año.--- Afirmó.

Él, no era de mucha estatura, sin embargo, esporádicamente se mostraba radical y absoluto en su carácter, y si alguien entraba en conflicto que envolviera agredirse físicamente, él ofertaba el puño   según tocara.

Gibón guardó silencio, mientras tomaba un pasajero que llevaría.

En realidad, a Gibón no le gustaba el estilo de juego que usaba secta oculta y la organización del mal ,porque él veía su accionar como un acto vil, que atentaba contra la lógica de su inocencia, porque cada acto de la organización del mal, estaba dirigido a desacreditar la condición humana de sus víctimas, mostrándolos como negligentes, irresponsables, lo que inducia a Gibón a pensar, que no era criminal el inocente a quien el poder criminalizaba, sino aquellos que teniendo el poder, hacían criminal al inocente, ya que tales abusos inducían a la rebelión, donde acabarían pagando los inocentes porque los conspiradores e ideólogos del mal, frecuentemente usaban a los ignorantes como señuelos y a la hora de la justicia, los ingenuos acababan pagando los crímenes fraguados por estos, o como bien decía Ruperto el cura del sagrado corazón "siempre pagan justos por pecadores y es tiempo de que la iglesia tome medida que induzcan a la salvación".

Y refiriéndose a los camuflageados de cristiano, decía Gibón:

----- Ustedes solo imitan a Jesucristo en la barba, pero en el corazón siembran la distorsión.

Y era que algunos de esos falsos profetas solían planear maldades propias de ateos o impíos, y todo lo hacían por ignorancia, porque ellos pensaban que ejecutando una acción de perversión aunque fuera perjudicial y maliciosa, con tal condición servían al señor.

Pero secta oculta y la organización del mal, tenían un estilo particular para hostigar, y la gata, buscaba complacer su parecer, y con la fuerza y el brillo emanado de sus ojos verdes azulados, tenía el control de la voluntad de varios hombres, y solía ponerlos a hacerles los mandados, pero con Gibón era distinto, y acabó obsesionada, con aquel, a sus adeptos de secta oculta les decía:

----- Como él a nadie quiere obedecer, de mis manos lo pondré a comer.----- Decía, y las demás mujeres se reían.

Y de esa forma comenzó ante ciertos sectores a hacerse pasar como la esposa de Gibón, y de todo lo que estaba destinado para aquel, ella quería la mitad, obviamente, retenía la otra mitad de Gibón hasta que aquel lograra arrebatársela con la ley.

Su obsesión fue tan grande que, habiendo Gibón intentado escapar de la estrechez en que habitaba en la habitación que había rentado a Doña Soco, a fin de evitar ver cada día a Gary como a un zombi, y a doña Soco como a una bruja, pero la gata seguía maullando y tenía una centena de carros que seguía a Gibón desde que se levantaba hasta que se acostaba, antes, ella ordenaba sabotajes, pero después que Gibón había superado todas las pruebas, entonces necesitaba que alguien le notificara dónde se parqueó y a la hora que partió cuando se levantó, entonces así, la muy "canija" como decían los que le servían, estaba informada de todos los movimientos de Gibón, inclusive con quién, éste se movía, sobornó todos los amigos que osaban aproximarse a Gibón, y los amigos que estaban antes que ella llegara, y que le eran leal a Gibón.

En fin, Gibón trató de rentar un apartamento en el 130 west de la calle 183 en el Bronx, pero debido a que la cuadrilla lo seguía donde él se movía, ella se percató del propósito de aquel, y se acercó a Peter el administrador mostrándole un ingreso de siete mil dólares mensual, tres mil dólares más de lo que Gibón tenía , y aprovechó tal condición para seducir a Peter y sobornarlo, haciendo que Peter le rentara el apartamento a ella, ya que ella doblaba los ingresos de Gibón, haciendo de esta forma que Peter discriminara a Gibón en la vivienda, además de que aquel le había preguntado sobre sus orígenes, y Gibón le había respondido que su origen era el cielo y la tierra, y descaradamente Peter le contestó que tenía miedo que el llevara a los transportistas que guiaban con placas de otros estados, Gibón le respondió que él no conocía a nadie en ese edificio donde habían sometido la aplicación y que no tenía nada que ver con los conductores temerarios que provocaban accidentes y atropellaban inocentes, sin embargo todo obedecía al montaje conspirativo de secta oculta y la organización del mal, que habían decidido valerse de la gata para hacer el trabajo sucio contra Gibón.

Cuatro días después Ángelo el súper intendente que había insistido para que se le rentara a Gibón, ese apartamento, le informó que el administrador, se lo había rentado a la gata.

En realidad ellos buscaban desmoralizar a Gibón, pero Gibón traía la fortaleza para derrotarlos a todos, porque él era dueño de una fuerza mayor, que superaba cualquier intención,

El seguía aguardando el informe de Robert Wolff, su abogado, porque estaba convencido de que aunque los conspiradores hicieran lo que hicieran, o recurrieran a lo que recurrieran, al no tener poder sobre él, no podrían tener éxito en los planes contra él.

Lo que le importaba a Gibón que los conspiradores no se salieran con la de ellos, y que se le entregara todo lo que por nacimiento traía asignado, a él no le importaba que la opinión pública conociera el origen de esa compensación, porque para él, quien nada debía, nada temería.

Entonces llegado el momento, los salvadores del tiempo que habían vistos lo ocurrido con Gibón, y entendían que los emisarios de secta oculta y de la organización del mal, estaban tratando de cambiar en el libre albedrio lo que Gibón había asumido antes de nacer, intervinieron reforzando el poder de Gibón, e inspirando a aquellos para que se desprendieran de lo que no era de ellos, y lo entregaran a su legítimo dueño.

Había pasado algún tiempo que llevó a Gibón a un ascenso económico, lo que le permitió mudarse para su propia casa, por lo que a Doña. Soco y a Gary, le habían aumentado la renta y debido al reducido monto de su retiro tenía problemas para completar el pago de la renta, y como los ingresos de Gary, apenas le alcanzaban para comprar tenis y ropas, decidieron imitar a Nena, una que vendía habichuelas con dulce en la 182 y St Sanicholas, en Manhattan, y se hicieron cabeza de un pequeño negocio, se pusieron en una esquina del Bronx, a vender habichuelas con dulce y llaniqueque, una torta de harina frita que era redonda como un disco.

En Bulley habían contratado a una chica llamada Ailin, para que ayudara a Frank y a Ojitos a colectar los carros, siendo una ayuda idónea para ellos, y solía de veces en cuando, hacerle bromas a Gibón, pero como nunca faltaba un pelo en la sopa, la jauría había intentado insinuar que ella se estaba interesando en Gibón, por lo que aquel, siempre buscaba la forma de evitar que se generaran malos entendidos, de manera que aquellos no fueran a ensayar un montaje de falacias.

CAPITULO 43

Dolor Y Vacunacion

El 11 de diciembre del 2021, la prensa había difundido que los Estados Unidos estaba en posesión de las primeras dosis de vacunas contra el corona virus, covid—19, y que durante el fin de semana serian distribuidas entre los distintos estados a fin de que se iniciara inmediatamente la vacunación.

Muchos en la jauría, estaban renuentes a ponérsela pero Jóchelo y Gibón, se la habían puestos y la jauría vio que ni se murieron ni les pasó nada, por lo que Gibón para reforzar la decisión de que se la pusieran, disertó:

-----"Nadie muere un día antes, ni un día después", "si no te tocas aunque te pongas y si te toca aunque te quites".

El temor siempre ha sido la herramienta de la destrucción, porque la mente en temor, te atrae lo peor.

Sean positivos y la luz definirá sus trayectorias y todo lo mejor les llegará como bendición.----Dijo, y a partir de ese día uno por uno fueron a distintos lugares y se vacunaron, luego cuando alguno osaba provocar a otro invitándolo a ensayar la violencia como pelearse al puño, el provocado le respondía:

---- Ya me vacuné contra la rabia, para no dejarme provocar de los provocadores.--- Decía, y optaban guardar silencio.

El planeta se había convertido en un mundo donde los románticos Vivian decepcionados porque los inclementes permanecían vigilándolos, estudiando la manera en que lo harían caer.

Muchos veían a Gibón, como la presa fácil de cazar, por eso la mayorías de los que se le acercaban, lo hacían con una segunda intensión, confundirlo, engañarlo y saquearlo, y aun así, él no entendía como era posible que el mundo estuviera invadido de hipócritas, inclementes, desvergonzados y engañadores.

Ese era un motivo más que suficiente para que él le hubiese retirado la confianza al hombre, principalmente cuando recordaba la expresión del maestro galileo Jesús de Nazaret que solía decir "maldito aquel que cree en hombre".

Los hombres habían perdido el concepto del deber, antes y después.

Habían sustituido al amor por la ambición, ya la sensatez, había sido erradicada del cerebro humano, para ese entonces sus acciones eran robóticas, programadas para el engaño, la ética en ese entonces, ya se había erradicado, era más fácil encontrar gañanes y patanes, que hombres cuerdos y de buena voluntad.

Plutarco Rene cariño, había expandido su popularidad entre la jauría, aun por encima de las aspiraciones de Donko a sustituirlo.

El había logrado una concesión de descuento en la tienda de licores que estaba al lado de local de Bulley, y algunos de los de la jauría, le solicitaban que los usara a favor de ellos, y compraban hasta cajas que enviaban a santo Domingo, donde lo vendían al doble de lo que costaba, ganándole así, el doscientos por ciento.

Rene siempre estaba presto a enrolarse en todo lo que era rifa o juego de azahar, por lo que era fácil ubicarlo vendiendo lotería de la república, sin embargo, nada de eso enturbiaba su solidaridad, porque si él tenía que compartir su comida con alguien, ahí estaba presto a realizarlo, si se desinflaba una goma, aparecía con una máquina para ayudar a echarle aire, y así, siempre al servicio, para ganar el aprecio de los beneficiados.

Oh, se me iba a pasar, el destino de Gary y valentina, habían cerrado el negocio por falta de liquidez para pagar la renta, los ahorros se habían agotados lo que indujo a una separación, motivo por el cual, el enano había vuelto a refugiarse en la falda de su madre, la cual a darle alojamiento, lo envolvió en el negocio de los llaniqueques.

La valentina se fue a la Republica Dominicana, allí conoció un empresario, y no tardaron en formar matrimonio.

En cambio, Arnulfo se regresó a puerto Rico donde se metió a granjero, y la gata había sido puesta a disposición de la justicia por fraude agravado, impostora, abuso de poder y malversación de fondos, por lo demás, la segunda venida, definiría la causa.

Un tiempo después, cuando Gibón iba por Bulley, algunos de los miembros de la Jauría airados decían: ----- Mira ese, llevaba compritas de aquí, y ahora que cambió de vida, tal vez ni se acuerda.----- Decían, mientras otro en sus murmuraciones le respondía:

----- Si no se acordara, ni siquiera viniera por aquí.

Y Gibón que por el movimiento de los labios sabía lo que decían, pensó: ----- El que ríe último, ríe mejor, hasta el gato me humilló, y en su misericordia Dios me levantó.

Galy Buchí, estaba orgulloso de su nombre porque el entendía que ningún otro ser viviente, era dueño de tal gentilicio, lo escribía con orgullo en el listado de espera y lo exhibía con el esplendor de su honor sobre un poste que sostenía el listado donde cada uno de los de la jauría veían detrás de quien le tocaba el turno.

En una ocasión se mostraba a favor de Gibón, pero cuando se ponían de acuerdo para sacar a Gibón de su casilla, él era de los primeros agitadores.

La policía había perdido poder, pero la delincuencia crecía, no sólo en la ciudad de nueva york.

Burdock fingía que de malvado había cambiado, pero Gibón sabía que un árbol que nació afectado, ningún medicamento terrenal lo reconstruiría hasta que no regresara a su habitad original, entonces las condiciones karma ticas habían empezado a manifestarse y llegó alguien queriendo trabajar e intentando llevarse algunos pasajeros, pero como siempre lo hacía, como un capataz de patio, Burdock lo empujó y lo sacó y le advirtió:

----- Si vuelves por aquí, vamos a tener problemas, y el individuo se vio forzado a responderle:

---- Está bien jeque, cuando vuelva por aquí, "volveré como ladrón en la noche".----- Dijo, y se fue.

En realidad, él y Rene cariño, tenían una cofradía donde ellos solo le permitían a sus relacionados y amigos, llevarse un pasajero de Bulley, porque de no ser del rebaño, buscaban la manera de crearle dificultades.

Burdock era un remanente de la generación de Sodoma y Gomorra, era un alma de aquellas que habían rechazado vírgenes por ángeles, por lo que Dios se enojó y una nave en el espacio le plantó y del mapa en ese entonces lo borró.

Ahora en ese tiempo había vuelto a reencarnar sin haber logrado superar la condición existencial, pues se había aferrado a la vida anterior a tal grado que los recuerdo de aquel pasado tormentoso, había influido en los pasos que había dado tratando de avanzar, a lo largo del trayecto de esta nueva existencia terrenal, pues su vida en esta nueva generación, se había iniciado a partir del capítulo donde había quedado, y era tan grande el karma acumulado, que se sentía algo cristalizado, por lo que trataba de avanzar manifestando los acuerdo de cambios asumido, por lo que todo se iba manifestando en un proceso lentificado.

Una semana después mientras Burdock se encontraba distraído, el rencoroso individuo que amenazó con volver como "ladrón en la noche" apareció, y con un bate en ambas rodillas lo golpeo, y Burdock en tierra ajena, cayendo de rodillas con los brazos abiertos, clamó a Dios.

El agresor huyó de la escena del crimen, todo fue tan rápido que ninguno de los perros le ladró, sólo se oyó el aullido de ultra tumba de Burdock, que adolorido de rodillas quedó.

Una beata que al momento del incidente por la acera del frente se cruzó, sin saber de lo que aconteció, maravillada al verlo de rodillas en alta voz se pronunció:

----- "Aleluya! Ya los demonios y los impíos están volviendo a Dios!

Pero el sonido de la sirena de la ambulancia seguida por la policía la percató.

Fredesvindo había llamado al 911, que en seguidas asistió llevándose a Burdock, a la emergencia de montefiore.

Burdock había sido sometido a una cirugía de emergencia, debido a la ausencia de calcio que inundaba su sistema inmunológico quedó en silla de rueda, y estaba tan aferrado al ambiente de Bulley, que aunque ya no podía conducir, no dejaba de ir, y su presencia para algunos era una molestia, porque él no había dejado la costumbre ni aun en silla de ruedas de contaminar el ambiente con sus eructos anales, por lo que Petro cuando lo veía llegar el saludo que le daba era:

¡"Ya llegó el pedorro! ¿Cómo está el pedorro"?

Rene Cariño y él que desde que se conocieron eran como socio, habían desarrollado una alta amistad, Rene le hacía una colecta entre la jauría que Burdock pasaba a buscar todas las semanas, pero algunos protestaban y no daban nada, y Rene se enojaba con ellos.

Algunos de la jauría lo consideraban un ser bajo, desvergonzado y vulgar, y pensaban que lo que le había pasado era la regeneración de su Karma.

De todos modos, ni Guga ni los hijos procreados por ella, supieron de su doble vida, de esa doble personalidad de pájaro y perro, o mejor dicho, acerca de su condición de homosexual.

Fue que la desgracia persiguió aisladamente a algunos miembros de la Jauría, Anjo hijo, sobrino de Rene Cariño había ido a dejar un pasajero a Nueva Jersey, en tiempo de la última nevada del dos mil veintiuno, al regresar para Bulley, encontró el transito detenido, los vehículos se movían lentamente, y el entró en un estado de desesperación, al grado que como él vivía en nueva Jersey había decidido quedarse en su casa por la lentitud del tránsito y al intentar devolverse, se sintió acorralado y viró por donde pudo sin percatarse que había tomado un camino de perdición y fue transitando un camino sin regreso, el conductor que estaba tras del trató de advertirle, pero él no le hizo caso debido a que su inglés, era muy limitado y el no entendió lo que le decía el conductor, y condujo como un trineo deslizándose en la nieve, hasta que de pronto se encontró sobre un lago congelado que al experimentar el peso de la Van, se agrietó y la hundió, el conductor que desde lejos vio lo que como una sombra invernal desaparecía sobre la superficie del hielo agrietado, llamó al nueve once, y le explicó lo acontecido por lo que en menos de media hora aparecieron en el lugar, unidades de los bomberos seguidos por la policía, y aunque hicieron los mayores esfuerzos, cuando lograron sacarlo ya se había ahogado, lo que atrajo un gran dolor a la Jauría, pero sobre todo a Anjo padre que estaba desconsolados que solo decía en su dolor: Ay, me lo quitaron, un muchacho tan joven y trabajador.

Y Rene Cariño por primera vez en tanto tiempo, se le vio tan apenado, que no parecía él.

Por otro lado, Alonzo el boxeador, había sido perseguido por una causa circunstancial, una especie de experiencia karma tica, a la que las religiones llamaban pecado, se vio tentado por una vecina que sabía que él había enviudado y que quiso burlar la vigilancia de su marido, tomando una cucharada de miel en la boca, fue y le tocó la puerta, y cuando Alonzo abrió lo tomó por un brazo y lo sacó al pasillo y enseguida lo condujo a su apartamento y sin decir nada, la miel que tenía en su boca la introdujo en la de él, y eso fue suficiente para que aquel se encendiera olvidara que su esposa Crismar sólo tenía seis meses de que había expirado, el viudo se envolvió con la vecina, pero por esas circunstancias de la vida, justo cuando se le encimó, dispuesto a focharla , reapareció el marido que por la prisa había dejado las llaves y la tarjeta del tren.

Tocaba, tocaba y nada de que le abrieran, hasta que ideó llamarla por teléfono, la llamada alertó la intensión y Alonzo el voceador se lanzó por la ventana del segundo piso, pensando que su condición de pugilista lo ayudaría a amortiguar el golpe, pero había fallado en sus cálculos, se había torcido las rodillas viéndose precisado a practicarle una cirugía, habiendo quedado con las dos piernas torcidas y con muletas, sin que pudiera seguir haciendo deliberes en Bulley.

CAPITULO 44

La Gata Impostora

Había Gibón salido en silencio a unas vacaciones, y a su regreso a Nueva york, lo entraron a una habitación donde lo esperaba la gata, la cual se le acercó saludándolo con un beso en la mejilla, al tiempo que le decía:

----- Bienvenido Gibón, como has estado?

---- Hola Gata, qué estás haciendo aquí?

---- Obviamente, vine a recibir a mi esposo, tu eres la llave de mi puerta, y yo el llavín de tu llave, a Dios le urge esta unión que obedece a su propósito, y estoy aquí para ti.----- Dijo, mientras Gibón la contemplaba en silencio.

----- Has dicho mi esposa?---- Cuestionó Gibón, asistido por la sorpresa.

----- No vengas tu a decirme que no lo sabes, porque el señor me permitió entrar bajo tu cobija e introducirte a ti entre mi cuerpo, y si yo lo hice era para que supieras que yo soy tuya y tú eres mío, yo soy tu amada y tu mi amado.---- Dijo, con una tierna sonrisa de amor.

Gibón, se despertó sobresaltado y sudoroso, y pensó en cómo era posible que la gata lo persiguiera hasta en sueño.

Justo en ese momento recibió una llamada de Estrace

que le pareció sorpresiva, ya que aquella tenía varios meses sin comunicarse con él, y no se daba por vencida de conducir a Gibón al terreno del felinaje, pues en esa llamada ella lo invitaba a que la acompañara a capturar dos gatos que andaban sobre la escalera de escape del apartamento de una de Xiomy, una de sus amigas adeptas del proteccionismo de los felinos, y Gibón debido al horario en que lo convocaba solo le replicó:

----- Déjame pensarlo.---- Y no volvió a cogerle la llamada, ella lo estaba invitando a estar en la calle a las tres y media de la mañana y Gibón se retiraba a descansar a más tardar a las 8 de la noche.

No obstante el pensó que ellos a esa hora en la calle cazando gato, podrían ser confundidos con ladrones y cualquiera que dispara podía usar como cuartada que ellos andaban robando, por lo que pensó en lo descabellada y maliciosa que era la invitación.

CAPITULO 45

Strace Y Konkat

Un tiempo después de la Nasa haber enviado la capsula exploratoria a Marte, en la última misión de los Estados Unidos en Marte, ya en la etapa final de exploración, ellos habían colectado todas las pruebas necesarias para percatarse si en Marte existía vida, ellos no se equivocaron, pero aun así, ellos ignoraban que los seres que habitaban en Marte, eran seres invisibles al ojo humano, porque eran poseedores de un cuerpo de luz, ellos habían vistos todo lo que la tripulación hacía, y percatados aquellos, de que los terrícolas estaban interesados en ellos, optaron por darle seguimiento por lo que escogieron a un líder planetario, asignándole una misión de seguimiento.

Antes de adentrarnos en los detalles, debo describirle el lugar de origen de Konkat:

Marte, también llamado el planeta rojo debido al hierro oxidado que poseía en su suelo.

Era un planeta aparentemente desértico, porque sus habitantes como explicaría Konkat, eran invisibles frente al ojo humano, tenía estaciones y casquetes polares, clima, cañones y volcanes.

Pero también, era frio y tenía una extensión similar a la mitad de la tierra.

Cuando ya estaban listos para regresar a la tierra, Konkat que había escogido un cuerpo de hombre con cara de gato, hipnotizó a la tripulación, se introdujo a la capsula como polizonte, y al llegar a la tierra despertó a la tripulación antes de desembarcar y puso en su mente lo que él quería que pensaran y dijeran.

Él le explicó que ellos nunca verían a los habitantes de Marte porque su cuerpo era de luz, e invisible ante el ojo del hombre.

Le dijo que él ensambló ese cuerpo para estar en la tierra, pero si él deseaba podía abandonarlo cuando deseara y regresar a Marte en los rayos del sol o en la luz de las estrellas.

Washington quedó   muy impresionado, ningún humano podría asesinar a Konkat, por lo que le ofrecieron un empleo como consejero en asuntos de medio oriente y decisiones espaciales, oferta que el Marciano muy decidido encantado aceptó.

Debo agregarle que Konkat en su condición de extraterrestre, no hablaba como los humanos, él escuchaba y transmitía las respuestas por telepatía, se alimentaba por absorción, distinto a como lo hacían los humanos, no usaba la boca para hablar ni comer, ya que absorbía los alimentos por las mejillas.

Entonces le tocó acompañar a un agente del Departamento donde había sido asignado en Washington para ir a New york a visitar a un judío retirado que en el pasado había trabajado como director del Departamento que en ese momento ellos ocupaban para consultarlo en función de unas decisiones que él había tomado en el pasado respecto al medio oriente y que en ese momento, ellos necesitaban saber si serian adecuadas para otros acuerdos.

Al llegar, a casa de David Erlich, que así se llamaba el judío, fueron informado que aquel se encontraba interno en "Isabela Home" por lo que de allí se trasladaron a donde se encontraba.

Antes de este momento habíamos hablado de Estrace, y de sus pormenores, pero no recuerdo haberles dicho que Estrace, en la vida anterior había sido condenada a la hoguera por la inquisición, volviendo en esta vida como una beatificada al servicio del clero, vista desde afuera, parecía un ángel sin alas, pero al interno de su espíritu, había desarrollado un pliego de malicia, su ambición la condujo a la gran decepción, y aunque había sido usada contra Gibón, tuvo que devolverle todo lo que era de él y que intento retener, por ese espíritu de felino que traía, a pesar de que intentó integrarse a la cofradía donde Gibón interactuaba, él no la aceptó, porque cuando debió informarlo de lo que acontecía, guardó silencio, volviéndose cómplice de los conspiradores, queriendo usarlo para su beneficio.

Su amiga Tody, a pesar de que interactuó, no tuvo una participación directa y al ser menos impulsiva, nunca se estiró más allá del descaro, y se casó con un teniente de correccional del Estado de Nueva york.

Pero después del preámbulo, retomemos la peripecia de Estrace, cuando pensábamos que quedaría soltera, aconteció lo inesperado e insólito, al no imaginarnos que acontecería después:

Secta oculta había conseguido un empleo a Estrace como enfermera asistente en Isabela Home, y coincidencialmente, ella había sido asignada al cuidado del judío David Erlich, y al momento en que entró la comitiva de Washington ella había acabado de colocarle un suero y al disponerse a salir se encontró de frente con Konkat en una ceremonia platónica.

Desde el mismo momento que la vio, algo raro sucedió,

a los ojos lo miró y el corazón le latió, ella pudo descubrir que el amor le renació, su corazón se aceleró y al cerrar y abrir los ojos, algo extraño aconteció

Konkat tenía el cuerpo de hombre y la cara de gato pero ella no lo notó, estaba en trance de hipnosis, matrimonio le pidió, y Estrace muy complacida la petición aceptó.

Al momento de la bodas enmascarado llegó, y debido a la pandemia, el rostro a nadie mostró.

Estrace muy complacida a diario seguía su vida, siempre besaba a los gatos y cuando llegó Konkat, empezó a besarlo más, su madre fue a visitarla que tampoco lo había visto, y entrando sin avisar su rostro llegó a mirar, y un ataque al corazón, un espanto generó, y Konkat desde el sofá, se percató una vez más y pausando su descanso, a la sorprendida suegra, la tranquilizó de un salto y estando hospitalizada su yerno se presentó y antes que ella recordara con hipnosis la borró, y Estrace fue muy feliz, y muchos años después cumplió los 99 y se vio precisada a abandonar la tierra y el drama que hacía en la vida, se le terminaba ahí, entonces Konkat fue llamado por el consejo planetario y le pidieron regresar, y una semana más tarde, después de despedirse de sus amigos en Washington, se desprendió del cuerpo posteándolo sobre el sofá y regresó a Marte en los rayos del sol, como su cuerpo no se descomponía, lo trasladaron al museo de alienígena, donde había sido exhibido, según el protocolo.

Gibón se levantó con gran gloria, y todo lo que le habían negado, le había sido entregado.

Dios inspiró a quienes retenían la bendición de Gibón, para que la entregaran sin mayor resistencia.

Gibón se perfiló como el pilar de la orientación de la nueva generación, a pesar de que para el tiempo de la llegada del señor, ya él había cumplido cientos veinticinco años de haber llegado a la tierra, y algo extraordinario había acontecido con él, a pesar de la edad se mantenía saludable, joven y fuerte, y alababa: .

--- Oh señor, que glorificación, siempre que abro la boca para hablar, el corazón tú me haces palpitar y la gracia de tu amor se manifiesta, mostrando el esplendor de tu grandeza.

No quiero conjugarme en las perezas, en que incurren los hombres en sus tristezas.

A mí que porto gracia en tu esplendor, que soy naturaleza de tu amor. A mí, que traigo la grandeza del perfil especial de tu belleza, manifiesta en tu alma sin tristeza, para expresarse sin dolor, en cada lágrima que llore por amor.

Así como encontré la perla manifiesta del querer, elucubrando en ti, sin mucho que pensar ni que decir, hoy relegué el dolor y el sufrir, a una vida que todo lo ha borrado, para empezar de nuevo, la gracia y expresión de su naturaleza, y ahora soy amor del que redime, para ser esperanza de tu causa.

Unos meses después apareció en su vida la alegría, Karen, su tierna melodía, que admiraba en la gracia de sus días, y un gran cambio de vida en armonía le proporcionó Dios, sacándolo de la soltería, reivindicando la causa de su honor, le otorgó Dios, gracia y transformación, y fue una asignación de heroína y compañera ideal, que habría de quebrantar su soledad.

Lucia como Gibón la quería, era una dama de armonía, era grandiosa y preferida, tenía una gracia diferida, y se hizo cátedra de su vida.

Esplendorosa en cada cosa, era grandiosa y tan hermosa, que al corazón parecía rosa.

CAPITULO 46

La Espera Consumada

Había corrido el tiempo desde que Gibón había salido enriquecido de Bulley, y cuando muchos creían que no volverían a verlo, el espíritu lo condujo allá , algunos al verlo llegar, sintieron algarabía y otros, esperaban ser bendecidos, Gibón distribuyó de a cien dólares a los que estaban allá, luego invocaron cantico de gloria y gracias

Cuantos errores sin solución, se habían cometido contra Gibón, y él se cuestionaba: ¿Hasta cuándo la maquinaria criminal seguiría persiguiendo y manipulando a los inocentes?

Acaso habría que seguir en espera de la segunda venida para saborear los dulces frutos de la justicia, o se tendría que recurrir a las antiguas leyes de dracon?

Todas estas interrogantes se hacían antes de que Gibón fuera impactado por el rayo redentor.

Había pasado el tiempo del invierno al crisol primaveral, y cuando despuntó el verano, y algo insólito había acontecido:

Eran las doce del día, la jauría estaba concentrada, un sol radiante se mostraba, de pronto el sol se ocultó y el día se oscureció, algo inesperado aconteció, lentamente comenzó a oscurecerse de manera que el día empezó a parecer noche, Burdock como de costumbre estaba allí en su silla de rueda, aguardando la mordida de la jauría, y en medio de la oscuridad, un rayo de luz radiante se mostraba como una estrella encendida, la jauría estaba boquiabierta, todos se habían enmudecido, una voz en medio del silencio retumbó:

---- "Gibón, ha llegado el tiempo de la transformación, ya es la hora del señor", conduce al pueblo que se te ira sumando al destino que te iré asignando, tu eres la herramienta de mi redención.---- Dijo.

Todos cayeron de rodillas y oraban con intensidad, el rayo de luz como un destello se reflejó en la frente de Gibón y aquel se dobló hacia atrás, y cuando fue echado hacia adelante, vio que Burdock seguía postrado a su lado sin moverse y sin saber qué hacer, tocó las rodillas de aquel al tiempo que le decía:

----- Dios perdona a los que se arrepienten, el señor te perdona, "levántate y anda".

Una carga energética impulsó a Burdock de un salto y abandonó la silla de ruedas, y admirado decía:

---- El señor me ha levantado de la silla, ha suprimido mi invalidez, me ha hecho caminar, aleluya.

Se postró de rodillas juntos a los otros de la jauría, y arrepentido predicó el evangelio a la jauría y nuevas criaturas fueron, aparecieron naves, o mejor dicho platillos voladores que surgían de abajo, y otros que venían de arriba, el planeta se había convulsionado.

Y Gibón decía:

En el umbral del portal yo vi un reflejo alumbrar, toda la gracia expresada equilibró mi mirada, anduve ahí donde fui, donde me indicó venir, glorificado en mi alma, así me hiciste sentir.

Eres la gloria y la paz, que me das seguridad, eres la gracia divina que otorga felicidad.

Eres causa y eres esencia, eres farol de bondad, eres causa de existencia, eres morada de paz, eres luz y eres virtud que inspira a mi corazón, y donde quiera que vaya, soy reflejo de tu amor.

Mientras la jauría oraba algunos se desintegraban y desaparecían a la vista de todos, otros eran mudados de cuerpo, la oscuridad persistía.

Al cuarto día, un sol azulado fue apareciendo débilmente hasta que como un farol intensificaba sus rayos, un nuevo comienzo redefinía al planeta, mientras una nueva especie de hombres transitaba frente al sol, mirando con curiosidad, el origen de la luz, una voz retumbaba como un eco desde un rayo del sol:

----- Alba que renace en cada amanecer, que se guarda en la tarde cuando se oculta el sol, eleva tu plegaria y clama por amor.

Y así, la curva serpentina de la efímera luz, marcó en su esencia la chispa de un relámpago, la lluvia anunciaba su llegada.

El planeta sufrió una convulsión, los rayos del nuevo sol, hizo que germinara la semilla del amor.

EPÌLOGO

En los tiempos del caos, los desplazados sociales eran referidos a los renglones de la periferia, refugiándose aquellos en los mecanismos de la sobrevivencia, donde quien mostraba su fortaleza para resistir, se imponía sobre la mayoría.

El estilo de mostrar la crudeza, permitía identificar y distinguir, lo sofisticado de lo vulgar, por eso la mordida de los perros te muestra un cuadro cotidiano de aquellos seres que ignorando los niveles de instrucción que requería y asignaba la sociedad, se habían dedicados a vivir como las circunstancias se lo permitieran e incurrían en errores, propios de las experiencias generadas en una sociedad miscelánea.

La asidua exageración de Burdok en su interés de controlar a la jauría, era una vía para entender los niveles de errores a que conducía la ignorancia.

Al grado que hasta la forma de respirar generaba los conflictos de la cotidianidad en Bulley, el club familiar donde los socios llegaban a adquirir los alimentos de sus sustentos, donde los que hacían llegar esos alimentos a sus hogares, era ese grupo micro-empresarial, que muchas veces comenzaban a ser seres que por interrelación alteraban el curso existencial de la cotidianidad de cada involucrado.

Reñían, como lo hacían los miembros de los cuadros familiares, para enojarse y perdonarse., llorar y reír.

Mariano Morillo B. PhD. El cronista de América, Autor de esta novela,

"La Mordida De Los Perros" intenta dar respuestas a cuestionamientos que se plantea la humanidad en torno a su cotidianidad, ahora nos presenta la realidad de como sobrevive y se tolera en Nueva York, a un gran renglón de la inmigración.

A dónde   condujo la pandemia a los trabajadores esenciales, prestos al sacrificio por servir a aquellos que necesitaban abastecerse para hacer frente a los requerimientos de "quedarse en casa", de qué manera en fracción de días cambia la cara del planeta, cómo el dolor y la desilusión se apoderó de la generación.